有度文化

入戏

徐小斌

著

山西出版传媒集团　北岳文艺出版社

·太原·

图书在版编目（CIP）数据

入戏 / 徐小斌著. — 太原：北岳文艺出版社，2019.5
ISBN 978-7-5378-5811-3

Ⅰ.①入… Ⅱ.①徐… Ⅲ.①中篇小说 - 小说集 - 中国 - 当代 Ⅳ.①I247.5

中国版本图书馆CIP数据核字（2019）第001428号

入戏

徐小斌 / 著

出品人
续小强

选题策划
刘文飞

责任编辑
刘文飞

封面绘图
徐小斌

书籍设计
张永文

印装监制
巩璠

出版发行：山西出版传媒集团·北岳文艺出版社
地址：山西省太原市并州南路57号　邮编：030012
电话：0351-5628696（发行部）　0351-5628688（总编室）
传真：0351-5628680
网址：http://www.bywy.com　E-mail：bywycbs@163.com
经销商：新华书店
印刷装订：山西人民印刷有限责任公司

开本：787mm×1092mm　1/32
字数：218千字
印张：8.875
版次：2019年5月第1版
印次：2019年5月山西第1次印刷
书号：ISBN 978-7-5378-5811-3
定价：59.80元

本书版权为本社独家所有，未经本社同意不得转载、摘编或复制

目 录

入戏　/ 001
白木马与喇叭花　/ 071
河两岸是生命之树　/ 107
缅甸玉　/ 205
无执　/ 247
写作：坚持初心的代价　/ 269

人戏

1

梅清风调到鸿毛影视公司不到一个月，艺术处主任就下台了。上面派来了一个新主任，据说是留学海外的博士，学电影制作的。

新官上任并没有三把火，只是召集大家开了个会。他比她想象的还要年轻，只比她大一岁。他叫韦强，个子高高的，一米七八、一米七九的样子，身体瘦削而结实，双肩又宽又平。他梳寸头，穿一件宽宽大大的本色白纯棉衬衫，眉目清秀而又刚毅，正巧是她喜欢的那种类型。

两个月之后，已经不是新官的艺术处主任韦强给清风派了个任务。韦强说，梅清风你写个单本剧吧，你不是八十年代就写过《智慧树》吗？很棒啊！写个比《智慧树》更好的爱情故事，好不好？清风看了看他，说好。

她明知道编剧是个饱受蹂躏的活儿，还是把自己献了出去，完全是因为韦强看她时的那种目光。

自那一刻始，她就夜以继日地写，实在太累了，她就会想到韦强看她的那双眼睛，里面有一种信任，更有一种温柔。那双眼睛甚至让她在瞬间喜欢了他。她自己也觉得自己怪得很，假如想着为自己，就会没什么激情，可如果是为了一个她钦佩或者喜欢的人，哪怕是个假想的人，她都会超负荷地做，直到把自己弄得心力交瘁。

因为在一起工作，接触的机会还是很多的，何况，韦强也的确对她很有兴趣，他总能找到合适的机会和她在一起。譬如，他们有个共同的朋友——《强人》的作者任东。

她在一个朋友那里第一次见到任东，并没有留下什么太深的印象，后来又断断续续地接触了几次，发现任东并不是像表面上那么披着长发张张狂狂装作雅皮士的样子，实际上他内心胆小而怯懦。但是人很好玩，总能说出一些貌似深刻的格言警句。最好玩的是，他总以为全国人民都在注视着他，包括决策层的人物。有一回他极为认真地说："×××说，任东的事情一是要冷处理，二是要给出路。你看，××都说话了，我还怕什么？"梅清风和韦强就互相看了一眼，然后她笑翻在地，连一向严肃的韦强也忍不住笑出了声。可即使是在这种时候，任东还是极其认真地说："笑什么笑什么，这是真的！你们可以到×办去查！×办主任亲口告诉我的！"清风就笑得打跌说："任东啊任东，天底下真找不出一个比你更自作多情的人来了！"

有了任东的插科打诨，清风和韦强一下子亲近了许多。韦强出去约稿，总是拉着清风，冠冕堂皇的理由是：清风与文学界的人熟。可实际上，两人心照不宣。

一个春天的夜晚，任东请客，三个人在动物园斜对面的"德漠利炖鱼"那儿吃了一餐很有情调的饭。说有情调，是因为那餐饭是在外面吃的。那时，在餐馆外面摆饭还刚刚兴起。餐馆刚买的白色树脂雕花桌椅显得很有档次。深春的风已有些暖意，清风觉得自己久已冻僵的心也活过来了似的，加上喝了一点点红酒，有一股热力就突突地往外冒，抑制不住。原来三十七八岁的女人也可以这样春意盎然啊！她在心里嘲笑着自己，小时候，本认为活过了三十岁都是耻辱。

悄悄瞥一眼坐在对面的韦强，他的一双黑眼睛也在默默地看着她，那双平常总是含着讥讽的眼睛里，此刻充满了温柔。

过了几天，他把她叫到办公室。

他的办公室非常平民化，或许是有意这样做的。他对她说，要她立即去抓一个题材，"听说《老城》这部小说了吗？最近炒得很厉害，说是什么'当代红楼梦'。你想法子打听一下，稿子现在到底在哪家出版社，想办法抓过来看一下。文学界你熟。"

她当然听说了。《老城》是著名作家于无声的最新长篇，还没出来，就已经爆炒于市。"爆炒"这个词当时刚刚诞生不久，她听起来还有点陌生，不过她怎么也想不到，这个词的生命力会那么长久，或者说，那么苟延残喘。

当时于无声的小说广告语已经见诸各个报端："于无声十年磨一剑，《老城》真当代《红楼梦》"这类的通栏标题到处都是。那时，中国大地才刚刚在做"皇帝的新衣"，跟着起哄架秧子的人还不太多，一般老百姓也不大买账，这种事情成不了什么大气候。但是于无声这个名字已经成了一半的广告语。前些年，根据于无声小说改编的电视剧《情网》曾经造成万人空巷、手绢脱销的效果。凡此种种，都促使韦强下决心赌一把，何况，他急需业绩来证明自己。

清风的毛病和很多女人一样，喜欢一个人就愿意为他做事，为他付出，但是清风也有个一般女人都没有的毛病，她骨子里太傲，她付出了，却不愿意让对方知道，好像对方一知道什么她就掉价儿了似的。

所以她特别喜欢茨威格的《一个陌生女人的来信》。那个十二三岁就爱上了一个男人的小女孩，一生也没能得到这个男人的爱，甚至，那男人根本就不知道她是谁。她只是在弥留之际，给这个男人写了一封长信，倾诉了她对他长达一生的爱。这是什么样的爱情啊！！这样的爱情简直把梁祝、宝黛之爱，把所有的经典爱情都给灭了！所以清风在一段长长的时间里，迷信所谓"一个人的爱情"，她甚至觉得只有一个人的爱情才是至纯至美的。从这个意义来讲，"单相思"是爱情的最高境界。有许许多多的美好和痛苦可以在"单恋"的时候展现出来，一个人可以栖息在这种美好和痛苦之中尽情地体味，只有面对自己时的纯粹，才能抗拒那些不知不觉的假面与谎言。那些美好或者痛苦都是真的，是原汁原味的。文学女人梅清风信了这个，便在长长的岁月里享受一种柏拉图式的爱情痛苦，不去争取什么，更不去询问结果，于是所有的爱情都在她的心里自生自灭。那些爱情的根苗已经长成了参天大树，绿荫荫地滋养着她的灵，然而现实生活中，她却常常一塌糊涂。最糟糕的是，在结了婚，有了孩子之后，她的心理年龄依然没有丝毫成长。

现在她觉得糟了：心里那种模模糊糊的情感又膨胀起来，膨胀得铺天盖地、势不可当，膨胀得毫无章法、五迷三道。就在那时，她拿到了在影视公司的第一笔编剧费，那个两集的单本剧，就是韦强让她写的爱情题材，当然是他过审。她拿到了这笔钱，就请韦强在木樨地那个陈旧而清洁的小馆里见面。电话里，他宣布他时间太紧，没法儿吃饭，只能小坐一下。他下了地铁，看到她坐立不安地坐在那儿，慌慌张张地向他打了个招呼，既不优雅也不从容。她穿着并不合身的淡粉色乔其纱短袖衬衫，下面是一贯喜欢穿的那条黑裙子，她新配的眼镜，好像总是想从那个小鼻子上滑下来，所以她在急急说话的时候，总是忘不了往上推一下眼镜。这个动作就更让他觉得可笑。但是慢慢地，他突然觉得不可笑了，比起周围那些沉鱼落雁、闭月羞花般美丽的演员们，眼前这个人到中年的女人，似乎在散发着一种别样的气息。人总是迷恋那些自己不熟悉的、神秘的气息，在眼前这个中年女人的眼里，竟然焕发着一种天真、纯净，甚至像孩童一样纯得让人心生怜爱的光芒。韦强不是不解风情的人,只是他觉得眼前这个女人是因为太不会矫饰了而缺乏风情,却又因为同样的理由有了一种独特的风情。

她一样样地把东西放在桌上,这些东西可真够她拿的!光是那八罐八宝粥就够压分量的,何况还有各种当时抢手的新鲜食品什么的,甚至还有一条非常漂亮的宝石蓝色金利来领带——当时金利来广告响彻了大江南北,让人误以为金利来是天下最好的牌子。她简直是把她攒下的好东西一下子都拿来了,仅仅是为了表达感激之情吗?

那种罐装的八宝粥在当时还刚刚新鲜出炉,市场上很少见到的。她拿来这么多八宝粥,自然是考虑到他的独身生活,他回到家里,往沙发上一靠,喝上一罐热乎乎的八宝粥,也不失为一种享受呢。

他心里不由得就感动起来。

他的老婆孩子都在国外,业余时间便很难打发。应当说,韦强是聪明绝顶的人。但他的聪明,却很难成为智慧。智慧是需要比聪明更多那么一点点的东西,那绝不是聪明绝顶就能够达到的,它还需要一点别的东西。但无论如何,韦强在识人方面还是十分聪明的,眼很毒。他一眼就看穿了擅写爱情剧的清风不过是纸上谈兵,而在实际经验上,她阅历尚浅,并没有深入地谈过几次恋爱,特别是性爱。

她还很纯。是的,尽管她做了母亲,可还是像个女孩子似的,他有一次开玩笑说她"情同初恋",她一惊,眼镜几乎掉在地上,好像一不留神被人看穿了什么秘密似的。

"你这人挺怪的。"韦强淡淡地说。

她又是一惊:"怎么了?……怎么怪?"

"《智慧树》那个时候我还在读研,我们那时都把它奉为经典,想象中觉得这个作者双商都很高,非常成熟,可现在接触到你本人……"

"怎么了?是不是特失望?……"她勉强自己笑了一下,声音却掩不住有点抖。

"不不不……怎么说呢,你这人怪就怪在有时候像七十,有时候像十七……"

"怎么讲?"

"你写作、分析剧本方面像七十……待人处世……有时候挺孩子气的。你别生气啊……"

"你是说我幼稚对吧?我老公也这么说,可是我不知道,应当怎么才能……"

"你千万别多想。我只是好奇,是什么让你在很理性的同时,还能保持这种孩子气……"

韦强开始对这个写爱情又不懂爱情,明明已经人到中年却仍有着孩童心理的女人产生了兴趣。

韦强不断地给她打电话,找出各种各样的理由。在电话里,他们放得很开,不断地开着各种荤的素的玩笑,但是一见面儿,立即变得道貌岸然,好像打电话的是另外两个不相干的人似的。他们通电话的时间常常很长,一两个小时,甚至更多。应当说,清风的丈夫杜泽在这方面是相当大度的,自然也是基于对老婆的绝对信任,他从来没有过一个字的抱怨。他太了解她了:她那些所谓的情感波动,在他看来犹如小孩子过家家,都作不得数的。

当然,也有另一方面的原因,那就是:杜泽正在悄悄准备离开原单位,到另一家公司里去。——那是一家很肥的公司,叫作BO。从美国访问回来的杜泽决心做一把弄潮儿,成为一个有权有势的大款,他的全部兴奋点都在那儿,老婆煲电话粥这等区区小事,根本不在他眼里。

2

杜泽在二十世纪九十年代的中期,进入了那个多少人梦寐以求的大公司，做了主管财务的副总。而总经理，则是他的好友，早在八十年代就因为被清风做的烤鸡诱惑，常常携夫人一起光顾他家的陆前宽。那时中国的物质还并不丰富，清风做的烤鸡，外酥里嫩、喷香扑鼻，特别受朋友们的欢迎。

陆前宽祖籍湖南，在家里和杜泽一样，也是独子，不一样的地方是，他生得身材修长，风度翩翩。太太古玉凡，也是可以做模特的身材，还特别喜欢研究时装。那时陆前宽家的住处离杜泽家很近，夫妇俩散着步就能来玩一趟，清风因为喜欢玉凡，每次都要做些新巧吃食来招待他们夫妻俩。当时玉凡正怀着身孕，清风想，他们两家的父母都不在北京，怪难的，一定要对他们好一些。日子久了，两口子竟把这儿当作了第二个家，说来就来，连电话也不打一个，来了，两个男的就在外间说话，讨论政治和经济；两个女人则在里屋，讨论时装和孩子，两家人处得就像一家人一样。

于是，当陆前宽被 BO 的董事长看中之后，第一个想起的就是他的这个老伙伴。

谁都愿意过有钱的日子，清风自然也不能免俗。清风想，都结婚十年了，孩子都九岁了，这样的穷日子该画个句号了。看着自己窄小而又破破烂烂的写字间，她想，该结束了，再也不能让客人们瞪大眼睛说：哇，原来你在这样的房子里码字儿啊?!

变化接踵而来——先是杜泽不断地拿回各种各样的礼品，然后又是各种各样的礼券`，然后有一天，阳光灿烂，天气晴好，一辆银灰色的奥迪开到了他家的楼下。

儿子兔兔对车特别敏感，很小的时候，就能从很远的地方辨出车的牌子。兔兔站在窗前，突然兴奋地大叫："妈妈快来看，爸爸有车了！是奥迪！"

在二十世纪九十年代中期的那个早晨，清风母子就那么相互偎依着站在窗前,看着杜泽神气十足地从车上跳下来。杜泽站在那里拿出一个长方体带天线的家伙,像对讲机那样"喂"了一声,家里的电话铃就响了起来。后来清风才知道,那个长方体的家伙叫作"手机"——当时叫"大哥大"。然后清风和兔兔上了车,才又知道那车里的电话叫作"车载电话"。

踌躇满志的杜泽带着老婆孩子去了小汤山的龙脉温泉。一看见那一大池子温暖的碧水,清风和兔兔乐得又蹦又跳,很快换上了泳装下到水里。水真不错,有几个温泉眼咕嘟嘟地往外冒,往泉眼旁边一站,就被冲得七歪八倒。父子俩一直在打水仗玩,掀起的水花扑得老高,清风就干脆到一边去游,游了几圈之后,就跑到热水池里去泡着,她觉得全身舒服极了,伸开双臂,懒洋洋地靠在池边仰望天空,想着与现实八竿子打不着的事。

那天在游泳的间隙,他们一起在泳池中间的餐厅里吃饭,司机也一起来吃。那是个开放式的餐厅,不过就是在泳池中间设了个平台,平台上摆了些餐桌餐椅而已。菜也都是一般的大众菜,但是那一天吃得特别香,大概是游泳游累了罢。是杜泽点的菜,砂锅豆腐、炒野菜、毛氏红烧肉、芦笋和素烧鹅,很快便被风卷残云般地扫净。杜泽只好又加了两个菜:鲶鱼烧茄子和肉丝拉皮,大家又是一扫而空。小姐上了茶,这才吃饱了肚子,闲聊。清风不知怎么一下子想起了《儒林外史》里的马二先生,马二先生逛西湖,西湖美景没见多少,各种吃食倒是满满当当地装了一肚子。清风觉着好笑:是不是古今中外的士大夫、知识分子,实际上骨子里都是些俗不可耐的饮食男女啊?譬如她自己,这时酒足饭饱,表面上在讲着道貌岸然的话,心里却在想着另一回事。

数月前,闺蜜小习拿来一盘录影带——那是清风生平第一次看毛片,当那些赤身裸体的男人女人摆出各种姿势性交的时候,她全身的血都涌到了脸上，小习笑她："清风姐，你可太雏儿了！"

小习越是嘲笑，她的脸就越是烫，幸好只有她们两个，但即便如此，清风也无法忍受。看完了，小习严肃地说："清风姐，你真的是太纯洁了！这样是不行的！你应当做个真正的女人！"

小习是世交好友谢同的第二任太太。谢同过去也曾经动物凶猛，然而自从被前妻抛弃之后就萎靡了。谢同痛定思痛，索性找了个比自己小十五岁的处女结婚，他认为按照弗洛伊德的逻辑，如果能把这样的女孩搞定并理顺，她就会一辈子对自己臣服。

殊不知谢同虽然满腹经纶，女人心理却知之甚少。他哪里知道，像小习这样的女孩，一旦觉醒，完全可以与洪水猛兽媲美。当时小习终于忍不住自己的满腔怨愤，对着清风开始痛说革命家史："清风姐，我被谢同骗了，他是个地地道道的骗子！"——小习的开场白是这样的。

接下来，小习几乎连大气也不喘，一口气说了谢同十余条罪状。其中，最重要的两条：一是严重阳痿，二是不要孩子。为了不要孩子，他竟逼着小习做了四次人流！四次！

说到伤心之处，小习痛哭失声。清风刚要掉下同情的眼泪，却突然惊奇地发现小习在解扣子，一边解一边说："清风姐，我要让你看看，看看我一个不到三十岁的人，都变成什么样子了！……"清风还没来得及躲开，小习已经扒光了上身的衣裳。小习的个子高高的，足有一米六八，人长得也还说得过去，但是小习光裸的身体真的让清风吓了一大跳：小习的两只大乳房，已经完全松垂下来，若不是因为乳罩托起，简直会掉到裤腰那里！

清风把眼睛转开，尽管是同性，她也不好意思盯着人家的裸体看，何况是那么难看的裸体。但是接下来发生的事情更是让她瞠目结舌。小习继续脱着，一边脱一边说："清风姐，我想过了，干吗非得依靠男人?！没看见刚才那带子里放的？女的自己也可以达到高潮,工具我都带来了,我希望你做我的伙伴。为伙伴的问题我想了好久了,只有你最合适,虽说比我大几岁,可你纯洁,是真正的大家闺秀,做起来,让人放心！何况,我看杜泽也不是什么猛男,你一定也有和我同样的问题！"

这一番话简直是石破天惊！

清风呆了,竟然在最初的几分钟里,没什么反应地由着小习解开了她的上衣。小习眼前一亮:清风戴的是深玫瑰红镂花胸罩,那种鲜亮的颜色把本来便白的皮肤衬托得更加雪白,清风的乳沟比她想象的还要深。小习喜出望外:"清风姐,你的身材真是一流啊！太漂亮了,我就奇怪你怎么不会穿衣服！你应当穿紧身衣服,露四分之一乳,那样男人就会排着队在后边追你！"

多年之后,清风才在异国他乡听到"露四分之一乳"的说法,不由得对小习暗暗敬服:有些事情真的是无师自通啊！但是坏就坏在清风太拘谨了,当时竟然完全没有醒悟过来,以至于让小习这个改革开放的急先锋对她十分失望,转而找了另外的伴侣。

清风记得,当时自己一转身把自己反锁在厨房里,任凭小习又哭又叫又拍门,就是不开门。小习不屈不挠地闹了半个时辰,才悻悻地走了。

数日之后,小习一双眼睛亮晶晶的又来了,告诉清风,她有伴儿了,岂止是伴儿,应当说是情人。是个画家,中央美院版画系的,叫陈侠。"那才叫男人呢！"小习一惊一乍地眨着大眼睛,"我们就在地板上做,一晚上十几次,天哪,清风姐,我真是生平头一次知道了做女人的滋味儿！"清风听了这话,又是羡慕又是怕,还隐隐有一点儿为谢同不平的意思,但是还没等她表露,小习就已经再度声讨谢同:"像谢同那样的,一个月也未准能做成一次！做一次,还要在挂历上做记号,这样的男人就是再有学问、再会理家也不能要哇!反正现在我就和陈侠保持这种关系,一个丈夫一个情人,对一个女人来说是最合适的!你呢,清风姐?你就不想再发展一个?一辈子一个男人也太没劲了吧?!"清风红着脸默默无语,她从小就自以为是个可以不需要任何人的人,清高孤傲,睥睨一切,像那种线装古书中满腹经纶的才女。可她现在变成了一个矛盾的集合体:思想上高度开放,行为上极度保守,而且她总觉得这种事儿应当是男人主动。可是一天一天就在忙忙碌碌中度过了,杜泽好像把这件事忘了,他们的关系,好像由爱人变成了朋友,又由朋友变成了同志。当然,不是同性恋意义上的同志。

3

好在她还有个单位,还有工作要做——是不是弗洛伊德的"移情"也说不好。总之,韦强说了话之后,她立即与于无声取得了联系。于无声在电话中十分谦卑:"……原来是梅清风!太荣幸了!六年前我就看过你的大作,《智慧树》那个电影太棒了,我一连看了两遍!"清风忙说:"那个都是过去的事了,现在要说的是您的小说,听说《老城》已经有几家出版社在抢了,我们领导看了报道之后要我和您联系一下,能不能先让我们看一下稿子?"于无声的声音一下子低了八度:"……哦,原来是你们领导让你和我联系的……这样吧,我给《金秋》杂志打个电话,他们那儿可能已经出了一校校样了,你们可以先看看,不过,看了稿子你们就可能不要了!"那时清风工作热情似火,不过,说到底不是为了工作,而是为了韦强。她立即骑车上《金秋》找她的老熟人,也是《金秋》的副主编廖慧兰。廖慧兰曾经是八十年代文坛上说一不二的人物,现在虽然有些美人迟暮,却依然豪气不减。见了清风,便将那《老城》的来龙去脉前三皇后五帝地讲了一通,那时还是九十年代中期，介入影视的作家还不多，廖慧兰历来前卫，便拐弯抹角地提出条件，提出一旦影视公司买了版权，自己便要挂总策划。清风想想道："怕不行吧？据我所知，别说总策划了，我们这儿好像策划都没得挂，努努力可能做个文学顾问什么的还行。"廖慧兰便说："行啊行啊，顾问当然也行，总之不能白干。"说着，便很痛快地把一校校样拿出来，递给清风。

当天晚上，韦强如每天那样打来电话，清风在电话里忍不住笑："《老城》已经到手了。"韦强那边怔了两秒才有了反应，激动之情仿佛要跃过电话线直接蹿过来似的。但偏巧那天杜泽一肚子气，做了副总的杜泽俨然觉得自己已经是个人物，在外面忙了一天，回到家来，清风还要用给儿子洗澡这类的琐事来烦他，实在无法忍受。加上儿子又吱吱扭扭地不听话，就更是烦上加烦。所以当韦强正想像平常一样大过嘴瘾的时候，忽然听见对方电话中一声大吼："把衣服脱了！！！"吓得他差点把手中的电话扔了。

杜泽当然是吼儿子的，儿子每天洗澡脱衣服都要磨蹭半个小时，杜泽的气当然是冲着清风去的，他想自己忙了一天回来还要给儿子洗澡。清风不坐班，却从不张罗给儿子洗澡，还要这么没完没了地打电话，是可忍，孰不可忍！！

然而无论是杜泽还是清风都万没想到，杜泽吼儿子的这句话激起了韦强的性幻想。他想，"把衣服脱了！"——梅清风脱了衣服会是个什么样儿？他早就注意到她那饱满的胸脯和纤细的腰肢，和她单独在一起的时候，她那种独特的女性气息总是撩得他心烦意乱。

几天之后，作者来京，住在一个极不起眼的办事处招待所，韦强便气昂昂地约了清风一道去。原想于无声虽是著名作家，到底是乡下人出身，没见过什么大世面的，一说是著名影视公司请，还不屁颠屁颠的，万没想到那于无声还挺跩的，见两人去了，一头扎在床上不起来，捂着腰部叫痛："我病了！得了缠腰龙，昨晚痛得一夜都睡不着，哪也不去！"韦强只好上前拉他："老于啊，公司老总摆了宴席等着您呢，您可别把我们给装里头！这个面子您一定得给！……"于无声竟然不顾清风在场，撩起大圆领衫，只见他黑黄的肚子上整整齐齐贴了五块膏药，腰部还有血红的带状疱疹："瞧瞧，瞧瞧，我没骗你们吧？我有病，我这是缠腰龙！痛得很啊……"

韦强哪里肯轻易放弃，他上来就把于无声搀起来，于无声在身材高大的韦强手里徒劳地挣扎，像只病鸡似的哀鸣，清风在一旁捂着嘴笑。

总算把于无声拽到了顺峰餐馆。这顺峰原是北京著名的快刀儿，总经理冯达远作为一个大影视公司的老总伸着脖子在这儿挨宰，真的还算是头一遭。冯总还特别为于无声点了一道木瓜鱼翅，但是于无声实际上根本没吃什么东西。于无声坐在那里脸色发青，呆若木鸡，任别人说什么也不插话，还是清风想了一绝招儿："于先生，听说您算命特准，是大师级的，怎么样，给我们冯总算算吧？"清风说了这个，于无声便不好意思再不说话了。他张开厚嘴唇，带着浓浓的乡音，慢悠悠道："请问冯总贵庚几何？"这样带着乡音的半文半白的话，听起来颇有几分滑稽，冯达远忍着笑回答："我是一九四七年生人，古历正月十三，酉时。"

于无声便拿起两只筷子，煞有介事地转来转去了半天，道："已知道了，但是现在我不便开口，还是回去之后给您写信告知吧。"他这么一说，倒是引起了在座者的好奇，纷纷问七问八的，清风也急忙报了自己的生辰八字。清风报八字的时候，无意间瞥见韦强嘴角边的一丝微笑，像是长者看自己喜欢的年少者的那种宽容的微笑，她的脸蛋儿立即不听话地热了起来。

那一天，再没有人提《老城》一个字，气氛自始至终欢乐热烈，倒是临近结束的时候，于无声自己突然说了一句："别看你们现在这么迫切要稿子，等你们看了稿子，恐怕就不要了。"

于无声不幸言中。

4

那真是一段令清风难过的日子。

董事会严厉批评了韦强。因为董事会领导看了《老城》校样，认为《老城》是一部有着严重问题的色情小说，堂堂大影视公司抓这样的作品，简直就是荒唐，是严重的导向问题！

韦强在董事会上的最后退路，是把全部责任推给了清风。

韦强这么做并不能说明他有多么卑鄙，起码，不能说明他比别人更卑鄙。因为几乎所有男人在此时此刻为了乌纱都会做出同样的决定。我们的文化背景下如果产生出那种不要江山要美人的温莎公爵，那才是大笑话呢！

不正常的倒是清风，在很长一段时间里，清风并不知道董事会会议的内容，她只是发现，韦强更加清癯，更加沉默，更加不苟言笑了，这让她看了心疼。她也曾经悄悄地、转弯抹角地探问，却没有得到任何实质性的回答。她只是感觉到，韦强在唉声叹气之中，慢慢地疏远了她，她看着事情在渐渐恶变却无力挽回，只有一种心如刀割般的感觉。

于是她壮着胆子，主动去了"韦办"，小声说："韦强，是不是《老城》出问题了？要是有问题，你就往我身上推好了，真的，一点儿关系也没有，我这人既不想入党也不想当官，所以一点儿影响也没有。"

在那一瞬间，韦强还真的感动了一下，就那么一下，然后他就硬着心肠挥了挥手。

多少年之后，当清风终于明白事实真相之后，她笑了，笑自己真的是自作多情。

可是在当时，她接到了于无声的一封信。信上为她解了卦，告诉她，若在今年春天到西南方向跑一趟，将会有一次桃花运。她冷冷一笑，把信扔在了桌上。然而几天之后她就收到了云南某影视公司的一个邀请，邀请她去西双版纳。

以她的性格，不愿直面的事，一般就采取逃避的策略，那时的局面，正是逃避的好时机。不放心的，只有韦强，或许回来之后他的心情便会好转呢，她想。

5

天下自然没有免费的午餐。云南影视公司邀请清风，是想请她和当地编剧小莫合作一部关于动物保护题材的电影，然后，请鸿毛影视公司联合投资。

距西双版纳一百多里有个野象谷，是人迹罕至的地方。清风也就算是去过不少地方了，可还是被那种特殊的景色震惊了。

说它特殊，是因为它的确有着神秘恐怖的氛围。

它基本是原始的、没有开发过的，被叫作临时旅馆的小木屋一个个都建在树上，那些高大的乔木托起小木屋，在空中搭起木梯和木桥，可以把四周的木屋都联起来。周围那些遮天蔽日的树木，那条忽闪闪的小溪，简直就是但丁《神曲》的插图。

太美了！

清风惊呆了——为这个商业社会还有这样的景色吃惊。

小莫是当地人，和野象谷的经理用云南话聊着天。当晚，他们在外面吃的饭，清风觉得这是到云南之后吃的最好吃和最特殊的一餐——有一些极香的野生菌，还有肉和青菜，拌在饭里吃，简直就一直香到舌尖儿上。

黄昏时分好像特别长，太阳就一直挂在西方，一个轮廓鲜明的淡红色圆球，本身的光线似乎很柔和，但是反射在云彩上的光芒，灿烂耀眼，清风和小莫就下到溪流边，捕捉着黄昏最后的美景。那条溪流里面反映出一层层的浓云，色彩就像列维坦的风景画一样丰富。当地人说，他们在溪边洒了些食盐，月黑风高之夜，野象就会跑到这里来吃盐饮水。野象，是喜欢吃盐的。

这神秘的说法让清风着迷。

暗夜降临，他们在没有灯的木头走廊上说了一会儿话，就各自拿着手电，回到自己的小木屋去了。清风的那个小木屋在一棵最大最古老的树上，里面陈设极其简陋，但是非常干净。有一张床，一个放台灯、暖瓶的小桌，还有卫生间。她把钥匙和手电放在小桌上，把随身小皮包放在床头，打开印着蓝白花的扎染粗布窗帘，正好能看到那条溪流，溪流正在黑暗中闪闪发光。

很久很久她才入睡，但是很快，她被一种恐怖的声音惊醒了——在梦里，她恰恰梦见自己被一只黑熊追逐。恐怖的声音持续着，她一下子清醒了：是野象！一定是野象现身了！她冲到窗口，撩起窗帘，她清晰地看到溪边的一个巨人！野象，它比她想象的还要巨大，它那富于质感的耳朵，在黑夜的反光中，就像是云石的杰作。再看过去，还有一只，还有一只……天呐，一共是四只野象！

她打开手电大叫着往木梯下跑："快看哪！野象来了！！"

待小莫和司机揉着眼睛出来的时候，野象早已无影无踪。

他们为了平衡心态，一起起哄着说是清风发癔症，野象什么的根本就不曾出现。

是啊，有什么可以证明清风那天深夜的确看到过野象呢?!

这时清风才算正眼看了一眼小莫其人：身材相貌无懈可击，按照云南电视台编辑们的话来说，真是生得一表人才。而且，据说还是著名画家莫怀平的儿子。

但是不知怎么回事，清风觉得他那双眼睛有点不对劲儿，总像是闪闪烁烁不敢直视。

小莫拉着她去了百鸟园。其实她觉得该叫孔雀园更合适一些。这里最多的是孔雀。这里的孔雀不怕人。它开屏的时候，走到它身边，可以和它一起很安逸地合影，而不用担心它会突然走开或者关闭它美丽的尾羽。

那一天的感觉奇妙极了，就像是进入了一个她从小就想进入的童话王国，这里的鸟兽鱼虫都是可以与人交流的。她甚至想抱着孔雀照张相，管园子的小伙子说，不可以。你若抱它，它会啄你的。

她明白了。

美丽的孔雀最热爱的还是自由，它自由自在地徜徉在花木之间，不愿意与其他生物过多的亲密接触。恐怕这也是所有野生动物的习性罢。其实人又何尝不是如此呢？在西方，在陌生人之间，是非常忌讳身体接触的。两人擦肩而过，彼此都留开一道缝隙，嘴里说着"Excuse me"，这个时候，人们保持了自由。而在零距离接触时，特别是对于相爱的人来说，身心交融的时候，也就是进入陷阱的时候，尽管那陷阱是美丽的。

这里最特殊的一道景观叫作"孔雀放飞"，十点整，孔雀们集中在远远的山坡之上，由那里的饲养者进行放飞。

孔雀放飞时好壮观啊！它们一只一只地从很远的山上飞来，停在园子里，然后开屏。一只，两只，三只……清风从没见过几十只孔雀同时开屏，那实在是太美妙了！那些丝绸一般绚丽夺目的色彩，集中成为一道道彩虹，那是一种无法描摹的美，她睁大眼睛定定地看着，一眨也不敢眨,好像一眨眼那美景就会乘风飞去。

等到她睁开眼睛的时候,她看见小莫那双色眯眯的好像永远睁不开的眼睛,它们近在咫尺,闪烁如星。

6

她从没想到小莫会到北京来找她。

此前,小莫给她打了个长长的电话。小莫说,人的一生也就是几十年,应当让自己的生命多姿多彩,才能不枉此生。小莫说,真正相爱的人不必结婚,蒋碧薇与张道藩即如此。小莫说,生命的美莫过于做爱的美。小莫问:你见过在草地上、海滩边做爱的情侣吗?那真是美啊,各种美丽绝伦的姿势,只有在做爱的时候才能真正展现出来,只有那时候的男人和女人,才是最美、最有生命力的。

小莫这番话,对于清风来讲,绝对是陈词滥调。但即使是陈词滥调,清风依然有感觉,小莫说着,她的眼前便浮现出一幅幅绿地海滩的图画——当然,还有沉浸在爱河中的男女。

清风觉得自己似乎在走向一个诱惑的泥沼。

想起来,始作俑者该算是小习,是她拿来的那些下三滥的带子让清风"走了气"。记不起有多久了,她好像早就无法感觉到夫妻生活的快乐。"贞操"这类从小就熟悉的词,在小习反复的诱导之下,已经渐渐变得暗淡无光,摇摇欲坠——"一辈子跟一个男人,也太没劲了吧!"——小习的话其实打中了她内心最深处的秘密。

一切都安排得无懈可击。老公出差,周末孩子被爷爷接走,家里收拾得一尘不染。这一切,都在等待着一个陌生人的闯入。

可是她依然害怕,这种害怕依然出自对于性的恐惧,青少年时期的禁锢似乎毁了整整一代人,她至今并不懂得性,她只是从自身的需要中认识了极其片面的性，惶惑中她只好以小习为榜样激励自己——都是女人，为什么人家就不害怕？还能从中找到快乐？！小习和陈侠最终没成，和谢同又离了婚，但是"性趣"只增不减，人家现在找了个蒙古族诗人同居，已经两年了，依然热火朝天。

于是她试着让自己"快乐"，她翻箱倒柜地找出一件性感的睡衣，那件睡衣是她很久以前买的，只穿过一回。睡衣是紫色的丝绸面料，大V字形开胸，双乳几乎露出一半，她对着镜子瞧了，倒把自己吓了一跳，立即脱下来决定不穿，到了儿，只穿了最平常的衣裳，连脖子都不露的。

小莫的到来与想象的大相径庭，因为清风胆怯，她坚持关灯，她根本不了解男人都是视觉动物。清风的反常甚至让小莫怀疑她身上有什么"见不得人"的地方，不敢让他瞧见，他顿时兴趣大减，好不容易行了，清风却又噌地一下坐起来去拿安全套。小莫在紧急中挣扎："不戴不行吗？""不行！"清风斩钉截铁，"我很容易怀孕的。"小莫一下子疲软下来，又折腾了好久，才算草草了事。他暗想，天哪，看着那么如花似玉的身段，原来是中看不中用的！还不如自己那个糟糠之妻，虽然全身的皮肉都松了，又黑又糙，可好歹还是可以尽兴的！灯一关，所有的女人都差不多，何必这么累呢？！

清风看着小莫穿上衣服匆匆而去，就知道，这个"桃花运"中的男人与她擦肩而过了。但是她一点儿没有遗憾的感觉，她从他身上突然读懂了自己：她是绝不可能把情和性分开的女人，与一个没有感情的男人上床，对她来说，绝对是天方夜谭。

她倒了一点点红酒，在黑暗中回想着自己二十岁的时候，那时她觉得自己变成什么都可能，譬如变成一只蝴蝶，或者画眉，那时她甚至相信自己有魔力，可以让天上所有的星星围绕着她。

可是现在，所有的星星都消失了，只有黑暗笼罩着她，她恐惧、沮丧，但至少还可以坚定地对自己的肉体说：我不。

7

韦强对清风的态度越来越冷，终于有一天，他竟然为她的一次偶然迟到大动肝火，点名批评！清风脸上挂不住，就顶了他几句，这样一来，两个人就不说话了，连见面也不说话。清风远远地一瞧是韦强，便扬起下巴，把他视作一团空气；韦强也以其人之道治其人之身，扬起更高的下巴，扬长而去。

于是公司所有人都知道：韦强与梅清风闹掰了！原因是梅清风抓了一部《老城》，韦强因为《老城》挨了上头的批，很可能就此影响仕途，按照艺术处的同事们的说法是：这简直就是一场政治陷害！！

艺术处的编辑们多数是女性，还尽是些演员出身的女性，环境自然险恶。清风过去常听母亲说过一句老话，叫作婊子无情，戏子无义，这回她算是领教了。演员出身的女人们把清风给教育了，让她总算知道那些什么"以德报怨""水滴石穿""不要锦上添花、只求雪中送炭"之类的道理全是梦话！这儿有的都是急功近利、唯利是图，外加趋炎附势、阿谀逢迎，明是一盆火，暗是一把刀，嘴上笑着，脚底下使着绊儿，像她这样儿的，就是如履薄冰、噤若寒蝉也照样防不胜防，所以她想，既然防不了，干脆就别防了！该怎么着怎么着，就这么裸脸上阵，大不了挨上几枪，阵亡还不至于。

演员出身的女人，自然会察言观色。过去仗着有韦强庇护，她们还不敢把清风怎么着，如今大家都瞧出来了，清风被韦主任彻底抛弃了，那还不得墙倒众人推，把她当块烂抹布似的放地上，由着大家踩？她梅清风怎么了？不就是在八十年代写过一部《智慧树》吗?！八十年代写东西的人多了，有几个写出来的？她过去不过是个研究所的助研，一个女学究，还非得往演艺界钻！要模样儿没模样儿，要本事没本事，又不能杀伐决断，虽然发过些东西，到底没能成腕儿！成不了腕儿的人在这儿，就得装孙子，最好免开尊口！

清风一如既往地昂着头，心里却是莫名的痛：她怎么也想不通，韦强请她去联系于无声的恳切话语好像还在耳边萦绕，而她还想两肋插刀地为他承担责任，她到底怎么错了？到底错在哪里?！

九十年代中期的梅清风，还完全不懂得人情冷暖、世态炎凉是数千年的传统，完全是正常的。

8

韦强的脸色越来越难看。

清风从来也没有想到，她的韦主任也是人，韦主任不是铁打的。韦主任正当壮年，身强力壮，老婆孩子却远在异国，自己的身份又不允许干点什么，只好咬牙干熬，或者趁着夜深人静之时，疯狂手淫。

清风做梦也想不到，韦主任手淫的对象，经常是她。

所以韦主任在白天看见她时就格外气恼，好像有什么见不得人的隐私被她窥破了似的。

好在韦强也有正人君子的一面，对于一个习惯于扮演正面人物的男性来讲，总是首先重视工作业绩的。于是韦强严肃地委托清风，让她把文学界三位著名前卫作家请到公司，策划一部电影。与此同时，他又委托了另一个人，去请另外几位专写世俗生活的作家，策划另一部电影。

自然，这个创意让清风一下子兴奋起来，她以为，韦强终于想通了，韦强终于明白了她的苦心。而且最重要的是，韦强和她一样想要创新——多少年前，她便怀有"作家电影"的梦想。自从看过法国新浪潮电影《去年在马里安巴》之后,她便憧憬着有朝一日自己也写一部这种亦真亦幻的片子。那时她的创造力还没有受到太多的侵蚀,想象力的翅膀还不曾受伤,而那三位前卫作家,不但是她的好友,从某种意义上来说,也是她的同道。

然而她万万没想到,任何美好的创意一旦付诸实施,便会改变其本来面貌。三位作家不知为什么,突然想出一个俗而又俗的题材:拐卖妇女。而那天晚上的策划,也不知出了什么鬼,仿佛有一个幽灵在冥冥中左右着他们,连一向自诩为彻底唯物主义的韦强也鬼使神差地跟着跑。三作家之一的路河站起来,侃侃而谈。路河说这个题材肯定会振聋发聩,接着便历数他的老家河南拐卖妇女的各种千奇百怪的事例,听得大家瞠目结舌。

荣格很伟大,发明了"集体无意识"这个概念。一九九五年仲春夜的那个策划会,大抵便陷入了这种集体无意识的状态。所有人的思路都被路河绘声绘色的表演吸引了去,清风只觉得下意识的有点隐隐的感觉不对,但是却很快在众声喧哗中隐退了。是啊,退一万步想,还有韦强呢!何况说好了是三作家包干,实行三包,代办托运,她又着的哪门子急呢?

于是她把心情放松,眼睛落到了实处:却见平时衣冠楚楚的韦强,此时正光着一双大脚丫儿,盘腿儿大坐。脚上的气味隐约可闻,她急忙将目光收回,暗暗生气。当着女性的面儿打赤脚,这也太不尊重人了!这个细节把她彻底引到了别处,以至于路河的侃侃而谈,她大半没有听进去。

路河激动的情绪传染给了另外两位作家胡英和贾朋。胡英突然站起来说,在他的三河县老家,真的有这么一个妇女,被拐卖到内蒙古,受了男人整整五年的虐待,后来独自一人逃亡千里,回到家乡。于是男人们都亢奋起来,就性虐话题展开去。甚至追溯到"抗美援越"时期，贾朋说实际上那时美国大兵抓到越南女俘用的就是性虐手法，什么《南方来信》《战斗的越南南方青年》等书，里面就有详细的描写。

从拐卖妇女说到《战斗的越南南方青年》，这也太离谱儿了，但是清风发现她竟然插不上嘴。她悄悄瞥了一眼韦强，见他根本没有停下来的意思，而且是很用心思地听着。一股怒火莫名地蹿出来，她很想大发脾气，但她到底明白这不是在家里，韦强不是杜泽。于是她只好借去洗手间为名，走了出去，对着窗外的星星叹气。

9

万万没想到的是，前卫三作家拿了策划费便拍屁股走人了。在韦强的淫威之下，只好由她来完成这部剧本。

有生以来，她还是头一回写命题作文，而且，是她深恶痛绝的题材。但是在人屋檐下，怎能不低头？！谁让她是这个单位的正式职工呢？不但要写，还得义务地写，还得写得好，写得好的概念在这个公司里的意义便是：连掌勺的大师傅都得叫好才行！

天哪天哪！

现在她无比同情公司的老编剧向史。表面上，公司对他无比重视。他每一稿出来都要开一个研讨会，而且每次来的人都不一样，所以意见经常相左，搞得向史无所适从。

实际上，向史写过无数剧本，可惜最后统统都被毙掉了，无一幸存。有一部已经拍完，眼看要播出，向史已经私下里请朋友来家喝庆功酒了，可万没想到晴天霹雳，上面的领导说了一句话：我们的电影不能表现早恋题材！于是向大编的剧本禁演。向史也曾呼天抢地，作秦香莲拦轿告状姿态，企图打动领导的怜悯心，可殊不知领导们之所以能够成为领导，便是因了他们有着一颗坚如钢铁的心！向史怎么也想不明白自己写的纯情少女与"早恋"有什么关系，她不过是见了个英俊的中年男人，心思动了几动罢了，在剧本上表现的不过是两段O.S（画外音），连眼睛对视都没有，就更别提什么具体动作了，难道这也算是"早恋"？！实在不行，完全可以删掉那两段画外嘛！但韦强说：删掉画外音，却删不掉潜藏其中的那种思想意识！对上层领导的话，宁可信其有，不可信其无，宁可矫枉过正，也不能过犹不及，对于韦强这几句绕口令式的禅语，向史回家后颇琢磨了一阵子。他知道，平时很幽默的韦强，在原则问题上是从不让步的，不然，纱帽翅也不可能戴得那么稳。

已经年过五十的向史只好哀叹自己的命运了。当然，也免不了骂娘。对喝过庆功酒的朋友的解释是：他的剧本，艺术上是一流的，卡掉他，完全是由于政治原因。于是朋友们肃然起敬。

天可怜见，上个月，向史总算是三十年的媳妇熬成婆，冯总终于网开一面，命他写一个反腐败题材的电影《正义之秤》。名字便正义凛然，特别适合惯贴假胸毛示人的向大编主笔。向史刻不容缓地写了梗概，顺利通过，然后一气呵成。初稿印成五份交上，当天晚上，五位主管部门领导便分别给他打了电话，不约而同地赞道：好本子！向史大喜过望，正想高歌"翻身道情"，殊不知一周之后的研讨会上，各位私下里夸赞过他的领导们竟然默默不发一语。向史急得血压一点点往上升，频频向各位领导飞着媚眼，竟然毫无作用，一瞬间他真想立马做了变性手术，好让自己的媚眼多点含金量。

最后还是食堂掌勺的厨子哥们儿杨得水进来请示客饭的时候说了一句："哟，我可是瞅了一眼向大编那个剧本，解气！写得好！现在贪污腐败再不整治，国将不国了！就是女一号写得差点，嘿嘿，向大编好像不太会写女的……"

在众人的哄笑声中，向史的脸红了又白，白了又红，屈辱啊！他向史也算是圈子里的一号人物啊,再怎么着不济,也轮不着一个厨子说三道四啊!向史觉得自己的自尊心被踏到了泥里,正一点点地被人往下踩,他真想立即站起来背起包就走,可看看那些领导们如泥菩萨一般的脸,他还是被镇住了。他觉得自己就像被压在雷峰塔下的白娘娘一般孤立无援,楚楚可怜。

其实厨子倒是帮了向史的忙,不但活跃了气氛,还让领导们找到了一个又好切入又无伤大雅的突破口。"是啊是啊,我也是感觉到向史写女性差一些,"冯总温和地说,"你怎么看,韦强?"

一直伏案做沉思状的韦强这时如梦初醒般开了个玩笑:"我也是在想这个问题,百思不解,向大编的桃花运历来不错啊,难道是犯了桃花劫,因为过于了解女性反而不知道怎么写了?!"韦强的妙语立即引来哈哈大笑,向史也不得不跟着笑,但是他的笑却是比哭还难看。

第一次研讨便在关于桃花运的讨论中结束了。接下来是第二次、第三次、第四次……直到第九次,九易其稿的向史再也无法忍受了,他对着那些泥菩萨式的脸大吼了一声:"你们到底要干什么?!"

直到这一声吼,轮奸式的折磨才告结束。

自此,清风悟到:所谓研讨,便是枪毙前的轮奸而已。

10

果然不出所料,清风在梗概顺利通过、初稿完成之后,立即打印了两份,一份交给韦强,一份交给副主任余志。几周之后,第一次研讨会开始,韦强还没说话,余志便先声夺人地亮出了十三条意见,其中第一条,也是最有分量的一条,便是:我们这样堂堂大影视公司,怎么能够这样明目张胆地反映社会黑暗面?

听了这句话,清风条件反射般看了一眼韦强,很明显,这题材是韦强抓的，那么余志这条意见的产生只有两种可能：一是针对韦强，二是韦强不好说话，他来唱白脸儿。韦强毫无反应，像没听见似的翻着她那套打印的剧本。她明白了。

秘书出身的余志最善于领会领导意图，最善于和上司，尤其是顶头上司搞好关系，再说他的年龄，正是往上走的时候，那么在这种时候，他是绝不会跳出来得罪韦强的。他的意见，肯定是得到韦强默许的，甚至和韦强商量过的。

一种尖锐的刺痛狠狠地扎在了清风身上。在今天之前，她对韦强还有一种爱恨交加的感觉，但是从现在起，他在她心中彻底完蛋了！她连恨都不恨他了，恨，证明还有爱，但是现在，她看不起他。

一座金字塔的垮掉反而使她心头一轻。

她站起来，嘴角边带着讥讽的笑容，话是说给余志的，眼角却一直瞥着韦强："余主任，我水平低，您的话我不大懂。您也知道，这个题材是韦主任亲自抓的，详细梗概是冯总那儿点了头的，怎么突然变成社会黑暗面了？您这么说，把冯总和韦主任置于何处？"余志一惊，他没想到一向逆来顺受的艺术处会出来这么个刺儿头，而且说话这么不加掩饰，一下子就把人逼到了死角！他惶惑地看了一眼韦强，这一眼，让清风更加断定这十三条是韦、余合谋。韦强抬起头来，用那双永远是正气凛然的眼睛横扫了她一眼："所有的剧本都是改出来的，你好不好，耐心听听别人的意见！"韦强以为清风会像以往一样，看见他的眼睛便脸红心跳，万万没想到清风的回答却是极其傲慢的一句："对不起！我没有修改的习惯！"这一句话把年轻有为的韦强彻底激怒了！他想起《老城》一事，心里突然认定清风就是祸水，凡是沾了她的事儿，就多灾多难！新仇旧恨涌向心头，他突然站起把桌子狠狠一拍："梅清风！你不要太过分了！！"

这一声断喝逆风千里，把整个艺术处的人都惊呆了！艺术处全体大妈大婶姐姐妹妹们，全部挤到了韦办的门口，探头向里面张望。她们看见一向温文尔雅的韦强在拍着桌子大嚷："梅清风，我告诉你！现在的影视还就是大众传播，就是给俗人看的！你还别老弄你那一套阳春白雪，你搞的剧本，鬼都不看！……"惊呆了的艺术处女生们听了这铿锵有力的声音，心里的快感一股一股地朝外涌！梅清风，你也有今天哪！让你骄傲自满故步自封眼里没人！让你自以为阳春白雪，把我们都衬托成下里巴人！她们是多想看着梅清风痛哭失声或者至少暗暗饮泣，但是她们失望了。

平时一贯感性的梅清风此时竟然面无表情、平静如水，或许是这种平静加倍激起了韦强的愤怒，他突然冒出一句语惊四座的话："实话说，你根本就不适合在这儿工作！！"

这句话一出来，连开研讨会的那些久经沙场的大腕们也几乎惊到，但梅清风的反应更让所有的人眼镜儿粉碎。

只见她从容不迫地拿走两位主任面前的剧本，冷冷地看着韦强说："对不起，我适不适合在这儿工作，不是你说了算。"说罢，拿了剧本拂袖而去。

一片死寂。就像是一部内涵很深的话剧，观众需要发半天呆才能鼓掌献花。只是，这次门里门外的观众们不知该把花献给谁。

11

回到家里，她迎面碰上杜泽拉得老长的脸。杜泽把兔兔的作业本一直伸到她的脸上，怒道："你看看！看看！这个家不是我一个人的吧？我这么忙，兔兔的事，你就一点儿也不管！……你知道你的宝贝儿子干什么了吗？他逃学！他逃学去网吧！整整玩了两天！……"

清风呆怔怔地看着杜泽，一时还反应不过来。杜泽继续大吼大叫着，清风想，在单位刚听完吼叫，回家又接着听，中国男人真的是好厉害啊！这么想着，竟觉得好笑起来。杜泽更加怒火万丈："你还笑！你还笑得出来！我问你，你到底管不管?!……"这时清风才意识到了问题的严重性，她突然想起："他泡了两天网吧，谁给他的钱？"杜泽一怔："怎么，难道不是你给的钱？"清风急忙翻自己的包，发现少了三百，本来，清风对自己包里的钱从来没数儿，可这次，恰恰是昨天刚发的奖金，还一分没花。

清风的心沉到了冰水里。十岁的儿子竟然偷钱！偷，这是多么可怕的字眼儿！因为自己的钱没数儿，保不齐，过去他也曾经偷过，只不过自己糊里糊涂没发现便是了。

杜泽把已经睡着的儿子拎着耳朵拽到门厅里。兔兔见到爸爸，习惯性地双脚并拢，低着头，一副挨惯了训的样子，但是杜泽早已不为所动，他狂呼乱叫地一通吼，接着便是老拳相向。

清风看着丈夫暴打儿子，这样的情景已经重复多次了，她的心已经疲惫得几乎失去了反应。杜泽的脾气越来越坏，在外面事业不顺利的男人就会把怒火烧向家人，可是在外面不痛快的女人呢?! 清风想哭，可是竟然没有眼泪，只是心口堵着，有一块东西似的，上不去下不来。这样的日子，还要挨到什么时候?!

兔兔终于承认是他偷拿了妈妈的钱，前后已经拿了三千多元，是一点点拿的。兔兔泡网吧已经不是一次两次的事了，兔兔泡网吧在这一带已经小有名气。可兔兔的母亲竟然是最后知道的！光这一件事，她也足够让丈夫狠狠地指责了！

杜泽说："你还像个当妈的吗？你对孩子尽了什么责任?! 你对这个家尽了什么责任?!"

杜泽打够了兔兔，反过头来穷凶极恶地对着清风大叫大吼。杜泽怒火中烧的样子非常可怕，一双眼睛变成了棕黄色，嘴巴张得像是要吃人。清风看着这张脸想，原来脸是最不可靠的一件东西：谈恋爱时那么温和的一个人，现在竟变成了这副嘴脸，可见那些看上去冠冕堂皇、温文尔雅的人，去掉了人格面具，不知会变成什么样！婚姻到底是什么？双方把命运交给对方，哪一方也接不住吧？

面对杜泽的咆哮，清风觉得自己无言以对，她怔怔地看着他，直到他骂累了，回到卧室，狠狠地撞上门，她才烧了点水，洗了洗，然后走进自己的斗室，钻进被子。翻腾了一会儿又起来吃了两粒安定，然后再次躺在床上，想起自己花了整整五个月时间写成的剧本，就在一瞬间被毙掉，想起行刑者们的小人嘴脸，想起咆哮的丈夫和偷窃的儿子，她真的不知道今后的数十年还要面对什么，泪水终于艰难地流了出来，一旦流出，便如洪水倾泻一般，滔滔不绝。也许，自己哪一天会挺不下去了，突然崩溃，她想。奇怪的是，她想起这个的时候，并不怎么害怕，反倒有了一种解脱的感觉似的。

12

于是，在九十年代中期的那个黄金时代，梅清风成了孤军奋战的女版堂吉诃德。翌日下午，她就把拐卖妇女的题材《汾河湾历险》交给了谢同——两次婚姻失败的谢同如今刚刚成立一个中等规模的影视公司，正需要剧本。——很快便有了答复。电话里谢同只问了两句话。第一句是："这本子写什么的?"清风回答："写拐卖妇女的。"第二句是："谁写的?"清风回答："我。"

"那成了，你写的我就不看了，明儿个下午来签协议吧。"谢同说。

就这么简单，清风就按每集三千元的价格把本子卖了。

三万元，在二十世纪九十年代中期的大陆影视剧市场上，还真叫钱哪！清风拿到了那笔钱，实打实地拿到了那笔钱，那是她的血汗钱——因为是一次违心的命题作文,所以她需要加倍的心理赔偿。她在点钱的时候,无意中看见谢同脸上的一丝微笑,她忽然觉得,那一丝微笑充满了阳光。那一丝微笑在多年之后仍然撞击着她的心扉,和突然出现的阳光一起,冲进她久已暗无天日的内心秘室。

清风是那种很容易被感动的女人,即便她亲眼看到了谎言的共谋,也会把它视作大二女生的读物。而那书中的文字会变成白色,像间谍的药水那样,晃动着慢慢褪去。

接下来的日子充满阳光。

世界妇女代表大会在一九九五年选中了中国,于是中国妇女们在一瞬间都活过来了,尤其是知识界的妇女。首先,一位影视界的泰斗主编了一套女性剧本丛书,她也被侥幸选中。文学圈内开始出现"女性写作"这个全新的概念。更有意思的是,她的剧本《智慧树》也成为"女性写作"的代表作品之一。

面对如此形势,艺术处主任韦强再次显示了宽宏大量的心胸——而在此之前,他曾经是活活被这个女人气疯了的——在堂堂影视界的历史上,还从来不曾出现过一个面临开第二次研讨会,已经通知了专家和做好各项准备的时候,编剧本人不打任何招呼,自行将一部厂里的命题剧目卖掉的先例!这和那个知识分子气十足、柔弱中又带点天真的梅清风完全对不上号啊!!韦强真正地怕了。他不知这个女人还能做出什么胆大包天的行为!那次他上楼正式向总经理冯达远提出把梅清风开除出影视公司的建议,殊不知冯总听罢有关梅清风的种种,竟然不以为忤,反而哈哈大笑起来:"哈哈哈哈……倒没想到,这个女作家还是蛮有个性的嘛!……真是那个什么……蔫儿萝卜辣心儿嘛!哈哈哈哈哈哈……"

那一天,韦强下楼时腿是软的。他从来没觉得自己如此软弱无力。回家后他就趴下了,因为血压突然升高住了一个礼拜医院……

但如今一切都过去了。国人的遗忘机制堪称世界之最，何况是国人中的佼佼者。韦强把梅清风叫到办公室，给了她一个新的任务：专门负责审查那些"关系剧本"。所谓"关系剧本"，自然就是那些公司老总们的七大姑、八大姨乃至三叔伯、二舅母什么的，这些剧本谁都知道，百分之九十九点九……循环小数都是不能用的——然而退稿要有技巧，一不留神就会引来连阴天，甚至暴风骤雨。

为了表示对清风的信任，韦强当场就交给了她一个剧本，是×办的，是当年任东说的那个幻想中的×办，但在这时却是实打实的、传说中的、金光闪闪的×办。

13

深夜，梅清风打开剧本，第一页便让她哑然失笑——这显然是个从来没写过剧本甚至从来没写过任何文章的人写的。只是来个客人请喝茶便写了三页纸之多。

"我劝你别接这个活儿，"杜泽此时心情不错，在一旁轻轻摇着扇子，"这个活儿，显然是要得罪人的，而且都是那些你不该得罪的人。"

清风没吭声儿，把剧本合上了，扔在一堆旧报纸旁边。

"而且，这个活儿，会葬送你的政治前途。"杜泽认真地盯着她，"你可别再那么幼稚了。"

清风心里一怔：幼稚？这个对她的评价为什么反复出现？那么如果不幼稚，该如何处理？

两月之后，两名穿戴齐整、长相周正的男子出现在韦办。大概是之前就演练好的，韦强熟练地亲自端茶倒水寒暄一番，然后把他们领到隔壁艺术处，艺术处的其他编辑们像是事先已经被打了招呼似的作鸟兽散，只有清风慢慢地站起身来。韦强看上去少有的热情洋溢，"我来介绍一下，这位是我们的著名编剧梅清风，……清风，这两位是某办的王先生和孙先生。……清风老师认认真真地看了你们的剧本……这样，你们直接交流，好吧？一会儿中午请你们上前门饭店吃饭，我来安排一下，好好，请坐，你们谈……"

韦强说完了这几句热情洋溢的话，就身手矫健地出了门。清风明白，她必须独自面对这两位不同凡响的来客。

"呵呵，清风老师辛苦了。"笑容可掬的王先生先开口。

"我们这个二十集的本子，写起来真是蛮辛苦的，想听听清风老师的意见。"孙先生开门见山。

"我看过了，本子不行。"梅清风的一口京片子干净利索。

两人大大吃了一惊，显然是很不习惯这样的说话方式。

"……哦……，那您跟我们说说……，详细说说……"

"第一，你们这个本子叫《经济卫士》，看了半天也不明白跟经济卫士有什么关系。第二，作者完全不懂经济，说的都是外行话。第三，结构有问题，头重脚轻。里面的男三号最后写没了！还有女四号、男二号最后结局都没交代。第四，里面有不少桥段都似曾相识，看头知尾，一点儿悬念都没有。第五，人物对白一点儿都不鲜活，像是三突出高大全时代的对白。第六，没一个人物是站得住的，现在的人物，都是趴着的……"

两位先生也是倒霉，遇上了梅清风这样说话不拐弯儿的愣头青，先还一直保持着绅士的微笑，随着梅清风的一二三四，脸上的微笑越来越僵，身姿也慢慢垮塌下来，他们再也想不到，此生还能落到这么个女人手里，确切地说是落到这个女人嘴里，这个女人说话的口气完全不容置喙，一双大黑眼睛还毫不留情地盯着你，里面含着一丝嘲笑——那是能毁灭一切男人的轻蔑。

"清……清风老师,那您看这样好不好?"王先生终于轮到开口的机会,"我们按照您的意见修改,您来领衔署'第一编剧',您说怎么改,我们就怎么改……"

"这个剧,没有修改的基础。谁领衔也不行。"

孙先生硬挤出一丝笑容:"……梅老师啊,您也不要着急做结论嘛,……您看咱们再慢慢商量一下好不好?……"

王先生接过话:"是啊是啊,您看这样好不好?我们现在先去贵宾楼吃个饭,边吃边谈好不好?"

"对不起!我还有别的事要做。"梅清风站起来,已经摆出了送客的姿势。

王先生看来是早已修炼出来的人,他依然笑容可掬,从小包里掏出厚厚的一个信封:"这是一点小心意,我们知道看稿子是很辛苦的,一点点审稿费,请您笑纳……"

两位衣冠楚楚、举止不凡的男人,此刻无比谦卑、小心翼翼地看着清风,眼色如男仆之伺奉女王般殷勤,清风心里在冷笑:"把我当什么了?当成像他们一样的人了?"脸上便更加冷下来:"二位别客气了。——那咱们今天就这样?我还确实有点儿事儿,就不送了。"她轻轻推开那个信封,背起小包准备走了——她的包是赭石色的,很能装东西,动物园批发市场买的,一百块钱,但看上去似乎在一千以上,给自己,她常常买这种"买着便宜看着贵"的东西,为此她还写了个豆腐块文章《穷人美》在晚报上发了。

她再一抬头,看到两个人的脸色都变了。孙先生的脸上还突然有了些戾气,两位也都站起来,整了整包。王先生收起一脸笑,语气突然强硬:"梅老师可能还不知道,我们跟冯总很熟悉的。"

而清风的反应似乎比他预料的还快:"那太好了,你们直接找他啊。三楼，304房间。"

两位下楼梯的声音还没消散，韦强就如天上掉下来一般出现在清风面前，满脸都是掩饰不住的喜色，嘴上却说着相反的话："你看你这个人，谈个本子，也没个技巧……你怎么上来就把人家全给否了？下次再谈，应当先说说剧本的优点，然后再……"

"要是没优点怎么办啊？！"梅清风犟头倔脑地甩了一句话，背着包儿走了，把韦强一个人撂在了那儿。但是这一回，韦强一点儿没生气。梅清风那一转身一甩包儿的样子，像极了一个高中女生——都奔四的人了，还是这种状态，韦强完全不明白她的成长环境到底是什么，只觉得她根本不是女人，而是个女孩，跟一个女孩生气，何况还是可以为自己解围挡枪的女孩生气，那也太傻了。

梅清风终于在艺术处待住了。慢慢地，她也学会了谈"关系剧本"的技巧，如何能在轻言细语之间把致命的意见谈出来，甚至干脆不急于否定，而是拖，拖到最后把对方拖烦了，人家也就不再找上门儿来了。这纯粹是国人的技巧，许多话不言自明，双方都给点儿面子。清风觉得自己终于学会了方式方法。

有天晚上，杜泽回来得早，兔兔又被爷爷接走了，两人便到附近的餐馆去吃饭。清风慢慢喝着皮蛋瘦肉粥，喜滋滋地说："今儿我把何总闺女的本子毙了，何总不但没怪我，还在办公会上表扬我，说我原则性强呢！"杜泽眯起眼睛看着她，慢慢地说："有没有搞错啊，梅大小姐？你毙了她女儿的本子，她还高兴还夸你，这正是她的厉害之处，你以为她真高兴吗？有哪个母亲，女儿考试不及格还高兴？！你呀你？！你是真幼稚还是装的？我真是服了你了！"杜泽看着清风一脸迷茫的样子越发来气："告诉你吧，这整个儿就是一个阴谋！姓韦的在公报私仇，他何等聪明，知道这些乱七八糟的关系稿不能用，就让你来处理，表面上是尊重你信任你，实际上是断送了你的政治前途！

……哎呀！我真是服了你了。梅清风，这还有什么想不通的吗?！……你毙了你们副总女儿的本子，你难道还指望她将来对你的本子网开一面?！这是用脚后跟都能想象到的啊！说你不识人间烟火你还不服，实话告诉你，你们艺术处不定多少人在看笑话呢，在她们眼里，你就是个白痴！"杜泽越说越气，说到激动处，狠狠地拍了一下桌子，把桌上的餐巾纸给震飞了一张，邻桌投来惊愕的目光。

清风眼前立即出现了一个似曾相识的画面：韦强也是这样拍着办公桌，目光愤怒如火——怎么男同胞都这么爱生气啊?！或者换句话说，为什么她这么招他们生气啊?！清风迷惘地想，而且，他们表达愤怒的方式也太没创意了吧?

当然清风明白，杜泽是为了她好。

14

境外合拍的机会越来越多。冯达远亲自部署了一个任务：搞个境外拍摄，编剧请境外的作者来写。决定做一部有关加拿大小留学生的故事，因为这个题材事关无数中国孩子的家长，票房绝对不会差。名字都起好了，叫《归去来兮》。下达到艺术处，韦强考虑再三：还是找了梅清风做项目负责人，一是好歹她懂点儿英文，能省一笔翻译费，再者说，韦强何等聪明——他可不愿意第一部境外拍摄的戏连稿签都写不好，业务能力很重要，主要是容易过审。

出乎意料的顺利：一周之内梅清风就找到了一个境外作者。与其说是她找的，不如说是对方直接扑过来的。对方的英文名叫琼斯，华裔加拿大人，是去年清风旅加时认识的，现在是一家华文报刊的主编，自称采访过二百余个小留学生，对他们的生活学习都非常了解。

琼斯生得有点怪，两只眼睛像圆规画的似的那么圆，一生气会瞪得更圆。翻鼻孔长下巴，笑起来很憨厚，他叫清风姐姐，可实际上他比她还大几岁。琼斯积极的有点过了，刚刚听说这个选题，还没签合同便开始写梗概，他坚信，他在境外写小留学生的故事，无人能出其右。不到两周时间，他便写好故事大纲，然后，打了个电话便飞了十多个小时来到中国——梅清风想了想，好像作者中还没有这么有干劲儿的，琼斯的干劲儿把她吓到了。

她赶紧向韦强汇报，韦强的干劲儿也空前高涨，当晚便订了"北京宴"的包房，还把冯达远也请来了。琼斯显然是没有料到冯总会来，他只带了两份礼品，明显是准备送给清风和韦强的。琼斯倒也直接，趁着冯达远和韦强谈话的当儿，压低声音对清风道："姐姐，要不，我先送他们，你的以后再说……"清风看了他一眼，心里便有了鄙夷。当然不是为了什么礼物，而是他对这一套的熟悉。此时两位领导已经转过头来，琼斯也顾不上清风的态度，急忙把手里拿的两份礼物献将上去，两位领导的反应却不尽相同：冯总是一如既往地正气凛然，只轻轻挥了挥手，韦强却很痛快地接了，然后又替冯总把另一份也接了，然后开聊。偌大一个餐厅，好像清风瞬间变成了一团空气。琼斯一脸谄笑，说着一些让人不断起鸡皮疙瘩的话，把两位领导哄得笑个不停。原来海外华人竟是有过之而无不及啊，清风默默地想。后来冯达远因为有事先告辞了，韦强这才像突然想到似的转向琼斯："我们对你这个题材是很重视的，不然我们不会让梅清风老师来做，她可是我们这儿的主力啊。"琼斯这才打了一个怔儿，把一双大眼睛珠子调向清风，媚笑着说："那是那是啊，我和清风姐一见如故。我们谈得可好了，不然我也不会把这个敝帚自珍的题材拿出来啊！……"梅清风冷笑一声："一见如故？太夸张了吧？"

韦强一看清风那架势似乎又要犯各，忙道："好了好了，我们的清风老师喜欢开玩笑，琼斯先生你不要介意啊，那我们点菜？"清风抢过菜单:"我来吧。"自然,她是怕琼斯点了太贵的菜,在财务那没法儿走账——她是这个项目的负责人。

韦强上洗手间的时候,琼斯急忙做卑躬屈膝状:"清风姐,委屈你了,这样吧,你说个数,如果我拿到了稿费,你拿回扣怎么样?"

清风干了这些年,原是最讨厌什么回扣什么提成一类的词儿的,可是鉴于琼斯的表现,她一使性子便说要百分之十。琼斯立即满口答应。

双方谈得很好,韦强当场让清风把合同发给琼斯,两人都是一副喜笑颜开、各得其所的样子。直到谈判结束送琼斯去宾馆时,清风才对他说,关于回扣的事情取消。没想到他一听此言,好像天塌下来似的,他说:"清风姐我怎么得罪你了?是回扣还不够多吗?如果不够多那就加给你好了,我不过是要个名分罢了。"

梅清风心里嘲笑着他的惊慌,本不想说什么,但还是管不住自己的嘴:"你还真跟我想象的一点儿都不一样。"看到琼斯露出尴尬的笑容,心里又有点可怜他,暗想或许在海外生活还是太不容易了。于是提醒他赶紧看合同,有问题快点提出来。琼斯一路送出来,清风早叫了车,头也不回地走了。

15

依然要回到家里。

杜泽最近不知中了什么邪,心情坏到了极点。即使在家,他也只是往沙发上一躺,跷着腿看电视,家里像个火药库,一点点火星就要炸。清风本来就敏感,她变得很紧张。为了缓解这种紧张,她请来了一个每天做饭的小时工。小时工来自安徽,非常能干,糙是糙了点,可每天两个小时,洗衣做饭外带收拾屋子,竟然都能拿得起来,清风于是稍稍松弛了些。如今她写点东西都要偷偷摸摸的了,杜泽并没有说什么,可她心里紧张,每天,她只有等他们父子都睡下之后,才能坐在一部旧陋的四通2403打印机前面,盯着那窄窄的一条屏,用越来越粗的村妇一般的手指头敲字儿。她在写一部新的剧本,她想完全按照自己的心思写,不想其他,即使将来拍不成,也绝不后悔。每天只有这可怜的几小时,她让自己进入了另一个世界,她自己营造的世界。她知道那是个不存在的世界,但在那个假想的世界里,她还能够让自己自由地活下去。

不知从何时起,杜泽再不给家里一分钱,整个家靠她撑着,她猜想他一定是在单位出问题了,可她知道自己一句话也不能问。而杜泽,却是接二连三地干出些不靠谱的事来。譬如,突然给家里买回一只巨大的冰柜,然后疯了似的买回各种肉类,都是在早市那种最便宜的地方买的,然后,因为忘了,肉都变质了,他再把变质了的肉给扔出去。每当他扔出去的时候就会大骂清风:"你到底管什么?!这还是不是你的家?!老子把东西都买回来了,你就不知道拿出来化冻做一做吗?!"每逢此时,清风就一下子想起了当年对她百依百顺的丈夫,究竟是他变了,还是他本性如此,再也装不下去了?!

他每天骑自行车去早市,买回一大堆破鞋烂袜子,连床底下都塞满了。清风看着这个肮脏杂乱的家就心乱如麻,再想想单位那些令她头痛的事,便不由想着:"总有一天……"什么什么的,无非就是在想,总有一天,我要离开你们,离开你们所有的人,到另一个快乐的无忧的自由自在的世界里去,那个世界只属于我——天哪,那是什么世界?她的心颤抖起来——那不就是极乐世界吗?难道人只有死亡才能进入一个自己满意的世界吗?现在已经人老珠黄,离开眼前这个人,她还有力气去开创一个属于自己的世界吗?她怀疑,害怕。真的害怕。还是苟活着吧。勉强凑合着吧。忍字高忍字高,忍字头上一把刀。当年有人回答越南来宾人民战争诀窍时，只说了一个字：熬——那么熬到最后会是什么样子呢？白发苍苍老年痴呆的老妪？她不敢想了。

与她一样，儿子在家里也是噤若寒蝉。眼看儿子学习成绩直线下滑，加重了杜泽的烦恼。他的烦恼必须通过一个正当渠道发泄出来，于是他天天在儿子写作业的时候，在儿子身旁站着——他的指挥欲无法在单位发泄，只能发泄在家庭里了——殊不知他站在儿子身后，儿子会觉得魔鬼就在身边。光顾了哆嗦了，哪还有多余的脑力来做数学题?!

她明白她必须忍着——她马上要去加拿大做前期采景，但纷繁的家事还在缠绕着她，儿子学习上不去，她明明知道是因为杜泽过度的严厉苛责，也要忍着不捅破这层窗户纸——因为她在某种程度上还要依靠他，她走了，他得管起这个家，管起儿子——但她最后还是没能忍住。

临行前的最后一天，他把给她印的名片拿回来，她看了看，实在是难看至极，她不知道眼前这个人还是不是多年前那个挺有品位的丈夫，糟就糟在她又没能管住自己的嘴。

后果是可怕的——他疯了一样把名片盒往地上一摔，名片散落下来，他用脚狠狠地踩，使劲儿拧着踩，一边嘴里还在狂骂着："老子帮你还帮错了！对不起，从此以后，老子还不伺候了!!"

她的心也像被踩了似的痛。是一种钝痛。她想，她不能再逃避了，等她回来，她要解决，她要和他好好谈谈，究竟发生了什么事?!

16

所以琼斯的邀请信来得恰恰好——正是梅清风走投无路的时候。

琼斯在邀请信里说：非常希望冯总、韦主任与清风老师到加拿大去考察指导，"考察指导"这样的词儿琼斯也会用，让清风不得不对他刮目相看。

因为有别的项目需要韦强，艺术处派了副主任余志带队。临行前余志叫着导演唐林和清风一起开了个会，按照惯例，谁做项目负责人谁管钱，余志却专门指定了唐林来管钱，对清风的态度也是格外可亲："清风，你就让唐导管吧，他搞过几次境外拍摄，有经验。"清风连忙答应，心中暗念阿弥陀佛，她连家里的钱都不想管，何况单位的钱，还是得换算的加币，她一下子轻松了许多。

正如她所想象的，出关之后，老远就看见琼斯一脸媚笑地直扑余志的行李车，他说他这次要亲自为他们开车，转遍加拿大的每个角落。第一个安排自然就是：尼亚加拉大瀑布！

尼亚加拉瀑布真的令人叹为观止！真是"飞流直下三千尺"啊！确切地说，应当是三千丈才对！所有参观的人都领到一件雨披，没有这件雨披全身都要湿透，即使有这件雨披，身上也湿得差不多了，琼斯拿着一个数码相机，煞有介事地拍了又拍，面对如此壮观的自然景色，清风完全痴迷，她张大嘴去接那瀑布飞溅的水珠，水珠如同珍珠一般流进她的嘴里，清凉甘甜如饴，——呵，有多久没尝到来自大自然的味道了！——那些飞流而下轰鸣巨响的瀑布，恰如无数的鸽子，长着光芒四射的翅膀，以重复的旋律在呼吁着上天的命令——有谁能剥夺它们的白衣和翅膀？！长着翅膀，就是为了飞翔的。她记得小时候她常常做那种飞翔的梦，但是翅膀还没丰满就受伤了，她觉得自己再也飞不起来了。有时她会在梦里哭醒——她的翅膀，是什么时候受了重伤的？

琼斯热情地在一旁当解说员，看来已经无数次陪人们来过此地了："尼亚加拉瀑布是世界第一大跨国瀑布，另一边是美国的纽约州，当然，比我们这一边差远了！"琼斯兴高采烈的，满脸都是雨水，清风忽然觉得他这样子比之前可爱多了。"你们知道吗?是十七世纪的一个法国传教士发现了它,把它介绍给了欧洲,后来是一个探险者给它起的名字'Niagara'!它真正出名是因为拿破仑的弟弟带着新娘来度蜜月,这下子可了不得了,整个欧洲皇室的人都来这里参观,至今到这里度蜜月还是一种时尚呢!"

余志听得津津有味,问:"既然是跨国的瀑布,就没有边界争端吗?"

"十九世纪打过一次,后来签了个协定,规定尼亚加拉河为两国共有,主航道中心线为两国边界。余主任你看那边那个桥叫彩虹桥,那边是星条旗,这边是枫叶旗,中间是联合国旗。……"

清风转过头,看见唐林一个劲儿地用那个新买的奥林帕斯拍照,一句话也不说。唐林是八十年代拍了电视剧《十一街》火了之后从西北的一家电视台调过来的。因为《十一街》,清风很尊重唐林。

17

毕竟是中加首次合作,加方很重视,琼斯人脉又广,竟然惊动了加方的国会议员,又有当地侨领投资,安排了接见。于是一行人去了首都渥太华。一片广袤绿地上的哥特式建筑,第一眼,清风就醉了——那是加拿大的国会大厦。

那高高矗立着的"和平塔"被誉为世界上最精致的哥特式建筑,也是国会大厦中最高的建筑,一座美丽的四面钟的53个铃铛组成的定期演奏的钟琴,在太阳光下泛着金箔般的光彩。

国会议员和著名侨领亲自来接,余志按照国内的惯例,气宇轩昂地走在前面,却被议员客气地拦住了。议员说对不起,按照我们的礼节,应当请这位小姐先进。议员的话刚一落音,顿时乐声大作,皇家骑警身着深红的上衣和黑色裤子，头戴黑皮毛高筒帽，庄严华丽的仪仗队在草坪上慢慢通过——原来正赶上渥太华的卫兵换岗仪式。清风挺胸抬头，走进刻满精致雕花的大门，在那样的时刻，她没有忘记偷偷瞥了余志一眼，他被排在翻译小姐之后，脸色铁青。

议员亲自做导游参观参、众两院，在庄严肃穆的圆形大厅里，有英国女王维多利亚的大理石雕像，周围是早期历届总理雕像；东大厅有模拟的首任总理约翰·亚历山大·麦克唐纳办公室，国会大厦前的广场中心还有为纪念加拿大建国百年而建的长明灯台，据说，灯台之火点燃于一九六七年的除夕夜，并会长久地燃烧下去；灯台四周是加拿大各州的徽章，记载着它们分别加入联邦的日期。

双方进行了合作谈判。侨领很真诚，看来他非常细致地阅读了清风事先传过来的文案，他说凡是需要在加国拍摄部分的经费，全部由加方支持，场地也由他来解决。

互赠礼品的时刻到了，清风早已按照余副主任的交代准备好了礼物：一件是真正的中国古董——是一对上过鉴宝节目、被鉴定为真品的青花官窑瓷瓶，另一对不过是价值几十块钱但绣工精美，透着中国传统文化的桌旗。行前，余志简单扼要地说：假如对方真的对我们友好，并且在谈判中对于双方合拍提供实质性的支持，我们就送古董，反之，我们就只送桌旗。但是事情的发展很有趣：余志大概是因为进门儿的事心情不爽，向清风频频飞去眼色，意思再明白不过——青花瓷官窑咱不送了！可清风竟然假装不解其意，硬是把两套礼品都统统奉献出来。议员也高兴地回赠了礼物——是四枚有收藏价值的做工极其精美的皇室纹章。侨领则送了加国特产——顶级的枫糖和冰酒，并且热情邀请中方一行到家里用晚餐。"我太太做菜还是说得过去的。"侨领的脸上泛着心满意足的光彩。翻译小姐在一旁说，侨领的太太在整个渥太华做中餐都是有名的。

余志礼节性地表示了感谢，痛快地接受邀请。出得门来，只见国会山的草坪已经亮遍美丽的灯——那是加国著名的声光秀（Sound and Light Show）。国会大厦及各处的雕像全部用灯点亮，大厦在模拟着人的讲话形式，用光与声来讲解加拿大的建国史，清风完全沉溺其中，根本没有注意到余志和唐林一直在小声嘀咕着。

坐上车，快到宾馆，余志才不经意似的说："抱歉啊清风，我们想去卡西诺看看，就不去侨领家了，你代表我们去吧，一定代表我向人家表示感谢啊！……"

清风怔了："你说什么呢？你要是压根儿就不想去，别答应人家啊！人家太太亲手做了一桌菜，太不尊重人家的劳动了吧?！何况，对方是当地著名侨领，马上要合作，这样给人家印象多不好。对不起，我代表不了你。"

所有人的表情顿时石化。半晌，唐林笑容可掬望着清风："清风啊，你就全当帮我们个忙好不好？看在咱们第一次合作的分儿上，到时候，咱们剧组给你记头功！……"清风一向尊重唐林，且他平时总是不苟言笑，这个面子还真不能不给啊，可她还是觉得很勉强。"我就真的奇怪了，你们干吗那么迷卡西诺啊?！有什么好玩儿的啊？今晚上趁着吃饭的工夫把工作的事都敲定了多好，再说真的得尊重人家的劳动……"余志见清风已经松动，忙赔笑说："一定代我们表示歉意！改天我们请他们到顶级的华人餐馆吃饭！"边说着边和唐林下了车，亲自给清风开车门儿。琼斯见状也急忙下车跟在后面，一起把清风送回宾馆，千恩万谢地上了车，司机一脚油门儿，车飞也似的开远了。

那顿饭清风自然没有吃好，虽说是再三表示歉意，可连自己都觉得透着虚伪。侨领夫人的烹饪手艺一流，一大桌子菜只有三个人吃，剩下好多，夫人真诚地打了三个甜品包，请清风一定让余主任、唐导演他们尝尝。清风无奈地只好答应，回到宾馆没见人影儿，司机电话说,余副主任让"把清风老师接过去"。

司机领着清风走进这个赌场的时候,至少该是凌晨一点多了。那些坐在赌盘前的背影们战斗正酣,叮叮当当的钱币声让她想起一句美丽的诗:大珠小珠落玉盘。可她立即又觉得是对这诗的亵渎。她看见翻译小姐也换了一罐筹码准备上场,但是她丝毫没有赌的欲望,她很困,强打精神远远地看着余志、唐林和琼斯。

突然,她发现余志的手向那个装公款的军绿色袋子一指,唐林随随便便就抓出了一大堆钱。她就那么看着他们,就像看电影大片似的。这个大片可是非同寻常,看得让她难以置信。当时她还想,是不是他们赌晕了,搞错了,忘了那是公款?!——而琼斯,大概是没有什么关于"公款"的概念的。他拿了那些钱就乖乖地换筹码去了,当满满的一罐筹码放到余志眼前的时候,她费了好大力气才克制住自己没有冲过去。

她没有冲到余志面前,却冲出了赌场。她听见自己的心在狂跳。

逃离开赌场那种古怪的声音之后,她并没有觉得轻松,而是感觉到极度的孤独。

18

返京之后,梅清风一下子感觉到无法适应环境的强烈反差。

菜市场黑色的积水一下子弄脏了她的鞋子——那双鞋子,在加拿大月余期间曾经纤尘不染。杜泽在一旁不断地说:"别想入非非了,这就是现实。"

清风越来越无法容忍自己的生存状态。过去,她有一个不受外部侵扰的内心世界,可现在,这个世界在慢慢发生变化:单位让她深感压抑,而每天面对的这两个人,她的丈夫和儿子,更是让她像是喉咙里堵了一团棉絮似的,咽不下去又吐不出来,说不出来的滋味。

儿子越来越爱撒谎,她需要在家里照管好自己的钱包,这可不是什么让人愉快的事。她细细地观察,发现儿子的模样在慢慢地变化,再不是那个没有任何破绽的美少年了,也并不是那种青春期"长咧了"的模样儿,而是一种从眼角眉梢,甚至从什么不为人所知的地方,悄悄生长出来的邪恶。是的,邪恶。这么说一点也不过分。她的眼睛悄悄跟踪着儿子,发现儿子总是和一个叫作赵亮的高年级同学在一起,那个赵亮,脸上就有着一种青春期男孩特有的邪恶。

终于有一天,她从家里的电脑里破译了儿子的秘密:儿子在上国外的一个黄色网站!!她一步步点击下去,看到那一幅幅不堪入目的图片和视频,她觉得自己都快断气儿了,翻了白眼了,天哪天哪!难道现在的小年轻就看这些吗?!想到自己青年时代的禁锢,她真是觉得太荒唐了,人的一生真的像一只工蚁呢,谁也不知道自己什么时候就会被一只时代的大脚踩死。

但是她不敢告诉杜泽。

杜泽的目光越来越阴郁了,每天很晚回家,盯着电视发呆,一句话也不说,直到电视上出现雪花点为止。就这么一天天地过去,终于有一天,他爆发了。他爆发得像一筒火焰喷射器,卷了个昏天黑地。

那一天约晚九点时分,正在外屋看书的清风突然听见炸雷也似的一声吼:"——我操你妈!!——"

清风飞也似的冲进房间,看见杜泽举着话筒,脸奇怪地扭曲着,张开大嘴怒骂,骂出一串串令清风胆战心惊的话:"你他妈王八蛋,你他妈还想控制我啊?告诉你,门儿都没有!"

清风觉得全身都凉了——她冲上去夺话筒,被杜泽一把推开。她拼命向他做手势,他连理都不理,清风想,坏了,今后家无宁日了!

当然杜泽骂的是陆前宽。很久以来,陆前宽刚愎自用的性格早已让他倍感压抑，他竭力收敛，以他的总是爱走极端的性格，他把自己放得低得不能再低，低到了尘埃里，但是他很快发现，他步步后退的结果是陆前宽的步步紧逼，甚至发展到他最不能忍受的地步——当众被羞辱！

杜泽一直是主管财务的副总，而陆前宽最不放心的也是财务。陆前宽有两重不放心：一是觉得杜泽经常犯糊涂，二是觉得杜泽会忽悠，外边朋友多，怕杜泽借BO之力在外面打秋风。其实陆前宽的担心并非没有道理，杜泽心里的确想那么干，但是还没来得及，陆前宽就已经走到前头了。

陆前宽调来一个叫作李海滨的人，财会硕士，又有实践经验，不是傻子都看得明白怎么回事，杜泽便觉得心口堵得慌。找了个茬儿，冲姓李的大发一顿雷霆，本想是投石问路、敲山震虎，谁知剑走偏锋，被陆前宽反制。李海滨看起来根本就没拿他当一碟菜，任他咆哮生风，李海滨竟然谈笑自若。而且，陆前宽竟然当着李海滨和全体员工的面儿，盘问他一笔分录账的问题，这简直就是奇耻大辱！！

杜泽把这些耻辱都锉成堆儿，小心翼翼地埋在心里。如今，他已经联系好了新单位，他马上要跳槽了，他觉得是报仇雪恨的时候了！于是他在电话里口不择言，破口大骂，自觉总算出了口恶气。

可是清风觉得心里不安。

杜泽兴致勃勃地到新的公司上班，依然是副总。一切刚刚开始，貌似风平浪静，于是清风也赢得了一个相对平静的时间。她悄悄地找儿子谈，给儿子买世界名著，但她发现那些名著很快就像一堆破烂一样被儿子淘汰了。这是一个代用品的时代，一切货真价实的东西都不值钱了。但她真的不愿意自己的儿子就这么毁掉，她头痛欲裂，想找一件黄色网站的替代品，几乎均告失败。

清风不敢照镜子,她觉得自己在一天天迅速地老去。

还好,终于在暑期,儿子放假的时候,她买了一套金庸的《鹿鼎记》,假装随意地扔在那儿,被儿子捡去看了。这一看,就放不下了,连坐便的时候都捧着。她暗暗高兴,高兴得不敢说话,生怕一说话那高兴就跑了。

丈夫儿子总算是各就各位了,清风继续写那个剧本,写那个也许是她这一生中最重要的作品,她写了一个有关女性命运的故事。

19

梅清风写这个剧本的时候,觉得痛苦不再是精神化,而是像物质一般深深地在体内搅动。有时,她痛得写不下去,痛得自己如同得了绝症似的。是的,她觉得自己的确得了绝症,而时代也得了绝症,而她与时代的绝症还是错位的。一切都无可救药。奇怪的是,有很多已经被时间掩盖了的往事,现在又历历在目,好像是刚刚发生,好像就在眼前。

她一天十二小时坐在那儿写,废寝忘食,即使食,也是食而不知其味。她用这样的方式,成功地逃避了这个世界,也逃避了她自己。

突然有一天,梅清风的写作被打断了。

那个晚上是个普通的晚上,那个晚上没有什么和别的晚上不同,那个晚上充满了恐怖之声,那个晚上清风已经洗完准备就寝了。

有人敲门。

两个衣冠楚楚的男人走进来,很客气地掏出一张纸。

平时咆哮生风的杜泽一见这纸就屄了。他软软地跌落在椅子上,脸上露出一种谄媚的表情。

清风知道大事不好了。她趁倒茶的工夫看了一眼那张纸,只见红色印章盖着：西城区检察院。

杜泽就那么被带走了。

良久，她才缓过神来。她缓过神来就开始打电话。那时还是那种拨的电话，拨到手指头都肿了，才找到正经出路——那是谢同，谢同的第三任妻子焦玫，是远近闻名的大律师。焦玫显然有着职业律师的素质，她异常冷静地问了一些问题，然后就把一位西检的朋友介绍给了清风。当然朋友是朋友，钱还是少不了的，当清风把爬格子挣来的血汗钱交出来的时候，多少还是有些心疼。

四十八小时之后，杜泽被放回来，一语不发地把清风揽在怀里。清风悄悄地挣脱了，不知从何时起她已经不习惯和丈夫亲热，何况杜泽说的话让她感到肉麻和言不由衷："疾风知劲草啊，你就是我的小劲草！……"

听着这种话清风很不舒服。而最让她无法容忍的是：直到现在，杜泽依然闭口不谈公司的真实内幕，这让她觉得内心深受伤害——这明摆着是不信任她嘛！什么小劲草，她不过是他生活中的一粒可以随意摆放的砝码而已。当然，在杜泽无休止的咒骂中，她还是听出了一点端倪——好像是为了一件公司作保的事，杜泽被陆前宽诬为"挪用公款"。尽管已是九十年代末，"挪用公款"这个词依然让清风感到害怕。这个词怎么就能跟自己丈夫挂上了？这个时候，她真不愿意想那句俗话——无风不起浪，有浪必有风。

杜泽除了骂人，就是傻呆呆地陷在沙发里，要么就是拿儿子出气。清风就找了各种茬儿往外跑，这个家里真像个火药筒，有一触即发之势。晚上，清风一个人钻进冰凉的被窝，她突然想，是不是所有的婚姻与家庭到最后都会走到这一步？！所有的人都不幸福，不过是有人善于伪装，有人比较直露罢了。

她心里惊惧，好像看到了一个上了锁的房间，有很多人在钥匙孔中窥视着，但是什么也看不到。

20

但是她已经来不及细想，她又面临着新的难题——余志突然把一个写小留学生的剧本发到她的邮箱里，余志说这是一个现成的剧本，是沈阳那边一个在加拿大留过学的女孩写的，她本人就是小留学生。余志说："清风啊，你看一下吧，人家说了，只要咱们用，不要稿酬都行，人家就要个名儿，咱们省点儿是点儿对吧，前期采景咱们花了不少钱哟，你看看，如果能用就用这个吧，和琼斯解约。"

清风目瞪口呆，怎么他说"解约"就跟说取消一顿饭局那么轻快呢?! 她想起那只指向军绿色挎包的手，想起在他们"采景"的后半程，队伍中突然出现了一个叫作任小良的女孩，说是和他们一起搭伴旅游的，但是就在最后开总结会的时候，清风无意中看到他们"采景"的账单，里面有一项"翻译费"是开给任小良的，数目很高，可是任小良在沿途一次翻译也没做过啊。就在那一刹那，唐林在清风眼里一下子跌落到了尘埃中，简直变成了小人国里的人。几天之后，当她知道任小良原来就是何总的独女之后，她倒吸了一口凉气，慨叹世风不古——自然对杜泽说了，杜泽却嗔她大惊小怪："难怪你累成这样都不被提拔呢?! ——我都懒得说你了，这都是常用的套路，我现在真是心疼你们的领导，作为这么著名的大影视公司，遇到这样的员工，也真是倒了血霉了！"

清风在她的传统知识分子家庭教育中，是"吾日三省吾身"，还没来得及"省"，琼斯那边的电话就来了，琼斯简直是怒不可遏，本来就有点结巴的他完全语无伦次了，听了半天清风才听明白——原来采景之后唐林又单独去了一次"招演员"，去了一个月，有二十多天是在吃喝玩乐,最后两天,小留学生们排起长队等待挑选,有心的提前多少天看见海报的时候就开始准备了,万没想到这位鼎鼎大名的导演只问一个问题:"你们家是干什么的?"

结果,在这个问题的威慑之下,选演员变成了一场炫富的战争。"你知道他最后挑中了谁做男一号吗?"琼斯已经带着哭腔,"一个斜眼儿!因为他父亲排在大温富豪榜前十!姐姐……你觉得这正常吗?这……这公……公……公平吗?!……"

清风至此总算明白了余志让她看新稿的意思。她深知琼斯虽然层次不高,但还不至于说谎。

接下来的几天,琼斯的电话狂轰滥炸般打过来,清风已经招架不住。"喂,对不起,这样的电话以后你别打来了。情况我已经知道了,但是你打给我毫无意义。"

"怎么会?!我明明看到他们很怕你……"

"什么?"

"他们很怕你呀!那次他们去卡西诺,你看余主任那个劲儿,说实在的,当……当时我……我都不知道你们到底谁领导谁了?"

"好了,别说这些了,你得加快速度了,按合同交稿的时间快到了。"

当天晚上,清风看稿子到深夜,得出结论:女孩的稿子完全不能用。于是,翌日见到余志,她便谈了看法。余志问得很仔细,最后说:"我的意见还是换编剧。现在这个编剧太多事儿,他居然把状告到冯总那儿去了!昨天韦主任还跟我了解这个事……"

"换编剧?那绝不可能。合同上写得清清楚楚,你要是换编剧,总得有个理由啊!随便换编剧,那是影响咱们公司的声誉的。何况,这个女孩写的完全不能用,你可以看看,也可以成立一个评估团队,让大家看看。"余志没再争论,板着脸,夹着包儿走了。

清风回到家里，自忖该喘口气儿，给家里做一顿好饭，刚把冰箱的鱼拿出来化冻，电话就来了。

"请问是梅清风老师吗？"

"是的，您哪位？"

"我是池季中，是池环的父亲啊。"

池环，就是那个写剧本的女孩。

好厉害啊，此刻，池季中——女孩池环的父亲就在她的门前——一辆闪闪发光的凯迪拉克就如此堂而皇之地停到了她住的这个普通小区的门前，如同凤凰落在了猪圈里，真是万分的不协调。

她被请进车里，对方自然是十二万分的客气。"梅老师，别看我现在做点小生意，早年可是地地道道的文青啊！您的《智慧树》，那真是当年的一个经典，现在这么多年过去了，我看还没有一个作品能够跨过去呀！……"

"您到底要说什么？请说吧。"

"当然……当然是小女那个剧本，您看……"

"我已经看过了，真的没办法用。实在对不起，而且，……您想听真话吗？……我觉得，如果还来得及的话，您还是在您女儿选专业的时候把把关吧。"

"怎么讲？您是说，我女儿环环不适合做编剧这一行？"

"……您女儿，好像适合学理工。当然，这是个不成熟的小建议。如果您觉得不是那么回事儿就算我瞎说。……好了，我要回去做饭了……"

池季中一把拉住梅清风，活像一个溺水者突然抓住了一块漂木，"您还做什么饭？拉着您先生和孩子，咱们一起去吃法餐怎么样？东三环外新开了一家法餐，很不错的！……"

清风轻轻甩脱，尽量温和地说："您千万别客气呀，我们改天聊好吧？我真的还有事儿，抱歉！"

接下来发生的惊天一幕让她瞠目结舌。崭新的一大摞人民币突然出现在她眼前,她甚至都没有看到出现的过程,如同魔术师变出来的魔术,一瞬间的想法飘过脑海:原来传说中的砸钱是真的有啊!如一道寒流袭来:这个时代病了!病得不轻!在时间的断面中,治愈不了的伤,只能蔓延。——但她毕竟是没有修炼出来的,做不到喜怒不形于色,这个镜头一出来,她的脸一下子沉下来,刚才勉强演出来的温和客气全砸锅了,但是在现实中是无法 NG 的。

"您快把钱收起来吧。不好意思!"她飞也似的下了车,关了车门,那车门砰的一声儿响,在池季中的耳中不啻于破五的爆竹声,不但爆响,还有着告别的意味,震得他的心脏病都要犯了。

21

两天之后,冯达远亲自打来电话问情况,清风简单地说了说。显然冯总还是觉得情况了解得不够,韦强又让她去韦办谈情况,这时她才明白,琼斯绝非省油的灯,他一封实名举报信把余志和唐林告到宣传部的最高领导那里了。

"你处理得好!幸亏咱们没有换编剧!"韦强站起身咕嘟嘟喝了一大杯水——每当他特别紧张的时候总是喝水,"琼斯的稿子交了吗?"

"刚刚交,还没来得及看。"

"你马上看,写完稿签直接交我。"

写完稿签直接交他?这意味着,已经把余志晾起来了?她按照自己一贯的准则,有关余志的两次谈话、写手女孩父亲亲自上门砸钱之事只字未提——她觉得只要这部片子能顺利公映、公司没白花钱、影片有点意义,一切都要化复杂为简单,何况,她从来羞于干邀功这种事。

从韦办出来的时候,她觉得自己心力交瘁。坐在那台旧陋的打字机前,她的脑子里一片空白。——韦强的意思再明确不过,今天又要彻夜打夜班看稿子了。

她忽然想起连续几天都为了忙工作没给儿子做好饭。

杜泽出差,她决定和儿子好好地吃一顿。

挑了附近最贵的粤菜馆,但是坐下之后她才发现,儿子一脸不高兴,她每点一个菜他就说一句"不爱吃",可是让他点他又不点。服务员就站在一边,看着这奇怪的娘儿俩,僵持了很久很久。感受到服务员那种说不出来的神情,她觉得脸上已经挂不住了。

在她询问的目光下儿子突然站起,走了。服务员吃惊地看着她。她慢了一拍才有反应——她跟了出去,怒不可遏,理智在这一瞬间离她而去——她拼命地跑向那个男孩的前面,一巴掌打向那张戴着眼镜儿的脸。

这是她第一次打儿子——也是唯一的一次。

时间凝固了。

儿子已经长大了,她和儿子对视着,个子比他矮半头。她心里的痛楚和焦虑全部化成了愤怒,儿子的眼镜被打飞了,在路人的注视下,儿子无法忍受这样的屈辱,他尽管想装出男子汉的样子,但还是忍不住哭了,他的眼泪并没有换得她一贯的心软,她怒吼着说:"你走吧!该上哪上哪去!"

她觉得自己好像要软瘫在地上,那一天,她不知道自己是怎么回的家。她在镜子里看到自己,奇怪自己几天之内竟老成了这样。但她对自己没有丝毫怜悯,就像她现在不怜悯任何人一样。她知道,今天又要度过一个不眠之夜,然后,为一部电影的诞生,她还要继续去争论、修改、补漏,什么是可以说的,什么是绝口不言的,都要分清楚,一个小小的疏忽,就有可能全盘砸锅,全部的责任,最后都会推到她的身上；而如果成功，那就是领导的，是明星的。别人站在台前，她站在幕后——这些都是小事，对于她的大事，是那个电影剧本，当她把全部思维都调动起来应付这些事的时候，她觉得自己一个字也写不出来了！

晚上十点半，儿子回来了。

儿子显然意识到自己错了，他垂着头，提拎着书包，歪戴着眼镜，走进来。

她像什么也没发生似的，淡淡地说："饭在锅里，吃完了，洗个澡。"

儿子答应了一声，就去盛饭了。儿子吃了又吃，儿子吃得特别多。她守在一旁看着他吃，多少年了，她习惯这样，她喜欢看他们父子吃饭，他们吃饭都很香，不像自己，什么好吃的放在嘴里都是味同嚼蜡。

晚上，儿子很快入睡了，发出很香的鼻息声。她打开他的作业本，成绩有了明显的进步，而且，最近他再也没去过网站。她坐在床边一会看看稿子，一会儿看着儿子，惊诧那么一个小生命竟然如此迅速地生长起来。儿子的嘴角已经有了淡淡的绒毛，他有他的明天，有他自己的命运，这是给他生命的人无法改变的。曾几何时，他还踢着小胖腿儿一踹一踹的，她需要费很大的劲儿，才能给他穿上小毛袜子——那双袖珍的小毛袜还在抽屉里，现在只能装上儿子的一个脚趾头了。

岁月或许原本并不那么沧桑，是后来人用泛滥成灾的文字把简单的日子变得漫长。

她的泪水慢慢滴落下来。

22

一年以后，韦强终于被提拔当了公司领导。早在传言阶段、尚未坐实的某日，已经由冯总变为冯董的冯达远居然破天荒地请梅清风到办公室谈工作。艺术处的人都认为梅清风将大祸临头，清风自己也在拼命地回想，自己最近又毙了哪位要员的关系稿——然而门一推开，迎接她的是冯达远笑容可掬的大方脸。

"清风啊，坐坐。"冯达远指指身边一般让显赫人物坐的位置，亲自给她斟茶，"这是明前龙井，还好啦，你尝尝……"

"谢谢冯总，我不喝绿茶的。"

"哦，那这里有上好的金骏眉，好吧？"

这回，再不接过来就是不识抬举了。清风接过茶，道了谢，喝了一口。

接下来的事，令清风跌碎眼镜。——冯董竟然诚恳地表达了自己的希望：希望清风来接韦强的班。

清风张开的嘴半天都合不拢。

随着冯达远的讲述，清风眼前出现连贯的画面：

一个月前，韦强就坐在这儿——此刻她坐着的地方。

韦强说："……如果让我提名，我提梅清风。"

韦强说："……您觉得奇怪？其实不奇怪。梅这个人，优点缺点都很明显，缺点不用说了，过于感性、情绪化，甚至有时候孩子气。但是她的优点也是明摆着的：对剧本的判断力很强，解读分析能力一流，文字能力不用说了，人脉也广，艺术处负责人，没有比她更合适的了。当然，还需要您好好调教……"

冯达远温和地笑笑："他和我想到一块儿去了。在一些报刊上看到一些有关你的文章，还真是挺关心的，都让秘书剪下保存起来了。"他顺手拿过厚厚的一本剪贴簿递过来。清风接过，沉甸甸的，翻一翻，哟，还真的挺全，心里仿佛有股暖流涌过。"唉，您比我留的还全。"她说着，低下了头，被人打败了似的——她最怕的，是别人对她好。

"韦强的看法，也就是我的看法，情绪化、感性……都不是什么大不了的事，磨炼磨炼，就会慢慢成熟起来。你看看怎么样啊，哈哈，不急不急，回去考虑一下，不用着急答复我。……"

上电梯的时候正巧碰上房管科的老张，老张一脸的笑，似乎已经知道了什么，压低声音说："快分房了，您知道就成了，别告诉别人儿啊。"

在清风的记忆中，杜泽的眼睛里还是第二次爆发出这样的火光。第一次是在求婚之时。而此刻，杜泽迫不及待地让话语从舌尖滚出来，就像是湍急之河，一波未平一波又起："这没什么可考虑的！马上答应马上答应！夜长梦多！告诉你，有可能领导不是找你一人谈话，备胎多了！你明天一早去，第一件事儿就是这个，明白吗?！……喂！你懂吗？如果你不答应，那么另外那个上来的人就有可能把你整死！懂吗？那个位子比什么都重要懂吗，哪怕你什么都不干呢，占了那个位子，就一直会享受那个待遇……明白吗?！……还有，最重要的，是你们那个房管说的，要分房子了，你知道处级的分房标准吧？你老嫌咱家太小，不像个剧作家的家，那你抓这个机会啊！白拿的房子还不要吗？不要白不要啊！将来钱攒够了，咱再买他一套怎么样?！……这个账你会算的吧?！"

杜泽眼里的火光几乎灼伤了她的脸，他的脸越贴越近，唾沫星子直喷到她脸上。她下意识地别过脸，还听见他震耳欲聋的咆哮："别假清高了！你不是也希望你的作品能引起更多关注吗？那样你只有坐了位子才行啊，不然你拿什么和人交换啊?！……"

杜泽上班去了。杜泽的话还在耳边盘旋……真的是这样？真的就是这样吗?！……她抓起电话问朋友，一个挨一个地打过去，得到的所有答案都一致。还有几个朋友开玩笑："喂，你一定要当啊！就冲能帮哥们儿闹点儿版权费也得当啊！那个位子可是相当有权力，以后哥们儿可就靠你了啊！……"

"唉，这你还有什么犹豫的，当啊！你们写作的人不是讲究生命体验吗？就是体验一把当官儿的滋味儿也挺好啊！……"一个她过从甚密的闺蜜如是说。

嗯。这倒是个很好的理由。

一个人一生就这么几十年，什么都体验一下有什么不好？……她辗转反侧，想不出推托的理由。

23

她走进冯董的办公室。冯董笑吟吟地打招呼："清风啊，来来来，就等你呢……"亲自倒水，杯子还没倒满，电话来了。接了得有二十分钟，刚坐下来要谈，有人敲门。

进来的是制片人卢志雄。这可是当时全国风头正劲的大制片人，在外面接了几部电视剧，那几部电视剧在一年之内霸占荧屏，里面的演员明星俨然成了超级巨星，一年内就培养了一大批迷弟迷妹们，于是卢志雄也顺理成章成了超级英雄，居然在网上与国师并列提起。然而在这儿，在这个古老的影视公司的一把手面前，清风看到他不可思议地缩着身子、弯腰驼背，膝盖发软，小心翼翼，目光卑微，不敢直视，她心里偷偷地笑了。

而冯董的脸竟然比著名的"变脸"还快，简直是转瞬之间，冯董脸一拉，面如冰霜："……说说吧上次那事儿，一直等着你呢。"超级英雄卢志雄好像一下子变成了一个宵小,一双眼睛骨碌碌乱转一气,好像怕什么人听见了似的。清风忙说:"冯董我先出去一下。"冯达远瞪起一双正义凛然的大眼睛:"不用!清风你坐这儿。我们马上就谈完。"然后转过头去向超级英雄怒斥:"说吧!《拳击台》你赚了多少?你报的数和实际票房相差很多啊!《最上镜小姐》呢?别以为在外边儿搞电视剧我们就不了解情况!……还有《风儿在歌唱》《遥远的爱》《大爱无疆》……你一个个跟我说清楚了!!"超级英雄的头越沉越低:"冯董您听我说……"

冯董狠狠地拍着桌子,是用双手拍,清风吓了一大跳——这力度远远超过韦强和杜泽的总和啊!这可太不像平时很讲究礼节的冯董了!没容她想下去,冯董大声吼道:"卢志雄!!你别忘了一直是公司在托着你,你他妈的总共来了不到四年,你去问问,厂里有多少制片导演没事儿干,要不是前年做了那个反腐倡廉的戏,谁他妈的认识你是谁?!你丫当时不过给林复加跑跑腿儿当个小制片主任,告诉你,人家认的不是你!是堂堂的鸿毛影视公司!你他妈的翅膀硬了是吧?会撒谎了是吧?!甭拿索福瑞当幌子!索福瑞老总是我兄弟!收视该给你丫压下去照样儿压,你现在是不是觉着自个儿特是个人物啊?!……"

清风坐立不安,说实在她觉得自己真不该坐在这儿看这一场戏。但是冯董又不让她走,她自己也有好奇心,而此时,她完全被好奇心攫住了。她完全没想到平时讲话很有水平、颇具风范的冯董竟然还有另一套话语系统,她眼看着超级英雄被这一套话语系统制服,头越来越低,简直快要跪下去了。

"……您……您容我说一句,"直到冯董骂到中场休息、茶歇之时,卢志雄才颤巍巍说出一句,"……《大爱无疆》《遥远的爱》的钱还没打给我,一直拖着呢,《最上镜小姐》已经打给财务了,三天前打的,可能得要五个工作日才能到账……其他的,都已经过来了啊……"

"你再看看当初的协议是怎么签的!"冯董把茶杯重重摔在桌上,"你到底得交公司的百分比是多少?回去看看再跟我说话!!"

"您……您说多少就是多少……"超级英雄简直要哭了。

这时,假如不是门铃再度响起,我们的超级英雄真要跌落尘埃了!进门儿的是大明星路和平。路和平进来,卢志雄哈着腰倒退着走了,活像古装剧里的太监。而路和平这位家喻户晓的大明星,上来就笑嘻嘻地打招呼,也没忘了跟清风点了一下头。"头儿,听说要分房了?这回可得想着我点儿了!上回那房子,真不是人住的,那……那户型也绝了,您猜怎么着?是长三角形儿的,为了节省面积,开发商这都想得出来……"

"不是人住的,那你不也住了吗?"冯董这时气定神闲地燃着一支烟,就仿佛刚才那场戏完全与他无关。

清风想,这回应当是走的时候了,谁知再一次被冯达远强力挽留:"清风啊,你再稍等一等,等一等,"索性转过头去对着路和平,"老路啊,梅清风你认识吧?著名编剧,咱们艺术处的头一把,啊?""认识认识,就是还没聊过天儿。那什么,头儿,说真的,这些年了,咱对厂里没有功劳也有苦劳吧?我从没跟厂里提过什么要求,这回分房,说什么您也得给我分套像样儿的房子!"

"那依你看,什么才是像样儿的房子呢?"冯董的声调里满含讥讽。

路和平压低声音:"听说陆琴园那儿有七套,是吗?给我一套,不过分吧?……那什么……"

"陆琴园那儿有七套?我怎么不知道?……谁告诉你的,你找谁去吧。"冯董眯起洞察一切的眼睛,清风看到那目光在温和中有一道杀气,心里一凛,呵,她总算明白杜泽韦强他们为什么老说自己"幼稚"了,说真的,在这样沧桑老辣的目光对照之下,韦强他们也该算是"幼稚"了,而自己,简直就是幼儿园大班还没毕业呢!

"去找房管老张去！他知道得比我详细！……清风啊，咱们接着谈……"

路和平可不是卢志雄！路和平是整个九十年代家喻户晓的大明星，那部根据于无声小说改编的曾经造成万人空巷、手绢脱销的电视剧《情网》，就是路和平主演！那时的互联网还不发达，然而即便如此，发到公司给路和平的信也足有两大麻袋！路和平出行，即使是戴着大墨镜，也会有路人蜂拥而来，要求签名与合影。路和平演过皇帝，九十年代的帝王戏还不多，所以路和平的皇帝成了数亿人民心中最认可的皇帝，以至多少年之后的宫廷戏还被大家拿来与路和平的皇帝比较，最后结果永远是"比路和平演得差多了！"

然而即使是这样知名度甚高、深受广大群众热爱的大明星，在这个大影视公司的地位也是十分尴尬——清风其实早就发现了一个秘密：在公司内部，一切都是与外面的世界相反的，譬如演员与编剧导演的地位。在外面的世界，演员何等光鲜，编剧导演走在街上，除非是国师级的，谁认识他（她）是谁？！偏偏艺术范儿比较强的编导又统统都是不修边幅的，年轻点儿的容易被人当作街头混混儿，老点儿的穿件时尚点儿的衣服，干脆就被人当成刷了绿漆的老黄瓜，横竖不被人放眼里。可在公司内部，仅仅是清风这一等草民编剧，就能天天享受大明星们给自己开关电梯开关门儿的待遇，在开关的同时，明星们都会压低声音说出同一句话："老师，有好本儿想着点儿啊。"

而在冯董这里，鼎鼎大名的路和平干脆就是个零，甚至负数！

但路和平毕竟是路和平，星光熠熠的路和平毕竟是有脾气的！为了一套房子他已经做小伏低了十几分钟，现在，他再也忍无可忍了！

"头儿，我今儿是请了假特地从横店赶过来的，怎么着也得给我个面儿！您也知道我这回演《飞夺泸定桥》受了多大罪！得有七八次从马上摔下来，冰天雪地愣往冰河里跳，一天一天威亚上吊着，成天坐办公室的能分那么好房，怎么着也得对我们一线的高看一眼吧？！"

冯董突然冷笑一声："从你第二部戏就演男主，难道公司还没有高看你吗？你能有今天，当然主要是你自己的努力，可难道不也是公司的重点培养？说到《飞夺泸定桥》，我还正想找你呢。"冯董站起身慢慢踱步，"可是有不少人反应你公开刁难导演啊！听说，你拿着剧组的道具手枪质问导演，'那时候有这种枪吗？你丫细查查，别丢人！'导演是比你年轻，经验不如你，可你也不能是这种态度啊，还有，更严重的，你三番五次地催导演解散剧组，仨月之后再聚集，是什么意思?！你知道这意味着让公司多花多少钱吗？三百万！三百万啊！！不是你的钱！！"冯董突然把一双皮鞋碰得啪的一声响。"告诉你！别看你现在是大明星，全国各地宠着你惯着你，你的灰色收入有多少我门儿清，可老子就是不吃你们一线明星这一套！话说白了，《飞夺泸定桥》剧组不能停机，愿意拍就拍，不愿意拍就给我滚！三条腿儿的蛤蟆难找，两条腿儿的人有的是！"

路和平脸色瞬间煞白，站起身摔门而去，大吼一声："有什么了不起的！不行老子到外头买！老子自己买！"——这气急了的话随着砰的一声门响，吓得清风几乎跳起来，但她同时发现冯董像没听见似的，打开一个卷宗，慢悠悠地嘀咕："哼，一个大男人骑个马摔下来七八次，还好意思说！……清风啊，有几点我要跟你交代一下……"

她心里一凛，这么说，他已经认为我是板上钉钉了？……没容她想下去，办公室主任老宋又按铃进来："冯董，客人已经到了，您看是……"冯达远从容地看了下表："哦，到点了。请他们进来吧。清风啊，你也一起。是韩国电影代表团，谈合作。将来这些各国影视代表团多了，你也实习一下。……哦，欢迎欢迎……"

进来四个韩国人，两男两女。真没想到，没整过容的韩国人，竟然丑得如此有创意，他们的脸都是东一块西一块的，如同飞沙走石一般。那个年纪大些的女人，叫朴金玉的，身材活像是早年东北打水的

"柳罐儿",上窄下肥,脸上抹了很厚的粉,虽然一眨眼儿就掉渣儿,却也填不满那些坑坑洼洼。眼睛细得像线儿勒似的,嘴唇像被打肿了似的噘着,并且,从那双线儿勒细眼背后射出的光也远非坦诚。清风于是把目光移向那个年轻些的,更是吓了一跳:那简直就是朴金玉的年轻版,急忙问了名字,还好不姓朴,姓郑。那两个男的更是像孪生兄弟,都是一律的小细眼、高颧骨,说话的语调非常夸张,清风知道正是冯董本人把韩流引进了中国,功不可没。

谈合作,韦强当然也必须在。韦强今天穿得很正式,西装革履的,清风一眼盯住那条宝石蓝的金利来领带,正是当年自己的馈赠,当年多么想看一眼他穿正装的样子啊,她无数次地在脑海中已经画好了他英俊潇洒的蓝图,可现在,无论是他穿顶级时尚还是丐帮服,在她眼里都没什么感觉。只是偶然在午夜梦回的时候,她想起他,想起当年自己对他的那种莫名的情感,会有一种隐隐的痛。

韦强却是恰恰相反,他觉得这个叫作梅清风的女人,是需要长久相处的,时间越是久,越是能见到她心地的清澈,她像个孩子似的,从不防范任何人,别人也用不着防范她——但是他不了解的是:梅清风是个眼里不揉沙子的人,哪怕是曾经的沙子,只要挡过她的眼睛,她就会永远记得。韦强以为他们的关系早已恢复正常,可实际上,他已经永远从这个女人的心里消失了。

自然会一直谈到吃饭的点儿,双方客气一番,冯董竟出人意料地同意了对方的建议:尝尝韩国菜。于是到了京城最好的一家韩国会馆。形式氛围都好,九十度弯腰客气也少不了,就是上的九道菜里,她没有一道喜欢吃的。

24

席间自然要谈及中韩两国的电影，双方当然都是客气得要命。清风虽是很烦韩国人的做派和长相，然而对韩国电影却着实敬服。金基德、李沧东、朴赞郁这三大导演的片子，她是每片必看，好在那时卖碟的小胡每周必来，小胡来的日子，便是整个艺术处欢欣鼓舞的日子。时间长了，小胡竟已经弄清谁喜欢哪类的片子，一到清风这儿，就是伯格曼、法斯宾德、汉内克、库斯图里卡、昆汀马丁斯克塞斯、格林纳威外加韩国那三大导，其他的人基本上是商业片娱乐片就足够了。

所以当韩方首席朴正南先生问起谁看过他心中的顶级大片《约定》，冯董、何总、韦强、余志等面面相觑之时，清风小声说："我看过。"于是所有人的目光都集中到了她的身上，清风最怕这种时刻，或许是天性害羞，她总喜欢把自己隐藏起来，做个槛外人。但是如今关系到"国家荣誉"，也是不能在韩国人面前认输的缘故，她说："我看过。"

首席自然不能轻易放过她，"哦，梅小姐，你喜欢这个片子吗？"

"非常喜欢。特别喜欢全度妍的表演。"

首席简直喜出望外："原来梅小姐喜欢全度妍？！"

"当然。我认为她未来将是韩国演艺界的女神，她潜力太大了！虽然不算太漂亮。"

首席激动得有点夸张："梅小姐的品位真的很好啊。……那么请你预判一下，今年的奥斯卡最佳外语片……"

"哦，这个太难预测了。"清风淡淡地喝了口茶，"如果按我个人的品位，应当是《海上钢琴师》。"

首席如同遇见知音似的伸长胳膊跨过桌子和清风握手："按你们的话来说，真是英雄所见略同啊！英雄所见略同！……"

大家都哈哈一笑，站起来干杯。

"不知朴先生对我们的电影怎么看？近期的，有什么比较中意的吗？"冯达远微笑着。

"中国电影，都很好！很好！……"朴正南显然是在努力回忆看过的中国电影，但是显然是想不起来。坐在一旁的朴金玉开口了，声调极其温柔，与柳罐般的身材形成鲜明对比："中国有一部电影，叫作《甜蜜蜜》，我很喜欢。是那个叫张曼玉的女明星演的，男主角叫……叫……"

"黎明。"清风说。

清风并没有觉察，听到《甜蜜蜜》这三个字，冯董的眼色便划过一丝沉郁。很久以后她才悟到，韩国人的说法其实很伤冯达远的自尊，他在这个影视公司干了多年，经他手出过无数的电影电视剧，可韩国人单单喜欢一部香港片，而且还是香港即将回归时的片子。更有甚者，他发现韦强他们也表现出高度认同，清风就更不用说了，她的喜怒哀乐都在脸上，刚进门儿时那种神情都消失了，变成了一种遇见知音式的喜悦。

冯董适时地把话题转移到合作项目中来。

何总、韦强、余志他们都立即追随转移了话题，可清风还在与朴金玉小声聊着《甜蜜蜜》。

25

"韩国人真会过啊，居然连泡菜也算是一道菜！"这是回到冯董办公室之后清风说的第一句话。

冯董哈哈一笑，而韦强严肃指出："梅清风，你的毛病又来了！人家是客人，人家请我们吃饭，再怎么不好吃，起码的礼貌是要有的吧?!"

"是啊，刚才吃饭的时候我很有礼貌的呀？可现在回到自己人这儿，你不能不让我讲真话吧？"

冯董笑对韦强："你别说，我还就是挺喜欢清风这个直来直去的脾气，现在的这种直性子人太少了，你没见一个个到我办公室来的人腿都打弯儿吗？那种人说的话我能信吗？"

"您就惯着她吧。"韦强咕噜了一声，毫不客气地转向清风，"你还就得改改你这个劲儿，动不动看不起这个看不起那个的，你凭什么看不起韩国人？人家来谈合作，招你惹你了?!"

"哼！跟你说，从这届日韩世界杯起，我就看不上他们了！韩国人太玩儿赖了！把西班牙、意大利这样的世界强队都给黑下去了，所有人都有目共睹……你没看球儿吗？你看见他们球场旁边挂的那个牌子了吧？还有，他们那些韩剧，动不动就把中国的针灸、刺绣、经文、古训说成是他们的，恨不得孔子、孙中山都是韩国人，你不觉得很恶心吗?!"

"那你还跟那个高丽大婶没完没了的……"

"咦，你这不也歧视人家吗？……"

"好了好了！……你们两个怎么见面儿就掐？……今天有点儿累了，咱们聊点儿轻松的话题吧。清风啊，你们编剧界的那个什么高叔宝你熟悉吗？"

清风点点头。她本来以为冯董要谈关于艺术处接班的事儿，正想着该怎么应付。

"他嗑药，已经是公开的秘密了，不嗑，就写不出本子来！你们猜怎么着？上星期我就去了他们定点嗑药的那个零号公馆，在那儿待了一宿！"

"啊?!"清风惊呼起来，韦强也明显吃了一惊。

"哈哈哈哈……没想到吧，我这是真正的体验生活，你们敢吗？你们不敢！"

"……那您也不想想，您是堂堂鸿毛影视公司的老总，万一警方突查，您要是被逮着了怎么办哪？……"

"他们现在都有非常先进的测试器，谁吸了谁没吸，当场就能测定。"

"那也不对啊！您的身份在这儿摆着呢，万一被查了，那不是成头号新闻了?！……"

冯达远笑一笑，点起一支烟，"高叔宝那个人，平常还算是正常吧？……"

冯达远谈笑风生地聊着高叔宝，没有停下来的意思，清风看着窗外，阴云密布狂风骤起，仿佛暴雨即将来临。

"冯董我得走了，好像马上要下大雨。"

"坐我的车，我送你。"

"不了冯董，那什么……我……我认真考虑过了，艺术处那个位置还是留给别人吧，我……我可能干不了。"清风像是犯了大错误似的深深垂下头，声音小得像蚊子哼哼，心里在准备着领导们晴天霹雳般的发作。

但是没有等来，她抬头看看，两位领导都静静地吸着烟做沉思状，于是她又补了一句："以后公司有什么不好处理的稿子，我还可以义务地看。"

两位领导吐出的烟圈儿慢慢升起，交融在了一起。

26

外面已经狂风大作。

清风在电话里跟杜泽简单地说了整个过程。

清风没想到的是，杜泽的暴怒远远超过了她的预期。

杜泽怒得像是要隔空扔过来一柄方天画戟，不不，说是骤雨般的箭镞更贴切些。

"现在不能说你是幼稚了！你是弱智懂吗?！天哪！我怎么娶了个白痴老婆！！……大家都在演，为什么就是你入不了戏?！"

清风的眼前出现的是遥远的一幕，杜泽抱着百合花，一脸甜笑："真的清风，我从来没见过比你更聪明的女孩，你真是冰雪聪明！你是个罕见的天才，你有顶级的智商，连最聪明的男人也不是你的对手……"

"行了！你等着我，马上要下大雨，我先去接儿子，再去接你。"

清风没说话，默默地收了线。

清风把自己的那辆破自行车从车库里推出来，发现自己没带任何雨具。天已经擦黑了，雷声滚滚，所有的同事们早已下班，但她突然觉得很兴奋，有一种莫名的冲动让她迅速地跨上车，飞也似的骑进瓢泼大雨之中。

她在暴雨之中一路逆风，拼尽全力不让狂风把自行车吹倒，扑面而来的雨点打得她满脸生疼，有几次，她怀疑自己的脸已经渗出血来。

后来她真的出血了，是鼻血——有多久没流过鼻血了？还是在小学快毕业的时候，突然有两滴血流到试卷上，她很害怕，老师领着她走出教室，为她找了干净的棉球。后来她才知道，那是她的初潮，因为受凉和过度紧张而经血倒流——天哪，现在不会也是这样吧，她想着自己的日子，是的，差不多是这样。

于是忽然之间，一切都变成了外化的世界，她心里在编着一个故事：一个孩子在慢慢成长，慢慢长成受不了伤、刀枪不入的模样儿，所有的伤口都在暴雨中隐隐作痛，孩子忍痛把那些伤口从身体里掏了出来，鲜血淋漓。

她的心在一瞬间疼得发抖，不听话的泪水冲出来，和雨水搅在一起。

一辆公交车紧贴着她的身边呼啸而过，公交车上的人们看到整条黑暗的街道只剩了一个女子在艰难地骑着自行车，狂风卷起她的长发，暴雨已经把她全身的衣裳都淋透了，那件白底绣着灰色花纹的衬衫，可以清晰地看到里面的内衣。雨水不断地从额前的头发上流下来，鼻血把她的前胸弄得一片狼藉，可她似乎对一切毫无知觉，面无表情，看不出年纪，只有嘴唇在冻得发抖。头发挡住眼睛了，她会用手飞快地撩一下，这时候车把就会歪了，单薄的自行车如同一片羽毛，随时都会被巨大的风暴卷走。

几个坐着公交去上夜班的年轻工人被这奇怪的景象惊呆了。

"女士！向你致敬！！……"突然的呼唤打破了她的冥想，她这才感觉到一辆公交擦肩而过，贴得也太近了！几乎撞上了她的车把，几个年轻男子从车窗里探出头来向她挥着手："厉害厉害！向你致敬！……"这时她才突然发现自己这副狼狈不堪的模样儿，但同时又听出那呼唤中没有嘲笑、没有幸灾乐祸、是小时候听见过的那种声音，那种北京男孩带着点儿坏劲儿的、善意的声音。她庆幸自己的眼泪一直藏在了大雨中，没有被发现。

那呼唤突然给了她一种刺骨的温暖，仿佛唤醒了她心中隐藏的芯片，那些飞速旋转的芯片闪闪发光，她整个人都浸透在光里，暴雨化作外在的世界，与她完全无关。是的，她总是这样，总会有一个细节、一个微小的光亮，在她需要的时候，跳出来救她，就像她写的剧本那样——对于那些一直期待神迹降临的人，只要昼夜还在更替，只要有一间陋室还亮着灯光，只要产房里还有婴儿的哭声，只要她湿透的衣裳还在黑暗中泛着青花瓷的颜色，——尘世间或许有比神迹更美丽的。

她竟张嘴去接那飞溅的雨水，雨水有土腥味儿，她突然想起尼亚加拉那甘甜如饴的水滴，那些飞流而下轰鸣巨响的瀑布，恰如无数的鸽子，长着光芒四射的翅膀，在暗夜的天空中飞翔，有多久没有做过飞翔的梦了？有多久，她总是在暗夜中惊醒，恐惧之蛇会趴在她的背上久久停留——时间变成了一种暗物质，在慢慢侵蚀着她，毁伤着她，毒害着她。她故事中的那个孩子，无论怎样拼命抵抗，最后还是会在时间的暴雨中，慢慢入戏、成长，直至成为一个陌生人。——许多年前看过的一个童话，有一位白发先知重复着说："这世界不会有另一种终结。"

"你是个失败者！失败者！！失败者！！！……"白发先知狞笑着贴近她的脸，越贴越近，变成了杜泽的脸、韦强的脸、余志的脸……他们怒火中烧，眼睛变成了棕黄色，嘴巴张得像是要吃人，双手拍着桌子，但是在狂风暴雨中，已经变得不那么可怕了。

于是在二十世纪九十年代末的那个暴雨之夜，那个叫作梅清风的女人无数次摔倒又起来，满身泥水血水狼狈不堪地挣扎着，这种不识进退的女人，连上天也无法怜爱，所以，她必须是失败者，彻底的失败者。

但是她却出现了幻觉：她仿佛觉得自己受伤的翅膀又能飞翔了！虽然痛，却依然能拼命鼓动着，风驰电掣般，冲向前方未知的风暴。一个念头牢牢地攫住她整个的心和脑，她几乎要大声叫出来了：先知说得不对！——这世界，一定有另一种终结。

一定有的。

白木马与喇叭花

在遇到殷平之前，李晴一向相信人可以貌相。起码，"眼睛是心灵的窗子"这句话是对的。而现在，她简直觉得眼睛实际上不过是掩饰心灵的毛玻璃而已。因为殷平长着那么一对温厚的、坦诚的眼睛。

那是在龙庆峡的一次笔会上。湖光潋滟，山色空。她和殷平乘着一叶小舟，漫然荡去。殷平全神贯注地看着她，一双温厚坦诚的眼睛微笑着。

李晴是来自一家电视剧部的编辑。过去小说家们最讨厌与影视搭界，所谓怕"触电"是也。据说触了电便有扯不清的皮，而且若论"厚黑"之功底，小说家们常自叹弗如。于是也就只好做清高状了。不过现时的行情却已有不同：首先是价格全面放开，铁饭碗岌岌可危，爬格子动物们惶惶不可终日，靠小说致富显然已成神话，而电视剧本的价码却正在日新月异地提高；其次是影视较之小说更容易被现代人接受，写本子的如今更容易成"腕儿"，运气好点儿的几天之内便可家喻户晓，顶不济的也混在众星里过把瘾，远比那把胳膊写残了也不招人待见的小说家们划算。

何况李晴有着很让人放心的一种书卷气，服饰又十分美丽优雅，自然便成为中心人物，倒把那些红极一时的女作家们冷落了。

李晴自然不肯坐失良机，便委托了一位作家协会的男士帮她约稿。

这位男士颇有些堂吉诃德遗风，竟不遗余力以"穿梭外交"将作家们所带作品统统缴来。加起来有十余部。李晴夜以继日地以高淘汰制筛选，最后只剩了一部长篇《逝却的潮汐》。

这本书令她惊叹、战栗，她那摘去隐形眼镜儿的眼睛湿了，又亮了，然后飞速旋转起来。这本书的作者是殷平。

殷平大李晴两岁。谈不上漂亮，却生就一副温柔敦厚的样子，个子高大壮硕，声音也十分动听，说起话来总伴着一种胸腔共鸣，好像那高高的胸脯里藏着一个音箱，笑起来，便成为美妙的和弦，很能让男士们莫名其妙地亢奋起来。

殷平写了断断续续也有十多年，也曾有过小小的轰动之作，却始终不曾出大名。她一直小心翼翼地和文坛保持着距离，所以谁也闹不清她的底牌。或许是她自己要造成一种神秘感。不过这种欲擒故纵的把戏对于现代人来讲缺乏吸引力。在星汉灿烂、瞬息即逝的时代，人们缺乏研究人的兴趣。后来她终于决定改弦更张。但是改变谈何容易。让一个做惯淑女态的人忽变河东狮吼或低眉巧笑都不容易。她还没选择好自己的新形象。

女人和女人之间容易成为朋友，也容易成为仇敌。做朋友心中也暗含嫉妒，做仇敌又难免某种吸引，总之，憎爱不是那样分明的。殷平平日很会与同性打交道，她甚至认为女人比男人要好哄得多。譬如正当女人盛怒之时，你若真心地赞美她漂亮，她便立即变为佯怒。而男人需要的却是实实在在的东西，仅靠甜言蜜语无法真正占有男人。殷平觉得自己多年来在女人无法排解的嫉妒和男人无法实现的欲望的夹缝中生活，比较起来，似乎还是同性的危险性小一些。但李晴是个例外。

李晴一向对于别人的赞美持怀疑态度，特别是当这赞美来自同性的时候。不知以前受过什么刺激。李晴与殷平一拍即合只是因为一个人——一个她们共同认识的人。自然，这是个男人。

他叫胡毅，是影视与文学的两栖人。三十年前便开始写作，砖头块似的东西也抡了一些，只是不知为何无甚反应。十年前，殷平在一次文学发奖会上头一回见到他。其时，她刚刚在一全国重点刊物上发了一个头条，且被圈子里人认为很有希望获全国奖。当时他笑嘻嘻地问她："你是北京的作者，怎么到南方去发稿子？"她觉得这话问得奇怪，便笑嘻嘻地反问："你是南方人，怎么到北京安家？"他便不再答话，转头去跟别人聊天去了。

但这两句对话的交情并未就此结束。几天之后，一个去外地上大学的朋友小吕回来，大讲了一通胡毅的故事。原来胡毅是七十年代初参加抗美援越的战士，革命者的典型。连"四人帮"都挑不出毛病来的那一种。小吕是从一个短篇小说《喇叭花》发现这位不凡的作者的。"拨乱反正"时期常忽然涌现出一个令人瞩目的大腕儿，而小吕虽是搞化学的，这方面的预言却是惊人的准确。在《喇叭花》出台的前一时期，小吕刚刚向殷平隆重推荐过一篇叫作《白木马》的小说。殷平读后，觉得果然不凡。而且，《白木马》的作者岳雄很快便成为名噪全国的著名作家，而且与殷平有了一次"孽缘"。所以殷平读《喇叭花》读得很认真，而结果却是大失所望。

她觉得作者写得很累，连读者也跟着累。很多语言很拗口。既没有飞上天去的空灵，又缺乏站在地上的坚实，而且在表面的大气魄后面，似乎埋藏着一种阴暗的东西。

但是多年过去，那种感觉早已荡然无存，当李晴提到胡毅的时候，殷平立即热情洋溢地提到这一段往事，用一种调侃的口气谈到《白木马》与《喇叭花》。

李晴过去做中专教师，教中文。作为三师的毕业生，这已是上乘的工作。但是漂亮表姐冰冰做的那份工作一直令她羡慕：冰冰在电视台做节目主持人，且不说那份收入，单是天天花枝招展地上镜便很神气了。李晴面对镜子里的面容，觉得一点不比表姐差。正巧电视台专题部要招聘主持人，李晴便托表姐联系好了，精心修饰了一番，为了不吹乱发型，李晴特意打了一辆面的——那时北京街头刚刚出现这种黄色的小面包车。

但是试镜的结果很出人意料，看上去蛮漂亮的李晴在屏幕上竟惊人地难看。大约她这种脸型很不适合上镜。李晴看了一眼屏幕上的自己便走了，连向表姐告别的礼节也疏漏了。三个月之后，李晴到这家电视剧部当了编辑。

《白木马》与《喇叭花》很快把李晴和殷平拴在了一起，她们成了无话不谈的朋友。谈话的高潮自然是性和隐秘。殷平大而化之地说如何把镜花水月式的感情转化成实实在在的性爱着实是一门学问。李晴听了这话，便一反常态地激动起来，李晴说她的需要恰恰相反，她希望一种有距离的爱，这样的爱才能长久。殷平说她也懂得爱情瞬息即逝、友谊地久天长的道理，但是人已经活到了这把子年纪，要是不过把瘾就死，那也太亏了。中国人太注重生命的数量而不是生命的质量。李晴听到这儿一下子呆了。李晴瞪着戴博士伦镜片的大眼睛说，这话你是听谁讲的？殷平笑笑说，这话还要听谁讲吗？殷平的潜台词谁都听得出来，殷平的意思是说难道这点浅显的道理还要听谁讲吗？李晴读懂了她的潜台词，心里便突然充满仇恨。李晴低着头说，这话我听一个人说过。殷平沉默下来，静静地等着她说出一个人的名字。但是她没有等到。这个名字始终不曾从李晴嘴里说出来。但是殷平很快便猜到了，以她独特的聪明。她想那人的名字一定叫作胡毅。

当时李晴一直以"他"作为代名词，讲述了一个十分平常的故事。李晴已经结婚数年，生有一女。婚姻虽然谈不上特别美满，倒也相安无事。李晴调到电视剧部之后不久,便有一个"他"追逐而来。按照李晴的说法,他生得男子气十足,很像高仓健,对她一见钟情。李晴说他是个著名人物,是个非常了不起的人,他一见她就难以克制,连叫数声答应我,然后就开始动作了。殷平饶有兴味地听着,听到这里,不无羡慕之意。殷平说,天哪,我怎么就从来没遇见过这种男人!我遇见的男人都温良恭俭让,极尽克制之能事,就是有极好的机会时也能保持"慎独"。李晴像没听见似的,完全沉浸在自己的故事之中。李晴说,他对我是情有独钟,除我之外,眼里没有别的女人。只有在听到这句话的时候,殷平产生了怀疑。按照殷平的判断,好像没有任何男人可以对一个女人情有独钟,即使有,也是瞬时,这种瞬时充满了危险和自我欺骗。殷平深深地看了李晴一眼,李晴属于那种很典雅、很书卷气的女人,但是缺少女人的魅力;殷平在看李晴的时候,李晴也在看殷平,李晴觉得殷平身上有一种很强烈的气味。那是一种笼罩一切的气味。李晴在这种气味里略略有一点不自信,但是这种不自信很快就被那个"他"的强烈情感淹没了,在殷平的羡慕眼光中,李晴微微地有一点骄傲。接着,李晴详细地询问了殷平与胡毅认识的过程,最后李晴说了一句几乎让她悔恨终生的话:李晴说,你看胡毅这个人,总是那么热心,他还说你问问殷平愿不愿意到电视部来。李晴显然说完这话立刻就后悔了,因为她紧接着找补了一句:我说人家活得好好的,到咱们这儿来干吗?然后李晴笑了一笑。李晴笑得十分困难,李晴那时还不太善于掩饰自己。

  李晴的笑自然是想淡化她不留神露出的这句话的效果,但其实适得其反。这话对于殷平来说恰似于无声处的一声惊雷,她不可能不注意,不可能不震撼。她知道她要做到的就是调整好自己的表情,尽量装出若无其事的样子。殷平想换工作已远非一日,近来这种愿望尤甚。原因是单位开始对她层层加码,让她来组织写作班子,培养笔杆子等等。殷平的单位是个闻名中外的大厂，按说这种单位养个把作家完全不成问题，但坏就坏在殷平表现太好，以至层层领导都觉得若不重用殷平就对不起她。殷平的作品，他们都是不看的，唯其不看才愈显得神圣。所以在他们的想象中，作家的作品和秘书的公文以及一切文字方面的东西都是一回事。正因如此，他们一致认为应由殷平来抓这项工作。这样做，既重用了殷平，维护了领导们的心理平衡，又可以为厂里培养人才，何乐而不为呢？

哭笑不得的只有殷平自己。在厂里工作二十多年的经验告诉她，对领导们陈述这两种文字如何不同是无效的，推托是无用的，而接受这种工作又等于给自己的写作判了死刑。唯一的办法是表面上与领导们虚与委蛇，暗中另找出路。殷平早已觉得，这个大厂对于自己来说，已经非常陈旧了。

李晴的话仿佛开启了一扇门，殷平似乎已经看到门里边亮闪闪的灯光了。

殷平静了一静。殷平换了个话题。殷平问你真的喜欢《逝却的潮汐》吗？李晴一下子睁大了被博士伦笼罩的眼睛：当然！我太喜欢了！殷平又静了一静，然后说，那么我把修改权给你，你自己改好不好？李晴听了这话一下子呆了。李晴不知道殷平是不是一直在真空里活着。此前，李晴一直在精心算计着如何开口谈改编或购买版权的事，现在电视行情如此紧俏，作家们开价越来越高，电视部的编辑们使尽浑身解数也不见得能在这方面如愿以偿。可殷平现在竟然主动提出由李晴来修改，并且只字不提版权费的事，简直令人难以置信。李晴回答这话的时候声音都变了。李晴说，那太好了，只是我从来没写过东西，我们……我们合作好不好？殷平想了一想，说还是暂定由你来改吧，如果有什么困难，我可以帮忙——胡毅也可以帮你嘛！对了，胡毅的电话能给我吗？老朋友了，问候他一下。殷平说得那么淡然，以至李晴又犯了第二个错误。李晴几乎是毫不犹豫地把电话给了殷平。

在接到李晴的欣喜若狂的电话的时候，胡毅正在电脑前写着一部准备划时代的长篇电视剧。胡毅在电视剧部干了十年之久，写过几十部电视剧，却没有一部给人们留下什么印象，以至胡毅这个名字在百姓中间还十分陌生。胡毅认为这一切都是部领导的不公正待遇造成的。胡毅因此对部领导十分失望，对那些马屁精们切齿痛恨，正是那些家伙挡了胡毅的路，以至胡毅在进入知天命之年的时候仍然一无所获。胡毅认为自己有着巨大的潜力，包括各方面的。

李晴的电话唤起了胡毅对于遥远往事的回忆。对于殷平，他实在是记忆模糊了。只记得她是个长相一般但说话刻薄的小姑娘。但这些年来他一直在各种重要报刊上不断看到殷平的名字。看到她的名字，他心里就生出一种十分复杂的情绪，说不上是羡慕还是嫉妒，抑或是一种完全的不服气和不屑一顾。但是李晴的信息确实让他惊异不已，这信息使他心里忽然升起一种想与殷平重逢的愿望。

胡毅小说的第一个读者照例是李晴。当光线从半掩的窗帘外透进来的时候，李晴认真阅读的脸显得十分柔和。胡毅觉得此时的李晴非常可爱，就忍不住一把揽住她，在她颊上轻轻地亲了一下，胡毅坚硬的胡须刺得李晴皱了一下眉头，她本能地向旁边一闪，这种躲闪的动作更刺激了胡毅的欲望。五十多岁的胡毅喜欢从年轻女人的身体里闻到青春的气息。他早已与和他同龄的老婆分居，或许他是个唯美主义者，因为即使欲望如火的时候，他也决不再愿与老婆同床——他不能忍受她松弛的皮肤和下垂的眼角，以及那两只小小的完全失去了弹性的乳房。

胡毅和李晴的关系也仅仅维持在肚皮以上。胡毅的胆量和欲望像许多中国男人那样无法等同。胡毅真的不明白李晴为什么要誓死捍卫那条短裤，好像那短裤里藏着什么见不得人的秘密似的。胡毅下定决心说服李晴向他袒露全部的真实，如果实在说服不了就使用暴力——殷平的电话就是这时来的。

胡毅没有得逞的欲望转瞬间化作了一种交谈的冲动。他嗓门儿的热度把电话那边的殷平吓了一跳。殷平在做了一番习惯性的道谢之后，胡毅开始一句连一句地宣讲起电视部的好处来，胡毅在激动的时候完全不用标点，他一口气说完了那许多话，直至完全喘不过气来。等到电话里的声音完全静止的时候，殷平才慢慢开口。殷平说，既然这么好，那办办试试看吧。这时胡毅才充分意识到李晴的存在，李晴的大眼睛牢牢地盯着他，胡毅何等聪明，话锋立刻一转，胡毅说这件事倒不是那么着急，关键是你的影视作品还是少了点，这次听说你要和李晴合作是吗？殷平说我可没说要合作，我是说让她来改编，我看她蛮聪明的嘛。胡毅笑了，隔着电话殷平都能闻见一股异味——胡毅还是太不会掩饰自己的感情，在这几秒钟之内，殷平断定了自己的猜测。胡毅紧接着又说出一句愚不可及的话：还是要你多多指点嘛。俨然已是与李晴一家人的口吻，殷平在电话的另一边冷笑了。

一向争强好胜的李晴把三岁的女儿交给婆婆，开始夜以继日地写剧本，李晴一向自信自己不比任何作家差，认识胡毅之后这种感觉更强了，她觉得至今没发过东西的原因只是运气不佳而已。两个星期之后，第一集写了出来，当然，第一个读者是胡毅。胡毅不敢怠慢，当天晚上便秉烛夜读，第二天一早就来了电话。胡毅兴奋的口气让人觉得是发现了一个电视大腕儿似的，李晴接了这个电话便抛开了最后一点不自信。她按照胡毅的建议，立即驱车去找一位叫作应玉雪的导演，她想，只要导演一点头说服殷平接受便不是太难了。

应玉雪其人还是值得大书一笔的。首先，她在全国的知名度远在胡毅和殷平之上。提起电视部的应导，这两年真真是家喻户晓。第一部轰动全国的电视剧便出自应导之手，那是写一个家庭在"文革"时期悲欢离合的电视剧，当时是万人空巷、手绢脱销，第二天一觉醒来，所有老太太的眼睛都是红肿的。在车上、班上、公共场所，人们所谈所议都跑不了那部叫作《情缘》的电视剧。《情缘》女主角留的那种怀旧型发式也立即在下至十五、上至五十的女性中风靡一时。其次，应导出身名门，她的祖父是慈禧太后钦点的宫廷画师。母系一族也绝非等闲之辈。这使应玉雪在血液里便带来了一种骄傲。这种骄傲使她的美丽带有一种难以言传的贵族气。还有，当然就是她的美丽了。女导演风吹日晒、心力交瘁且需要像男人一般叱咤风云，开裤腰带以下的玩笑，否则剧组就镇不住，这样便很难保持美貌。比男人更凶悍的女导演比比皆是，而像应导这样的却犹如凤毛麟角。应导的美应属梅妃、赵飞燕、林黛玉一类的，不但美，且有一种"闲情似娇花照水，行动如弱柳扶风"之气韵。胡毅初识应导的时候，颇有一种"恨不相逢未嫁时"（当然，"未娶时"更确切）的感觉。有很长一段时间，他认为应导是完美的，直到那次与应导第一次合作。

那是应玉雪刚从电影学院毕业的翌年，也正是第五代导演大放光华的时候。作为老编剧的胡毅，完全可以找一个比应导经验丰富得多的导演来接他的本子。但是一种顽固的罗曼蒂克式的想法掳住了他。他觉得自己和这位漂亮的女导演之间似乎应当发生点什么。

按照电视剧部约定俗成的做法，本子一通过，编剧就不再过问了，但胡毅从来例外。无论多累多苦多忙，他都要和导演共同战斗到底，甚至要帮助导演挑演员，再打入剧组帮助演员纠正对白。对于演员的每一句台词、每一个眼神，胡毅都绝不轻易放过。所有的导演都怕胡毅，因为他们知道，胡毅在指挥剧组无效的时候会突然出现在部领导面前，像秦香莲拦轿告状一样无限冤屈地申诉：这群混蛋把我的剧本活活糟蹋了！！

但是应导自有一套硬派作风。她看过胡毅的本子，只抓起电话轻启朱唇：给我补写两场戏。——没有任何商量的余地。胡毅乖乖地补了两场，三天之后，应导又把本子摔回来：女一号那场重头戏不到位，那是你们男人眼里的女人，不是真正的女人！

这下子可难了！到底什么是真正的女人？"真正"二字如何定义？胡毅冥思苦想了一阵，恍然大悟：机不可失，时不再来。应导的这句话绝不能从字面意义来理解，这是女人们惯用的伎俩——用极端的说法来吸引男人的注意，这正是应玉雪向自己发出的信号啊！不行动，还等什么呢？！

胡毅顶着酷热，直驱应导的宅第。胡毅带着满身太阳的气味，一团火球般敲击着应导的门，并不管门铃在哪里。但开门的时间太长了，长得让人生疑。随着呀的一声门响，一只强健的手臂从门缝里出现，接着镜头拉开，一个光脊梁的强壮男人居高临下地俯视着他。从两排猩猩似的齿缝里蹦出两个字：找谁？

由于意外的惊吓，胡毅的嘴半天没有合拢。胡毅在这堵墙似的男人面前一下子感到了自己的渺小以至忘了来此拜访的初衷。胡毅嗫嚅着说，请问应玉雪导演在家吗？那男人声如洪钟地问：你有什么事？胡毅听了这话更慌了神，好像内心全部的想法业已曝光了似的。胡毅只好强作镇定地说有一个剧本需要和应导一起讨论，那男人不等他说完便说，你是胡编剧吧，实在对不起，应玉雪正在休息，如果她认为需要讨论，她会跟你联系的，说着对不起便要关门，胡毅急急地扒着门缝艰难地探着脑袋：请问您是……那男人笑一笑说我是她丈夫，也是影视圈里的，咱们圈里人都知道规矩，本子交了，就让他们导演去折腾吧，何苦那么累！说完，就微笑着把胡毅孤独地隔绝在阳光之中。

胡毅好久才醒过味来：原来应导是有丈夫的，怎么一开始就没想到这点呢？！

胡毅按照自己的理解把女主角的那场戏重新写了一遍，交了之后便再不见应导踪影。直到审片时胡毅才发现,本来二十集的戏,应导给拍成了十二集!而且,他认为最最精彩的几场戏被砍得面目全非,这还不算,一条主线几乎彻底拿掉,留下的倒是一条辅线。他强忍怒火勉强看完,正想拍案而起,谁知部主任忽然站起身鼓起掌来。于是各处室的负责同志都跟着站起鼓掌,应导也急忙站起来,应导美丽的脸被淹没在掌声之中。部主任紧握应导的手悄声低语了一句什么,应导嫣然一笑,随后部主任回过头来看胡毅:老胡,也祝贺你,作为编剧,你为导演提供了很好的基础。胡毅不知是该哭还是该笑,他咧了咧嘴说不出话来,这时部主任助理很委婉地说,不过导演的分镜头本改动比较大。技术部门的负责同志进一步说应该说这个戏的导演二度创作比原剧本有了飞跃。在对应导的一片赞美声中,胡毅逃离现场。他谎称自己忽然感到心脏不舒服,但是当他回家之后,心脏真的不舒服起来,他直挺挺地躺在那里,给李晴挂了个电话,他在电话里把一个男人能用来骂女人的话都化作倾盆大雨倾泻出来,如果不是老婆按响了门铃,这场大雨还不知什么时候下完。

直到第二年该剧获了亚太电视剧大奖,胡毅的脸才算多云转晴。胡毅对李晴说,尽管"那丫头"艺术上不怎么样,但在政治上很会讨巧。李晴注意到胡毅对应导的称谓业已由"那小婊子"变成了"那丫头",知道暴风雨已然过去。胡毅清楚地表明他推荐应玉雪做导演的原因依然是:她在总体把握上会讨巧。胡毅进一步说像我们这种人艺术上是不成问题的,只要有人在政治上为我们把关,我们的作品就能获得国际奖。

然而应导的反应大出两人意料。那天李晴刚刚起床还没来得及梳洗,应导硬邦邦的电话便摔了过来。这电话使李晴保持了三十三年的自尊毁于一旦。为了记住这笔仇恨,李晴凭记忆将这次对话记录如下:

应：喂，李晴吗？

李：是……是我。啊，是应导！应导你好！！

应：你好。你的本子我看过了。

李：怎么样？

应：怎么说呢？还是直说了吧，不行。

李（此时心已忽然乱套）：怎么……不行？为什么不行？部里很有经验的编剧也叫好呢。

应：我不管谁叫好，是我导演不是他们导，我说不行就是不行。编剧法十三要素我们且不说了，连基本的创作规律你都不懂。我已经看了原作，你的剧本基本上是大段大段抄原作，而且原作究竟写的什么你根本没闹明白！你抄都给抄串行了！！

李（此时已脸色煞白，几近晕倒，竭力抗争）：那么按你的理解，原作写的是什么?!

应（怔了一下）：当然……当然是写一种商战时代的亲情的……

李：那是你的理解！究竟是写什么，作者的回答才是最权威的！你和作者交换过看法吗?!

应：那倒不见得，既然想改电视剧，导演就有二度创作的权力！

李：可作者是把改编权给了我，不是给了你！现在一切还都是未知数，只不过给你看看本子，而且只是一集！你愿意接就接，不愿意接，谁也没勉强你！

应：你这个人怎么这么可笑！口口声声用作者来压我，什么作者给了你改编权，拿合同来我看。

李又惊又怒，一时说不出话来。

应：拿合同啊！这种事可是口说无凭！！

李晴到底还是缺乏经验，她脱口而出来了一句：你不相信可以打电话直接问作者嘛！

　　应：作者电话是多少？说啊，你怎么不敢说了？

　　尽管当时李晴已经感觉到自己办错了件事，但还是被那轻蔑的口气激得错到底了，她像扔石子似的把电话号码扔了出去，然后就砰然挂上了电话。

　　挂上电话之后，李晴就知道自己是大错特错了。她急忙拨殷平的电话，拨号的时候她的手抖得很厉害，她想，假如那电话占线，就证明应玉雪抢到前头去了，如果那样，她将立即驱车前往殷平家里，虽是亡羊补牢，也还算来得及，最好就势儿把合同也签了，那时不管怎么样心里也踏实了。好在电话是通的。殷平那一声懒洋洋的"喂"令她无比激动。

　　殷平当时正躺在床上看杂志。殷平多年来写的都是些严肃得不能再严肃的作品，却专爱看些浓汤辣水的花花世界。殷平青年时代很受男人宠爱，那时她独自生活在一群男人的世界里。那是保卫西沙的年代，她当时正在西沙当电话兵，虽然容貌一般，却因了年轻，更因是独一无二的女人而成为无可争议的女王。她养成了自我中心主义和一种强烈的控制欲，她常常对男人们呼之即来、挥之即去，运筹帷幄、决胜千里，她既是战略家，又是战术家，一句话，是个天生的政治家。但是她的政治家面目牢牢地藏在温厚善良的眼睛后面，使人难以识破。而她对于"含金量"的爱好，则更是从不为人所知，连与她共同生活了十五年的丈夫也毫不知情。她只是在独自一人的时候才显示出这个爱好。

　　她此刻正在看的是一本美国摄影集 *PLAYGILE*。里面名种各色的性感女人在展示着裸体，一想起这些裸体被男人蹂躏，她心里就蓦然升起一种蔑视。在她心底深处,个人尊严至高无上,视别人却如同粪土,特别是那些如花似玉的女孩,她觉得她们天生就是作为性的对象供男人使用的。她从来就没把她们放在眼里。

李晴的电话来得很是时候,因为按照一般的规律,殷平再过十分钟就该入睡了,一个半小时之后,殷平又会起床吃茶点。殷平通常吃巧克力排和核桃糕,喝柠檬茶或者红茶,这种习惯使殷平逐渐丰满,以至她侧卧入睡时看起来像是一尊卧佛难以撼动。

尽管李晴说得语无伦次,但殷平在开初的五秒钟之内便明白了整个事情的就里。殷平暗喜调工作有望。殷平继续用一种万古不变的声调来对付李晴的激动。李晴说,殷平你说实话,你这部长篇到底是写什么的?是写商战时代的亲情还是对理想主义的怀念?殷平问,你说呢?李晴说,我觉得是写一种对于理想主义的怀念,整个小说都充满了一种怀旧情调。殷平淡淡地说,你太聪明了,我确实是写这个的。接着,殷平听见李晴的声音因了兴奋又高了八度:太好了!这证明我是对的!希望你能亲口告诉应玉雪,这样她就无话可说了!殷平微微一笑说,没问题,你就写吧,我相信你的改编会成功的。李晴说,你等着我,我马上带着合同去你家。殷平说,那你太辛苦了,不如在我们之间找个中点更好一些。两人商量了一阵之后,决定晚上到电影学院附近的那个酒吧去喝咖啡。那个酒吧的名字叫达达。

达达酒吧矗立在一条小河的旁边。那条河因终年被一种异香笼罩着而成为京都一大著名景观。电影学院的学生们深爱此地,常常在这香河旁徘徊至深夜,如果正是恋爱季节,则河水分泌香气尤浓。在这种香风里谈恋爱,很少有不成功的。

达达酒吧的老板就把这酒吧开在香风四溢的河边,日进斗金。

殷平走进酒吧的时候,李晴已经在一张小木桌旁等候多时了。殷平一眼就看出了李晴刻意打扮了一番:一条洋红重磅纯丝紧身裙,脚下是同样颜色的丝麻编织镂空凉鞋，全套珍珠首饰佩鳄鱼皮嵌珠小皮包，最抢眼的是她头上的那顶帽子，帽形便十分别致，像是一只反扣的花篮，更加上那同样洋红的绢丝花朵，把脸蛋衬得如少女一般鲜艳，在幽暗的灯光中像一支明亮的红烛一般。殷平在心里不出声地笑了一下，然后衷心夸赞：你真漂亮。

殷平的着装正好相反：简单得不能再简单——这是殷平的风格。殷平讲究实惠。殷平从不管别人飞短流长，她是少数活得真正舒服的女人之一。每逢开笔会或吃宴请，她总是不忘带上几个塑料袋，在最后的晚餐结束之后，在众目睽睽之下，把那些能带走的美味尽数收集，横扫一空。她对于美食的爱好，使她不可避免地发胖了，但她从不采取任何减肥措施，她甚至很少戴胸罩、腹带一类的东西，现在就是，她一屁股坐在一只简陋的木椅上，任两只已经略显松垂的大乳房沉甸甸地挂在抬起的大腿上。

李晴见到殷平，就展露出那一脸的笑容，李晴一展露笑容就显出了年纪。李晴说，殷平你真了不起，你是那种真正了不起的女人，所谓"大象无形""大巧若拙"是不是就指的你这样的人。殷平听了恭维，完全不动声色，笑笑说，不不，真正招人喜欢的还是你这样的女人，李晴，男人女人都喜欢你。李晴听了这话，特别是看到殷平那诚实无欺的表情，心里着实受用，李晴感到如果不想出一句话来说就掩饰不住自己的欣喜，于是李晴说，不不，喜欢我的只是一小撮人，可喜欢你的人成千上万。殷平微笑一下说，瞧咱们俩真是互相吹捧。两人见面的开场白遂告一段落。

李晴开门见山便讲了签合同的事，出乎意料，殷平答应得十分痛快。殷平连问也没问是合作还是卖版权，钱的事更是只字未提。殷平痛快得令人生疑。李晴转转眼睛，心想还是多个心眼为妙，现在影视合作的陷阱数不胜数，不定哪步就栽在哪个人的手里，所以李晴随口扯了个谎说，那咱们就说好了，下个星期到我们单位去签合同。其实合同书就在李晴的鳄鱼皮嵌珠小包里。

殷平打了个哈欠说，好啊，随便你。殷平说得那样漫不经心、从容不迫，有一种雍容华贵的懒散，殷平的这种态度更加让李晴琢磨不透。李晴想，一定要问问胡毅再做决定。两人相视一笑，碰了一下杯，杯里是长城干白。轻轻抿了一口，殷平便不过瘾似的要了两杯人头马。殷平把酒递给李晴的时候说，喝得半醉的时候，真是一种人生享受，你真应当体验一下。接着殷平便自顾自地喝起来，看着殷平那极为惬意的样子，李晴终于也按捺不住了。李晴先是一小口一小口地喝着，喝了几口以后便发觉，这洋酒似乎比国粹更对她胃口，便开始做豪饮状，一会儿她便酒酣耳热，心突突地跳起来。

李晴说，殷平你真是个好人，让人佩服。真不知什么样的男人配得上你。你先生一定对你非常尊重。殷平笑笑说，是这样，但是我需要的其实不是尊重。……我倒觉得，你先生一定对你万般宠爱。李晴低头说，过去是的，可现在……殷平说，夫妻时间长了都差不多，家庭生活的本质就是重复琐碎。男人其实很重视家庭，即使外面有一万个情人，他也不愿意离婚，所以我觉得女人不能坐以待毙，女人也得以其人之道还治其人之身。李晴说，你说得真对，难怪现在婚外恋越来越多。殷平不经意似的忽然问一句：胡毅这么多年倒是很稳定的啊？李晴的脸唰地一下红了。李晴的表情打消了殷平最后一点疑问。李晴说，是啊，倒没听说过他有什么桃色新闻。殷平见李晴十分虚弱，便适时转移话题说，那么我们说好我下周三到你们那里去。殷平坦然对着李晴询问似的眼睛说，你不是让我到你们单位签合同吗？

殷平回家后的第一件事便是给胡毅打电话。殷平像对一个亲密的老朋友似的把与李晴见面的事说了，并说李晴说约好下周去单位签合同。胡毅十分高兴，说太好了，有你支持李晴，就什么都不怕了。接着胡毅又把嗓门提高到相当吓人的分贝，胡毅慷慨激昂地谴责应玉雪。胡毅虽然没敢把在李晴面前用过的那些词拿出来，但也毫不留情地指出：应玉雪这个女人，虽然长了一副骗人的模样，可是连一点女人的味道都没有。说句难听的话，一看就性冷淡。这种女人的丈夫一定是世界上最可怜的。胡毅的谈兴大发，所有的积郁都用后现代话语表述出来。如果不是殷平及时制止，那么胡毅很有可能做彻底不眠的燕山夜话了。殷平用一种老母鸡对小鸡的那种庇护态度表明了坚决站在李晴一边，然后还没等胡毅笑出声来便话锋一转，殷平说不知道去签合同的时候能不能顺便跟电视部的领导谈谈调动的事，我去你们单位一趟好不容易的。电话那边，胡毅怔了半分钟，胡毅说当然可以，我和李晴都陪你去，到时候我们都会帮你说话。你准备一份简历，越详细越好。

在殷平去电视部的前夜，李晴失眠了。胡毅早已把殷平那天的电话内容告诉了她。胡毅因为怕引起李晴的疑心，便特意渲染了殷平对于李晴的那番好意。但这仍然不能减轻李晴对于殷平要与部领导谈这件事的戒心。因此李晴的第一个举措便是：把那份简历要来，扣下了。

那简历不看则已，一看就不由得李晴心里醋海翻腾。那殷平七十年代末便开始发表小说，已有作品二百万字。大大小小的奖也得了十余个，还进了剑桥名人录。李晴一看这些，心里便蓦然升起一种压迫感，她觉得自己无法忍受和这样的人共事，即使她一句话不说，李晴也会有一种中煤气的感觉。何况，殷平很能说，而且殷平深谙兵家"哀兵必胜"的道理，所以她讲起话来总是正题反说，先抑后扬。

但李晴同时既不愿影响改编小说，又不想在胡毅面前失分，所以李晴遇到了一个难度很大的问题。李晴想，唯一的办法只有等待机会了。

电视部主任吴光已经六十有二，但颇有"烈士暮年，壮心不已"的气概，一心想再搞一部全国轰动的电视剧，但现在早已不是当年——草莽英雄渐起，有枪便是草头王。全国人民的兴趣热点不断变化，谁也无法跟上那瞬息万变的节奏，所以"轰动"二字谈何容易。

吴光有心想进几名实力派编剧，在他离去之前实现他的轰炸计划。

就在这时，胡毅隆重推出了殷平。

吴光看殷平第一眼的时候觉得兴味索然。这种高大壮硕的中年妇人似已不大可能有什么建树。于是他心不在焉地听着胡毅喋喋不休地介绍，心里完全不为所动。吴光深知，胡毅历来巧舌如簧，能把八宝山的死尸从骨灰盒里搬运出来。吴光还特别注意到李晴郁郁寡欢的眼神。吴光脑子里在飞速运转着，判断着。不过没有答案。不像是胡毅这小子的又一次什么艳遇，也不像是受了什么贿赂。

后来吴光站起来，想结束这场无意义的谈话了。

吴光想结束得无怨无悔，于是他向着一言不发的殷平问了一个问题，你说说看，电视部的戏质量上不去，到底为什么？要想迅速上去，得怎么做？

吴光看见殷平像被涂白了的大玩偶似的脸动了一动，动一动之后就似乎焕发出一种神采。殷平讲起话来有一种从容不迫、笼罩一切的气氛。殷平说，您这道试题好难答哟。接着她说，我倒是想过很久。贵部过去几乎囊括了影视界所有的光荣。但三十年河东三十年河西，江山代有才人出，各领风骚数百年。当然，对我们这个时代来讲，是数百天。数百天也很了不起了！因为现在是个多元化的转型时期，鱼龙混杂，诸侯争霸，能争取到一个层面的观众就很了不起。如果让全社会一致叫好，恐怕很难。看你到底要什么，看你认为究竟什么最重要。依我愚见，电视剧无非有三种，一是又有意义又有意思的，像前两年的《围城》《南行记》，最近的《黑槐树》什么的，评委叫好，观众也叫好。二是只有意义没有意思的,这种电视剧太多了,举出例子会得罪人,我就不举了。三是只有意思没有意义的,港台的好多肥皂剧都是这样,无粮瓜菜代,没戏就靠耍噱头来讨好观众,须知讨好观众着实是下策,观众只能引导不能迎合,得走在观众前头,这是题材是否讨巧的关键……

当然,仅仅靠题材是不够的,实际上,在一个正常社会里,题材的作用应当是微乎其微的。什么样的题材在大师笔下都可能成为精品,在蠢材手下都可能成为垃圾,您说是吧。我觉得最关键的还是人物和故事,说到这儿,我好像得吹吹牛了,我不是吹我自己,我是说在这方面,写小说的要比专业剧作家强一些。对小说家来说,塑造人物是强项,人物塑造成功了,戏也就成了一大半了,另一小半靠技术性的东西,什么情节啦,悬念啦,节奏啦,笑料啦,等等。这些纯粹可以通过操作来完善。我倒觉得,一个电视剧本,用不着有太多的底蕴、深度这些东西,电视剧应当是一种快餐文化,快餐文化也有精美粗陋之分。快餐环境也有整洁脏乱之分。在一个优雅清洁的环境里吃花样繁多、制作精美的快餐与吃那些苍蝇当头的大排档的感觉当然完全两样。这么看来,贵部真正需要的是编剧匠,是能按老板心思制作出精美快餐的短平快厨师。当然啦,这都是我的一些纸上谈兵的想法,在您这样的大师面前,简直是班门弄斧了。

吴光的眼睛炯炯放起光来。他万没想到这样一个貌不惊人的中年女人,一个影视的门外汉,竟把话说进了他的心里。这女人绝非常人。他想。在她讲话的时候有一种领袖风范,看得出她心里根本没把胡毅等人放在眼里,但是表面上却非常客气和周到。吴光想,她太是他需要的那种人才了。吴光的决定就是在那一刹那做出的,吴光在做出决定之后一般不会动摇。

实际上,在殷平一开口的时候胡毅就后悔了。胡毅本来一心想帮殷平进来，因为第一，殷平从没搞过影视，在她这个年龄重新上道，也绝非易事，绝构不成对他的威胁；第二，他和李晴在电视部已早有物议，他不得不防，出于对李晴的感情，他觉得殷平在创作上完全可以帮她，而两人是同性，有些事将来可以通过殷平来办，似乎比自己亲自出马效果还好些；第三，也是最重要的一点，就是殷平此人没有当官的欲望。凡此种种，他认为殷平如来部里，利多弊少。但是殷平一开口谈电视剧，他便一下子觉得自己落入了一个圈套。这女人竟然对电视剧有着如此细密的考虑，如此精到的见解！就连自己搞了十多年电视剧，也从来没想过这么多！这女人竟然把自己掩饰得如此彻底！她就像一颗定时炸弹一样默默等待伺机爆炸，她爆得那么漂亮，那么精彩纷呈。她一开口，便有一种强大的气场笼罩，谁也动弹不得。天哪，这女人太厉害了，她绝对是自己的潜在威胁！但是，从吴光的表情来看，胡毅明白大势已去。胡毅暗恨自己虽已年逾半百却依然幼稚，慌乱之中他看看李晴，李晴苍白沉默得就像一种静物，但那苍白和沉默中似乎正在聚集着一种力量，一种仇恨的力量。

但是殷平的话还没讲完。殷平接着说，如果您不反对的话，我再试试回答第二个问题。应当说，这个问题比第一个难度还大。谁也不是预言家。而且，回答这种问题要承担一定风险和责任，但是我想，最坏的结果无非是我预测错误，但我的错误绝不会导致您的决策失败，因您是影视界的泰斗，有丰富的经验。如果我错了，导致的最坏结果是我调动工作失败，这是我个人的失败，不足为虑；但如果我对了，哪怕有一点点可行的成分，都会带来意想不到的收获。这么说吧，您刚出了这个题目，我就想起了一句话：第一个把女人比作花的人是天才，第二个把女人比作花的人是蠢材。您懂我意思吧？

吴光眼前一亮，连连点头。吴光看到殷平的嘴唇有点发干，立刻倒了杯茶放在她眼前，用的是他招待贵客的西湖龙井。殷平谢过之后悠然喝了一口,殷平说,吴光老师,想当年您策划《情缘》的时候就是第一种情况,那时候武打片正火,从来没有任何人想到涉猎言情片,可您想到了,您走在了所有人的前面,您走出这一步就意味着成功。《情缘》之后有多少言情片问世,可观众真正记住的,只有一个《情缘》。而现在,言情片已经臭街了,需要另起炉灶,再创新意。我想,爱与死是永恒的主题,能把爱与死联结起来的方式有多种,其中一种似乎我们还没用过,那就是阴谋。我觉得现在的商战片之所以写得小儿科,就是因为没有涉及阴谋。阴谋又是和悬念等等这样技术性的东西紧紧连在一起的。我想不妨写这么一部电视剧:主旋律 10%+ 爱情 30%+ 阴谋 30%+ 武打 20%+ 性 5%+ 死亡 5%,这种操作方式当然以好莱坞方式为蓝本,简而言之就是主旋律加好莱坞。现在我们可以列出方程式了:主旋律加好莱坞等于成功。您同意吗?……哦,要是您认为不妥,就算我瞎说好了。

吴光听得眼睛里要冒出火来。没想到他辗转反侧不得其解的问题竟由这么一个其貌不扬的中年女人用这种极其简单直白的说法挑明了,简直像皇帝的新衣一般,有大白于天下之感。如果不是隔着桌子,吴光真想拥抱这女人一下。吴光本来是可以沉一沉再表态的,但吴光很怕眼前的这位智慧女神因等得太久而怀疑自己智商有问题。于是他说,对!今后我们就试试这个方程式,方程式里的每一个素数比例都可根据实际需要调整,如果成功了,给你记一大功!殷平微微一笑:记功倒不必了,是不是可以在您的麾下效力呢?吴光此时已经完全被她折服,大嘴一张说:三个月!三个月之后,部里要进几个编剧,你算一个!

殷平知道自己已然大获全胜。她慢腾腾地从沙发里站起来。一种光在她变得明亮的脸上流溢。这时她看见胡毅和李晴面如死灰地站了起来,她的鼻孔里发出一声轻微的冷笑。

殷平虽然也算修炼得炉火纯青,却在得意之中忘了"祸兮福所倚,福兮祸所伏"的道理。她不知道就在她兴高采烈地回到家里给丈夫女儿做罗宋汤,并且在饭桌上大侃自己战绩的时候,那一对失败的情人来到了一家小馆。小馆以门丁肉饼著称。一向精打细算的胡毅不由分说,一下子买了三斤肉饼。两人对坐,谁也不看谁,都闷头大吃,油汪汪的瘦肉葱花喷香扑鼻。李晴竟一气狠歹歹地吃了一斤,仿佛那肉饼正是殷平的化身,不吃便不解气似的。最后还是胡毅害怕了,硬把最后一块饼从李晴油汪汪的嘴唇边夺走了。李晴又一气喝了一扎生啤,于是那一斤肉饼便在她的娇躯里翻腾起来。

胡毅看见李晴那一向平和的脸拧成了一团,一双眼睛变成了两口黑洞,黑洞里毒火喷射。从李晴的眼中,胡毅透视出自己也同样如此。胡毅刚想说出一句什么有分量的话,只见李晴嘴巴一动,如投枪一般射出两个字,杀手。胡毅一时没明白过来,胡毅问,什么?李晴疯了似的号叫起来,杀手!杀手你不懂吗?我们都被人家杀了!连个响儿都没有地被人家杀了!!胡毅按住她疯狂的手,不,我们还没有被杀,我们还有机会!还有机会!

在那个春日的夜晚,所有走进小馆去吃门丁肉饼的人都记得,在最靠角落的地方有一对疯狂的男女。那两个人先是低语,像是准备什么密杀令,然后忽然大吼大叫,同时狂吃滥饮,最后那女人吐了一地。那女人吐了之后,服务小姐走了过来,那男人比比画画说了一气,双方表情都晴转多云,然后疾风暴雨,后来发展到拍桌子、扔碗碟、经理出面的地步。但就在这激烈的战争中,那男人仍没忘了把剩下的两块肉饼装进塑料袋里带走。

那个春夜给李晴留下了难以磨灭的印象。那是她真正的"春"夜。她和胡毅在一家招待所包了个标准房。生平第一次,她向除丈夫之外的第一个男人全部袒露了自己。胡毅终于梦寐以求地看到她裤腰带以下的部分：原来那是因了剖宫产而留下的难看的疤痕。这使得唯美主义的胡毅一下子极度失望、痛苦万分。当然，胡毅始终用最大的毅力克制着自己，完成了做爱的全过程。完成之后，李晴就抽抽搭搭地哭了。李晴的哭，原因复杂：为了一种对丈夫的背弃、一种自身观念的更新，当然更多的是感到了一身心交融的巨大幸福。李晴的泪是幸福的泪，但是胡毅却顺水推舟地说，你别哭了，我们只此一次，下次再也不干了，好不好。他这么一说，李晴就真哭了，李晴哭得汹涌澎湃，具有排山倒海之势。胡毅慌了手脚，说你别哭了好不好，是你自愿又不是我强迫的。李晴一听这话，更是哭得奄奄一息。总之，那个春夜，李晴泡在了自己的泪水里，像一只衰弱的海生物一样，散发出绝望的死亡气息。

直到曙光初露，两人才冷静下来，准备共同对付"杀手"殷平。他们想了一条绝妙的计策，以反圈套来对付圈套，以杀手策略来对付杀手。他们可以不露痕迹地把殷平"杀死"。

接下来的几个月，殷平一直高枕无忧地等待佳音。也有两次，殷平曾想再给吴光挂个电话，又很怕画蛇添足，节外生枝。殷平太了解官人们反复无常的本性。至于李晴和胡毅，则一如既往地与她联系着，好像一切都很正常。只是有一天，李晴似乎很不经意地问了她一句，如果不让你当编剧，让你当编辑你愿意吗？丧失了警惕的殷平以为李晴是泛泛而谈，便也不经意地回答了一句，那我就得考虑考虑了。殷平之所以这么回答，是因为她觉得自己也算是有身份的人了，应当适当拿拿架子。她听到电话那边李晴微微一笑，然后迅速转移了话题。光阴似箭。桂花的甜香终于涌入了殷平的窗子。她打开窗，看到天空已经在数天内变得高而蓝，空气变得凉而爽。她知道那佳音已经近在咫尺了。

那个中午，殷平刚刚从小憩中醒来，有新鲜的桂花糕和杨梅排在等着她。她是少数那种不怕发胖的女人之一。这时她醒来,赤身裸体地披了件深蓝色丝绸睡衣,把御鹿酒倒进意大利冰淇淋里。这种加酒的冰淇淋有一种特殊的香味。假如就着精致的点心来吃,更是异常可口。她就那么斜倚在宝石蓝色的沙发上品尝着,尽情享受美食带来的感官快乐。这时电话铃忽然响了。

电话那边是个陌生女人的声音。那女人的声音客气而高傲。那是导演应玉雪。

应玉雪是在万般无奈的情况下才决定给殷平打电话的。自从和李晴通过那次电话之后,《逝却的潮汐》便杳无音讯了。暇时她又细读了一遍原作,作品中那种荡魂摄魄的情感力量再次震撼了她。她发现这部作品令人难以置信地耐读。而且人物十分鲜活,那一个个人物逐渐在她的脑子里活了起来,使她有了一种想改造他们的欲望,也可以说是一种情结。做导演的一般都具有这种情结。所以编剧的剧本几乎没有一个能囫囵着进入剧组。应玉雪的这种情结又比一般导演更加强烈得多,因此那几天她坐卧不宁、火烧火燎、废寝忘食,不知怎么办才好。她从没遇见过这种事,从来都是别人主动找上门来,她奇怪这个作者怎么这样无动于衷。她在等待了三个月之后,终于放下架子拨了那个电话,那个由李晴无意中透露出来的电话。

殷平和应玉雪交谈了三句话之后便明白了胡毅与李晴的苦衷。这位应导说话实在干得像云南的干巴菌,毫无味道又缺少柔情。一向会说话的殷平本想用幽默来打开局面,殷平说早就看过您导的《情缘》,没想到三年以后这缘分才兑现。应玉雪在沉默了一分钟之后才严肃地纠正她:情缘这词应当用在男女之间,用在我们之间,不合适。殷平只好解嘲地笑笑,谁知应导眼里根本不揉沙子,应导问,你笑什么?应导的问话把殷平逼进了一个死角,殷平知道自己遇上了什么样的人,只好在心里感谢上帝,写剧本的不是自己而是李晴了。但是应导紧接着便单刀直入地说，我想请问你一个问题，为什么你自己不改编剧本呢？还没等她回答应导又问，李晴她们花了多少钱买版权？殷平笑笑说，她根本没谈买版权的事儿，不知贵部一般买版权给多少钱。应导说那可得具体情况具体分析，有些著名作家写的名著，几十万也打不住，像台湾作家高阳的《胡雪岩》，就是给人家一百万，人家也不见得卖你，可我们前些时买了一个普通作者的版权，只付了三千，还是个挺不错的长篇呢。殷平暗想，原来还有这些名堂，不如趁此机会摸摸底。于是殷平说，那么依你看，我这本书能卖多少？应导沉吟片刻之后说，怎么也能卖个两万块吧。

殷平长长地"哦"了一声。原来看上去那么书卷气十足的李晴也这么黑，两万块钱，对于工薪阶层来说不是小数了，怪不得她见了自己便是一脸的媚笑呢。还有胡毅，不管怎么说也算是老相识了，一条腿还跨在文学界，他剧然就能帮一个女人这么坑我！但是殷平的愤怒绝不表现在脸上。殷平的脸上仍是一片阳光。应导说我劝你不要轻易放弃，你起码应当介入改编，不然你以后会觉得别人糟蹋了你的东西，你会后悔。殷平想想说，要么这样吧，我自己试着写一稿，你看看，我写我的，李晴写李晴的，你看哪个满意就用谁的。就像招标那样。你同意我就写，李晴那边我们不必惊动她，你看好吗？应导想想说，也好，就这么定了吧。殷平笑笑说，那我就按主旋律加好莱坞的方法写。那边突然沉默了一分钟，然后说，主旋律加好莱坞的方法是吴光提出来的，可现在吴光已经走了。殷平脸上的阳光骤然逝去。殷平感到了灾难的降临。殷平急急地问，原来听说你们中心要进一批编剧，开始进了吗？应导回答说，不是编剧是编辑，也可以说是按照编辑编制进的编剧，因为部里不再设专业编剧了。就是最近这几天进人，听说有三四个吧，怎么，你对我们部有兴趣？殷平掐住自己的虎口，努力使自己镇静下来，殷平说，你刚才说什么吴光到哪儿去了？应导说，吴光已经在一个月前调走了，接替他的是岳雄，听说是个著名作家，也搞影视，只不过他的影视作品没他的小说那么有影响罢了。

殷平像晕车似的一下子找不着北了。岳雄，当年《白木马》的作者，曾经和自己同台领过奖的著名青年作家，今年撑死了只有四十七岁，竟然成了这么一个堂堂大部的主任！这真是山不转水转，一朝天子一朝臣！比传奇小说还要离奇！！

殷平像打了针吗啡似的腾地坐起来。应导后来究竟说的什么，她一句也没听进去。她的整个身心都处在一种莫名其妙的亢奋中。岳雄，是的，她正是为着这个名字而兴奋。她本以为她永远不再会兴奋的。

十二年前，那时她还是个二十五岁的年轻姑娘，自然是获奖作家中最年轻的一个。虽然不算好看，但也颇有动人之处：三围远胜于一般中国女人，丰腴，又妩媚，而且个子很高，明朗健硕。她一下子就注意到坐在角落里的一个年轻人，那人身材高大，面容端正而清癯，一双眼睛黑如点漆，沉默而深邃。不知为什么，殷平一见到他就觉得自己的心突突地跳了起来。那时她已有了男友，正在准备结婚，她见到男友就感到温暖和安全，可是从来没有心跳羞怯之感。在很多时候，她甚至觉得自己未来的丈夫像是个同性的朋友，她从来用不着担心一种意外的袭击，但也享受不到一种意外的快感。

那人自始至终没有发言，只是在领奖的时候和她并排站在一起。她一反自己从不主动与人打招呼的习惯，小声对他说，我很喜欢《白木马》。她看见他微微一笑，他笑起来十分动人，眼睛和牙齿好像都在闪光。等到领完奖回到座位上时，他好像有意坐到了她的身边。她屏住气悄悄打量着他，他似乎十分专心地听着一位著名作家的发言，那人的话像车轱辘似的来回转，水平实在不敢恭维，可他始终默默地注视着他。她觉得这会实在无聊，想跟他聊聊天，却又无从谈起。后来，他忽然转向她，她觉得他那样子分明知道她一直在看着他。他在她耳边说了一句话，使她扑哧一下笑出声来。他说，你看那位老先生的头发，苍蝇挂着拐棍上去都得劈叉。这话从他嘴里说出来特别具有感染力，因为他是那么严肃，那么一本正经。她的笑声引来许多人的目光。她只好憋着笑，低头看自己的脚尖。

时隔不久，殷平与单位的一个朋友聊天偶然提到岳雄，那朋友说，岳雄是他的"铁哥们儿"，当年曾经在一个红卫兵组织里待过，足有十五年的交情，这几天正约着一起喝酒呢，问殷平愿不愿一起去。殷平觉得冥冥中好像确有一种缘分。她忽然觉得自己和这个岳雄也许会有一点什么故事。她很痛快地答应了，她愿意随缘。

岳雄对于殷平的到来很感意外，但他似乎应变能力很强，旋即调整了自己，显出一副完全没把殷平当作外人的劲头。他一边拿起两个大茶缸子斟满二锅头，与那位友人对干，一边向殷平友善地解说，我们插队时就这么喝，谁用小杯子大家就看不起他。不过，你今天可以用小杯子，喝一点。说着，他斟满一小杯酒递给她。她心里一热，莫名其妙地一饮而尽。两个男人喝一声彩，立即又斟满一杯给她，就这样，她很快就喝到酒酣耳热。

殷平平时很会保护自己。虽然长了一副温柔敦厚的形象，其实却心硬如铁。她可不愿意为什么人委屈自己。她好像从来就没为什么激动过，对一切她都能置身事外，即使是狂热的全民浪潮也很难将她裹挟。她初中就读的那个学校，曾经有个十分欣赏她的女教师，平时总是把她的作文当范文读，可后来那老师受了伤，需要输血，很急，血库里又没有 AB 型血，学校动员学生献血，全班只有她一人是 AB 型血，她倒是报名了，也不动声色地去验了血，却因了转氨酶太高而不合格。其实，不合格的真正原因只有她自己知道：那天早上她吃了整整一只甲鱼。

像这样为着一种什么莫名其妙的情感激动着，竟然身不由己地喝这样的烈酒,在她,还是破天荒的头一次。

那天,她和岳雄的那位朋友都喝醉了。岳雄却俨然金刚不坏之身。喝到后来,她感到自己的眼睛舌头都一块儿发黏,有点儿不管用了,可意识却是出奇的清醒。那位朋友早已呼呼大睡,发出了鼾声,岳雄把她搀扶进了卧室,她在潜意识里盼望着发生点什么事情。在岳雄搀扶她的时候,她觉得生平第一次陶醉在异性的一种独特气息里,她觉得有一种液体正悄悄地在身体里膨胀、发酵……那液体不可阻挡地向外渗透着,变成一种辛辣的眼泪喷涌出来,又悄悄吞咽进喉咙里。于是那液体又向下面流去,她觉得自己的肢体微微地战栗了起来。但是她同时也十分清晰地感到,搀扶着她的那只胳膊虽然十分性感却毫无热情。它不过像一支铁制的拐杖那样冰冷而实用。在彼时彼地,一个喝了酒的男人搀扶着一个醉酒的女人走进卧室,在那样的夜晚,那女人又十分性感,只有一个理由能阻止这男人与这女人发生故事,那就是,这男人另有所爱而且爱得很深。看上去已经烂醉的殷平十分清醒地感到了这个。岳雄把她扶到床上,很绅士地脱掉她的鞋子,又给她盖了一条毛巾被,并不理会床上的这个女人此时全身心都在渴望着爱抚。当他走到门边的时候,她强睁开迷离的眼睛叫了他一声,他站住了,就在门边。

她决定利用她的醉酒铤而走险。她拍了拍床边,示意岳雄走近。

岳雄走到床边,用那双沉默的黑眼看着她,有事吗?

殷平的眼光像酒一样浓烈,岳雄,你为什么不理我?

岳雄立即把目光避开了,你醉了殷平,有什么事明天再说。

殷平蓦然坐起来,抱住岳雄的一只胳膊,我没醉,我清醒得很。……岳雄,我第一次见到你就对自己说,灾星到了。岳雄,我没办法逃避,你也没办法,我们在劫难逃。

但是岳雄声调温和地说:殷平,你休息吧,明天再说,再说。

然后他使劲抽回了胳膊，走出房间，轻轻地关上了门。

一向自视甚高的殷平感觉到一种撕裂般的痛苦。她觉得体内流动着的那种液体突然干涸了。她的骄傲使她竟然一下子站了起来，她不顾头晕目眩、鼻干口渴，她当夜就走了，没有向任何人告别。那个深夜已经没有车，她是步行着走回家的，走了二十八里路。奇怪的是，在那个漆黑的夜里，她一点也不害怕。在那个夜晚，她觉得自己被一种奇特的激情控制着，似乎可以接受任何一个男人。

这件事是殷平一生中唯一的悔恨。之后很快她就和丈夫结婚了，再没有犯过这样的错误。每每想到此事，她便惊诧着十二年前的自己是多么幼稚可笑。至于十二年前自己爱上的那个形象，却依然时时跳出来焕发着光彩，直至她把这形象转化成了小说人物：《逝却的潮汐》中的男主人公，便是根据岳雄的形象写的。写完之后，仿佛这一切都变成了过眼烟云，她释然了。

她婚后仍然有很多男朋友。因为写作的关系，她也结识了不少优秀的、有才华的男人。在和他们交往的时候，她总处在一种主动的、支配的地位。她随心所欲，又游刃有余。她觉得她年轻时的幼稚完全是因为接触男人太少，眼界太窄。然而奇妙的是，当她听说"岳雄"两个字时，她好像一下子又回到了二十五岁。她敢说她仍然有可能犯以前的错误，如果在同样的时间、同样的场景。

殷平这才深深感到，那极其短暂的一瞬的确是爱情，她有幸被爱情击中，又有幸从爱情中挣脱，她的确很幸运。

殷平决定去见岳雄。在见他之前，她做了整整一周的准备。首先是强迫式的节食。各种减肥药、减肥食品、减肥茶一块儿上，一周之内竟然减了整整三公斤。接着，她决定打破自己三十七年来的习惯，化一次妆。平时，她的不化妆和发胖使她看起来要比实际年龄大五岁。她为此专门花了上千元钱买了法国进口的化妆盒。当她自青春期以来第一次对镜梳妆的时候她才发现，原来自己已经显得很沧桑了。

清洁过皮肤之后，她用一点紧肤水把皮肤绷紧，然后上了油性很大的面霜，粉底霜上过之后她比较有信心了：她的皮肤好像一下子变得洁白细腻，年轻了七八岁，于是她按程序打胭脂，描眉和眼线，她用了暗玫瑰色的唇膏和紫色的眼影。与之相配，她换上一件紫色的长袍。这长袍的质地是丝麻的，上面有暗暗的本色的花。样式很简单，领口开得极低，配了一套很时髦的日本乌木制首饰，再加上一顶镶紫花的草帽，显得既高贵又别致。只有手袋不是很满意，是麻编的，与服饰相比，显得档次低了一点。她想下次无论如何要买一个漂亮的蛇皮手袋。

电梯工完全没有认出她来，她从电梯工惊诧的眼神中再度感到强烈的自信。

在十二年之后，殷平和岳雄再度相遇，惊讶的不是岳雄，而是殷平。殷平无法想象这十二年的岁月是怎样把一个英气逼人的年轻人变成一个眼球混浊、体态臃肿的中年官僚的。岳雄像一摊泥似的瘫坐在椅子上。看到她进来，也不过只是欠了欠身子。岳雄那冷漠的眼睛和垂败的体态使她想起了很多领导的晚年。他还只有四十七岁，可看上去足有四千七百岁了。

岳雄的态度客气而富有尊严，好像在提醒着殷平别忘了他的官职似的。殷平何等聪明，从一开始就找到了自己的位置。一口一个岳主任，好像那件陈年旧事从不曾发生过。事实上，殷平在见到岳雄的刹那间已经摆脱了过去印在脑海里的那个形象，她宁愿从来没有过去。殷平的故作谦卑反而使岳雄难受起来。岳雄吸一口烟微笑着说，都是老朋友了，为什么要这样客气？……听说你也曾经想调到这里来，为什么后来又放弃了呢？殷平把眼睛睁得大大的，没有呀，谁说我放弃了？我今天来就是为了这件事嘛！岳雄又吸一口烟，可你只愿意做编剧，不愿意做编辑，而这次只有编辑名额，那么你不是等于放弃了吗？殷平倒吸了一口凉气。原来就在自己得意忘形的时候，早已入了人家的陷阱。难怪李晴不阴不阳地问那么一句话呢，好歹毒啊。但他们实在是太不了解殷平了！殷平平时惰性十足，可一旦处在"应激状态"，便干劲倍增，好像荷尔蒙的分泌是专门用来填平她的心理低谷似的。殷平定定神，看上去十分平静，我没有对任何人说过我不愿意做编辑。岳雄一怔，心里早已明白了几分。岳雄何等聪明，他想此事必有蹊跷。吴光曾对他说起殷平的事，吴光十分惋惜地说，那可是个才女，可不知为什么她不愿意当编辑。后来岳雄了解到此事的原委，知道传话的正是殷平的推荐人胡毅。他想正因为胡毅在推荐殷平的时候把她夸得天花乱坠，故而在传此话时吴光深信不疑。那么，可能就是在胡毅推荐和传话之间的这段时间出了什么差错。爱而不成、反目成仇？不像。胡毅忽然发现殷平无油水可捞后急流勇退？更不像。

但有一点岳雄心中有数，那就是，殷平的确是个实力派女作家。这些年来几乎她发表的每一部小说他都看了。而且他注意到她的每一部小说都能改成很好的影视作品。他新官上任，十分需要这样的人才。何况还有那么一段陈年旧事在起作用。当年的岳雄，因为《白木马》而炙手可热，正当年轻气盛、踌躇满志之时，哪里把殷平放在眼里。最重要的，是他那时还有着一个年轻漂亮娇滴滴的小女朋友。

他的女朋友叫罗玉子，后来成了他的妻子。玉子是那种典型的会撒娇卖嗲迷倒男人的小家碧玉。婚后不久便提出不再上班，岳雄依了她。但渐渐地，家务她也不愿做了，理由是身体不舒服。岳雄下班回来要干全套家务，还要给她买补品，伺候她，她白天可以整整躺上一天，可一到晚上却又活转来。性欲炽烈至极，岳雄根本不是对手。一来二去，岳雄的心也慢慢凉了。岳雄想要个孩子，可玉子泪流满面地说，如果有了孩子，她那千娇百媚的体态就保不住了，她会变丑，做个丑女人还不如去死，于是她说她要是变丑了就会去自杀。岳雄只好作罢。岳雄竭尽全力，仍无法满足这位小妻子的各种欲望。终于有一天，他偶然回家早了一点，他发现玉子正和一个男人躺在一起，那男人竟是附近施工队的一个民工。

离婚已在所难免。但是岳雄经不起纠缠，玉子最终要了全部家具和房子。岳雄像被扫地出门似的，孑然一身回到婚前住的集体宿舍。一场大梦遂告结束。这场婚姻给他留下的，只是一头白发和满脸沧桑。

痛定思痛，他每每看到殷平的新作便反躬自省，他发誓一定要找机会给殷平补偿。现在机会终于来了。他不露声色。他说，殷平你看这样好不好，过去的事已经过去，也就不要再追究什么了。你呢，给我们写一部电视剧，两集就行。因为这里毕竟是搞电视剧的，你是个很棒的作家，可还没有写过电视剧，不这么做。别人那里不好交代。你就按主旋律加好莱坞的模式写，我不催你，什么时候写完什么时候跟我联系，好不好？殷平想想也只有如此了，于是告辞。岳雄一直把她送下电梯。临别时岳雄忽然说，殷平，你可真是驻颜有术，十二年了，你一点都没变。殷平笑一笑，什么也没说。岳雄又说，你看我是不是老得认不出来了？殷平又笑一笑，依然一语不发。殷平走了很远，转身一看，岳雄仍然站在原处，殷平觉得那完全是个陌生人，一个毫无魅力的中年胖子，在路上碰见，她是一眼也不愿意多瞧的。莫名其妙的，她心里一阵疼痛，泪水涌了出来。连泪水也是冰凉的。一切都一去不返，活着的人们所做的一切努力，不过是苦苦挣扎而已，越是美的越消逝得快。什么都有的时候不明白，等明白了，大半辈子也过去了。

殷平来部里的事，胡毅和李晴很快就知道了。李晴如临大敌，几次电话催胡毅，你给她打个电话问问情况，也表示一下关心嘛。胡毅答应着，暗想女人真是奇怪的动物，一方面要做杀手，另一方面还要当好人。

胡毅拨通电话的时候，殷平正在伏案疾书。殷平的状态好极了。接到胡毅的电话之后，殷平又开始一如既往地表示感谢。殷平的声音仍是那么诚恳动听，好像对已发生的事一无所知，这样胡毅反而不好问什么了。很友好地聊了一会儿，胡毅正想挂上电话，出乎意料地，殷平忽然说想给胡毅介绍一个人。殷平说，这是个文学研究生，二十六岁的女孩子。读过胡毅的小说，对胡毅非常崇拜。殷平说，这女孩将来是要搞文学评论的，正在选定论文方向，你若有兴趣的话，一块儿谈谈？胡毅怔了一下，喜出望外。

胡毅做梦都想得到别人的注意。如果得到一个年轻女孩的注意，那更是平生所愿。殷平的消息给了他双重实现。这些日子，因为和李晴的约会勤了，他渐渐感到味同嚼蜡。李晴毕竟已为人妻母，担惊受怕不说，滋味哪里比得上年轻姑娘！胡毅立即表态，什么时候都欢迎！如果你没时间，让她直接找我也行！殷平听了这话，暗暗冷笑了一声，淡淡地说，那也好，我正好最近忙，我就把地址电话给你，你自己联系吧。胡毅一听，正中下怀，连忙道谢。殷平笑笑说，不必谢了，你在我的调动问题上帮了大忙，我做这点小事是应该的。

胡毅放下电话，半天都缓不过气来：在调动问题上帮了大忙这句话，使他如打翻五味瓶，心里不知是什么滋味。

殷平改写剧本一路顺风。主旋律加好莱坞，这真是个获奖加轰动的捷径。殷平边写边想，原来电视大腕这么好当，会写小说的人，写剧本真应当算作小儿科，只要把写小说的智慧拿出十分之一，便是高档次的剧本。这完全是一种充满匠气的机械操作，只不过是一件皇帝的新衣，人人都不愿道破而已。殷平想到自己也开始制作精美的快餐文化，成了短平快的厨子，不禁暗自好笑。殷平用了两周时间便完成了两集戏，自觉还算满意。为了稳妥起见，殷平又特意请应导看了看，应导极口称赞，只提了很少的一点点修改意见。殷平心里越发踏实，准备午饭后即去找岳雄交稿，但是这一次，却无论如何也激不起化妆和换衣服的兴趣了，她要找的，是个与她完全无干的人，这个人或许成为她未来的领导，除此之外，什么都不是。

殷平一身轻松地往床上一躺，忽然想到应当打个电话逗逗李晴。喂了几声之后，李晴那边才有气无力地应了一声。殷平听了这一声后心中暗笑，心想那招果然很灵，看来胡毅与那女研究生一拍即合，已有成效。殷平显得很亲热地说，连我的声音你都听不出来了？那边沉默了半晌，声音忽然提高了八度，是殷平！接在便是一连串连珠炮似的问话，啊，怎么这么长时间没你消息了，你好吗？调动的事怎么样了？殷平手持话筒微微冷笑，并不急于答话。她听得出来李晴话里的刺探和慌张味道。她打这个电话，就是为了欣赏和玩味李晴的惊慌。良久，她慢悠悠地说，调动的事倒是定下来了。你们不是来了个新领导吗？岳雄，他是我的老朋友了。他说，我调动的事曾经出了点儿岔儿，不知是哪个狗养的，跑到头儿那儿说什么我不愿意当编辑，害得我差点儿栽了。你知道是谁干的吗?！李晴一下子如五雷轰顶，一句话也说不出来。半晌，李晴才结结巴巴地说，真……真不知道是谁说的，谁嘴这么欠啊！殷平仍然不动声色地笑笑，真是的呢，你和胡毅那么力荐我都没用，看来这个人的能量够大的呀！不过，他也是白用心思了。我这个人有个特点，要做什么，谁都挡不住！

李晴在那边发起抖来。从殷平的话里，她真无法判定殷平到底知不知道，知道多少。她唯一的想法是找胡毅商量对策，起码，要把这个信息捅给胡毅，胡毅已经好长时间没和她联系了，哪怕作为一个借口，她也得立即去找胡毅。——她很想念他了。

李晴顶着的太阳的热度一点不亚于笼罩胡毅当年的太阳，但是李晴很精心地把一张涂得很厚的白脸藏在大大的草帽里。直到上了胡毅家的电梯,还避开电梯工的目光,悄悄掏出小镜子,用口红补一下唇妆。这条走廊于她实在是太熟悉了,闭着眼睛她也能顺着那一堆杂物绕过去,然后走过一个废弃不用的破缝纫机,在那贴着一个倒福字的门前换上拖鞋,掏出钥匙——胡毅给了她一把家门的钥匙。胡毅在给她钥匙的时候完全没想到,事情就坏在这把钥匙上面了。

李晴的步子一向很轻,当她有意放轻脚步的时候简直如同蛇行。她怀着少女般的纯情想着,要给胡毅一个猝不及防的惊喜。当然,后来胡毅真是猝不及防,但远非惊喜,而是一种别样情绪——一种巨大的意外和恐惧:因为胡毅当时正搂着那位年轻貌美的女研究生进入状态,六束目光像探照灯似的交织在一起,然后熄灭。

胡毅蓦然想起他曾经给过李晴一把钥匙。他之所以高枕无忧,是因为此前李晴从来没有过这样的突然袭击。李晴是那种被动型的女人,需要男人千呼万唤才半遮半掩地出来的。胡毅抖着嘴唇还没说出话来的时候,他看见李晴已经满脸苍白地转身跑了。那种白是人即将要虚脱前的白,胡毅看了害怕,急忙追了出去。

李晴是在第二个路口倒下的,李晴倒下的时候满脑子里只有那浆果一般年轻新鲜的女人。后面疾驰而来的一辆面的尽管刹了车,却仍被惯性搓出去好远,车头像垃圾车的头似的把李晴掀起来,李晴的红裙子在蓝天里灿烂夺目,耀花了胡毅的眼睛。那辆车因为刹车太急而在原地转了个大弯,当车头摆回来的时候,恰恰迎向了胡毅,红裙子美丽的颜色在他的眼前中断了。

一个月之后,当胡毅和李晴仍然分别在医院接受治疗的时候,殷平接到了调令。又过了三个月,在文艺界首次文稿拍卖会上,殷平的两集电视剧本《白木马与喇叭花》令人惊异地抢手,最后以三十万元成交。

河两岸是生命之树

1

你注定要辗转于痛苦和你的意志之间
虽然不死，却要历尽磨难

——拜伦

一九七七年一月

罗玉茜：

大风降温警报是前两天播出的，可是直到昨晚，真正的严寒才降临大地。西北风摧枯拉朽般把残存的树叶席卷一空，到处都是光秃秃的，只有窗玻璃上的冰凌花在发出耀眼的反光。

然而病房里却温暖如春。早饭后，陈嫂给孩子织毛活，林大妈收拾东西准备出院，我在看书，小荣在梳妆打扮——好好的脸蛋儿被她用质量低劣的铅粉抹得灰白。傻瓜，我要是在十七岁的芳龄决不这么干，化妆只会加速衰老。

护士伊秋带着见习护士来给空床位换上了被褥床单。

"又要来新病号了?"小荣戴着满头发卷凑过来。

"是啊。重病号。昨晚被几个下夜班的工人抬来的。听说这人昏倒在北京站的入口处。可吓人了,在急诊观察室折腾了一夜!"年轻的见习护士抢着回答。

"是啥病呀?这么邪乎?"陈嫂放下了毛活。

"现在还不好确诊,楚大夫说,让先到你们这儿凑合凑合!"

"甭凑合!"我把书一摔,冲着小伊就嚷,"重病号就该送单间,干吗到这儿来添乱,我们屋人够了!"

"哼,还真让楚大夫给说着了!"小伊微微一笑,用手指点着我,"茜姐呀,就知道你厉害!可这是个特殊病号,别说让她住单间,要是楚大夫不点头,急诊室的小杜大夫连收都不敢收呢!"

"怎么着?麻风病?还是瘟疫?"我不屑地撇撇嘴。

"说真格的,茜姐,"小伊在我床边猫着腰,把声音放得轻轻的,"她呀,是个刚出狱的政治犯,因为'天安门事件'关起来的,听说在关押期间态度特别……所以才最后一批放……还留了个尾巴呢!"

"可不,'四人帮'都倒台三个多月了嘛!"

"可是'天安门事件'并没有平反呀!"伊秋莞尔一笑。——她是整个外科病房最温柔的护士,大伙儿都喜欢她。

"哼,其实平不平反,这事还不是秃子头上的虱子——明摆着的?"我抓起书挡住了脸,气哼哼地说。

"得得,你少发点儿牢骚吧!"小伊拿过我的书翻翻,又还给我,"茜姐还懂心理学呢?"

"多新鲜哪。咱们是心理学科班出身,正经北大心理学专业毕业的哪!"我略略带着点揶揄。说实话,这些年我早就把专业丢光了,如今倒是成了烹调、缝纫的专家。

"听……听说楚大夫好像挺需要这方面的书。"她忽然脸一红,小声说。

"搞外科的研究心理学干吗？——先说好了，我可不借啊！"

"茜姐真是好了伤疤忘了疼！"小荣笑着搂住我的脖子，"你忘了人家楚大夫给你做手术的时候啦？"

"那是他应尽的责任！"我的嘴可不会软下来，"论医术他确实可以。可那也犯不着成天板着脸，就跟别人欠他八百吊似的啊！"

全笑了，连陈嫂也笑着瞪了我一眼："小罗啊，就你难缠，人家楚大夫年轻，说话办事当然得注意影响，要是整天嬉皮笑脸的，你还不定怎么编派人家呢！"

"好了好了，闲话少说。"小伊正色起来，"那个新病人的事，茜姐要是实在不愿意……"

"谁说我不愿意，甭让我做恶人！要来就让她来呗！……"

她来了，和我想象的大不一样。她还很年轻，瘦弱、苍白、修长。走起路来，竟像是一根飘飘颤颤的青芦苇。似乎完全没有注意到大家好奇的目光，她垂着眼帘，呆滞、冷漠，像个影子似的向那空床位挪动着，吃力地拿着她的全部行装——一个书包和一个脸盆。

小伊她们急忙上前搀扶她，却被她拒绝了。在这一瞬间，我感到她很执拗。尽管疾病把她搞得十分憔悴，衣着又过分朴素，可是在她身上，我仍然发现了一种毫无矫饰的天然美，一种文雅脱俗的气韵。奇怪的姑娘，她好像是从另一个星球来的。我知道，按照一般的审美趣味，她没什么出众的地方。然而就像是在许多鲜艳刺目的塑料花中发现了一朵来自大自然的紫色地丁，在一大堆华词艳赋中找到了一首简古、淡泊的小诗——她的整个形象和气质都令人感到神清气爽。

或许是被参加"天安门事件"这个"最初印象"激起了好奇心吧，我一反常态，主动凑上去问长问短。可是直到吃午饭的时候，除了知道她的名字叫孟驰，得的是肺病之外，我一无所获。

研究人是很有意思的。住院半个月，我把这儿的大夫、护士、病人们琢磨得差不多了。这儿的外科主任是全国著名的胸外科专家。然而闻名不如见面，见面吓死活人。这位鼎鼎大名的医学博士竟是个瘦小枯干、讲一口纯北京土话的老头儿。他的白大褂永远是皱皱巴巴的，冷不丁一看，会把他误认作医院的勤杂工。然而就是他，几十年来靠那一把刀，不知从死神手里夺回了多少人的生命！——按小邓的话，他可是个了不起的人。小邓叫邓林，是我弟弟的老同学，现在也算是个大夫了。不过还嫩点儿，没有独立做过大手术。其实不是我挤对他们，这帮年轻大夫有几个顶事儿的？"文化大革命"造就了一群"对付"！

"那楚大夫呢？"每逢我对这些"对付"们略有微词之际，李小荣、伊秋她们就会把楚杨抬出来——他简直是她们心目中的图腾！也难怪，说不定我倒退十年也会爱上他哩！他的确具有一个优秀外科医生的全部禀赋：大胆、果断、反应迅速、应变能力强。据说现在他做手术的实际能力已经超过了外科主任。而且，作为主任最得意的弟子，他和老头儿的其貌不扬正好相反——他的外貌、身材可以说是无懈可击。加上气质冷峻、谈吐洗练，对异性颇具吸引力。然而我的经历告诉我，苏格拉底式的前额后面也会有空虚的头脑。一句话，作为医生，我佩服他。可是作为人嘛……我还真是木头眼镜儿——没看透他哩！

看了半天书没翻过三页儿——做学问实在是太苦了。怎么年轻时那种要强劲儿一点儿也没了？那时我一个星期就啃完一本大部头。……那个新来的姑娘还在望着窗外发呆，她不会是受了什么刺激吧！她是多血质还是胆汁质？是外胚叶型还是内胚叶型？古希腊的性格分类早已过时了。世界是在发展的，心理学也是在发展的。弗洛伊德在中国似乎又变得时髦起来，心理研究所大约也快恢复了。颠倒的一切又都要颠倒过来了，我是不是也应当服从心理学"个人社会化"的需要，扔掉十年浩劫留给我的后遗症——"奥勃洛摩夫"式惰性，随着时代颠倒一下呢？

孟驰：

淡蓝色的墙壁。淡蓝色的天花板。护士们像一朵朵云似的在这一片淡蓝中飘来飘去。要是生活本身也这么明朗、这么纯洁就好了。

然而生活只是一条灰色的河流。什么都搅在里面。美与丑，善与恶，纯洁与污秽，真理与谎言。有的人一贯正确。有的人永远倒霉。粉碎"四人帮"是党中央的伟大胜利，可是"天安门事件"是定了性的，谁也休想翻案！

什么逻辑！

我不稀罕你们放我。我要你们承认我对，你们错了！可是你们不敢！不敢！你们只能是别人的牵线木偶，没有思想、灵魂的木偶，你们活得不会自在！

可是你们活得很自在，不自在的倒是我。我的手腕上现在还留着狼牙铐的齿痕。那连续戴上四十八小时就会使人终身致残的紧铐！九个月。二百七十个日夜。我是怎么活下来的？我是怎样在那座黑暗的地牢里，忍受着皮鞭、木棍和孤独，忍受着心灵的屈辱和践踏，活下来的啊！这些，有谁能知道？又有谁能理解？！

不。我早已不需要什么理解。人的心灵本来就是无法相通的。意识属于私人范畴。人与人之间永远不会互相理解，永远不会的。

但这没什么。我可以孤独地生活在自己的世界里。那个线条和色彩构成的世界——我从小就熟悉的世界。我就是为了她而失去自由的，我还要为了她而活下去。爸早就说过，我就是为那个世界而生的。

……世界在那孩子手中

变成了线条

他握着一条彩色的闪电

他踏着晨曦来到海边

大海，比历史还要悠久的大海……

引自西班牙诗人维森特·阿莱桑德雷所作《毕加索》。

"五床，一会儿楚大夫来给你写病案。"

好像很远的地方有人说话。是了，这是在 B 医院里，说话的是那个年轻护士。她怎么也长了一双清水似的长长的眼睛？那双眼睛常常追着我，撕咬着我的心……可是现在，哈哈，已经没什么了。那不过是一场笑话。人生中的一段小插曲，怪罗曼蒂克的。友谊、爱情、信任、理解，这些神圣的字眼究竟是哪个撒谎大王捏造出来的？把人骗得好苦，害得好苦哟！

不，这不是错觉。这护士和伊华一定有着很近的血缘关系。瞧那双长长的眼睛！那个被她们称为"茜姐"的女人一直在盯着我，也许我在她们眼里就像动物园里的一个新奇动物似的那么好玩？看吧，我不在乎。

大夫来了。他检查得可真仔细，听诊器像条凉冰冰的虫子似的在我身上移动着，他用手指轻轻叩着我的肋骨。

"家里人有得过肺结核的吗？"他检查完了，直起身，紧锁眉头。

"没有。"

"什么时候开始咳嗽、发低烧的？"

我没有回答。……黑森森的监房里，躺着一个垂死的女犯人。冰冷的月光在墙壁上映出一个憔悴的影子……她是谁呢？

"五床，楚大夫在问你话呢！"

五床。我的名字现在叫"五床"。就像过去叫"十六号"一样。淡蓝色的病衣代替了深蓝色的囚服。反正都差不多。

"算了,她身体太虚弱,记不起来的事慢慢再想。"没想到这大夫倒蛮和气,他打开一个硬纸板的大夹子,边问边记。

"叫什么名字?"

"孟驰。"

"年龄?"

"二十四岁。"

"家住在哪儿?"

"甘肃敦煌。"

他飞快地抬头瞥了我一眼,像是有什么疑问,但终于没有说。顿了一下,他接着问:"职业?"

"没有。"我冷冷地闭上了眼睛。

"父亲在哪儿工作?"

"他……不在了。"

他再次抬头看了我一眼,停了片刻才接着问:"母亲呢?"

"怎么,给我治病还要研究遗传学吗?"

"你这是什么态度?写病案,每个人都要这么问的。"那个护士的脸气得通红。茜姐倒微笑了。

"到北京之前你在哪儿工作?"那大夫竟像个机器人似的从容不迫。

"插过队,在敦煌文物研究所搞过古画复制,后来因为上北京学画,参加了'天安门事件'!被关了九个月!现在刚放出来!这你们该满意了吧,还有什么要知道的,你们问吧!问吧!"

我恶狠狠地一气说完,索性一把掀掉被子,把脸转向墙壁。接着,是一阵撕心裂肺的咳嗽。

"你冷静一点,情绪激动对你没好处。"那大夫默默地把被子给我重新盖好，压低声音诚恳地说，"很对不起，让你想起了一些……不愿想的事，请别介意。"

他的声音里好像含着一种什么东西。我这才注意地望望他，正好碰上他的眼睛，很深、很黑，深不可测，使人想起大海和原始森林。不知怎么的，我的喉头有些发紧——已经很长时间没有人用这种平等的口气对我说话了。

"好好休息吧。你的X光片我看过了，是肺部结核瘤。需要做肺部楔形切除手术。下午把各项术前指标检查一下，……小伊，你通知营养科搞点营养价值高的伙食……争取尽快手术。"

"可是她连住院费都没有……"

"住院费已经交过了。"楚大夫回过头，严厉地望着她，"现在唯一的麻烦是病人家属来不了，这么大的手术没有亲属签字怎么行？"

一阵令人胆寒的沉默。

我默默地望着眼前这个年轻的大夫。难道我就要把生命交付给他了吗？大手术。随时可能死亡。特别是我现在还这么虚弱……他这么年轻，可能还只是个实习大夫……难道我的命就这么不值钱?!

但那眼睛在执拗地期待着。那不是那双细长的、女人气的、清水似的眼睛，那是海。是风暴前静止的黑色海洋。

"我……自己签字好了。"我终于慢慢地说。

黑色的海似乎抖动了一下，但是终于什么也没说。他合上病案夹子，转身匆匆走出了病房。

窗外，在那片灰色的天光里，隐约可见一小片琉璃瓦顶，金黄金黄的，虽然上面还有没有融净的残雪。

我是真的出狱了，自由了。那监房的大墙外面是没有这片琉璃瓦的……

楚扬：

沈副院长发火了。昨天频频来电话，追问是谁同意孟驰住院的。后来又亲临外科办公室，大讲了一通形势，说是现在全国上下形势错综复杂，没经过他点头，随随便便同意一个留着尾巴的政治犯住院，简直太缺乏阶级斗争观念云云。

然而外科却是个独立王国，一切都是老主任说了算。当天下午主任就把我们几个召在一起商议对策。为了避免可能招致的麻烦，决定提前手术。

"怎么样，我看这个病人就由张大夫负责吧！"主任从老花镜的上端盯着主治医师张大夫。

"当然……可以。可是……我对肺部结核瘤一类的病还很没有经验……这您知道。"

"那吴大夫吧！你是治结核的老手。"主任有点不耐烦了。

"主任，我爱人最近要生孩子，她身体不好，需要照顾……我看……是不是让楚大夫辛苦一下？哈哈哈……是啊是啊。他年轻，没有家庭负担，业务上也比我强……"

"主任，这个病人就交给我吧！"我早就想这么说，我不愿让其他大夫为难——她住院是我点头的，我要负责到底。

"不行！这回偏不让你干！你明儿个晚上不还有个右肺切除手术吗？后天休息！"老头子回答得干脆利索，连商量余地也没有。一转身，倒背着手颠颠儿走了，把我们四五个大夫都扔在那里。真没办法。

可是第二天一早，我刚来到更衣室换上白大衣，他就从我身后把一份病历递了过来。"这是病人在监狱里的病历。交给你了。"他看也不看我，在老花镜下眨巴着眼睛，"术前检查没什么问题的话，明儿个一早手术。到时候我把邓林叫来给你当助手。"他走了两步，又回过头来，微微一笑："待会儿咱们开个会儿研究研究，制定一下手术方案。"

这就是他。我早料到会这样的。我们已经共事三年，老头子又偏又拧，可人很正直，心地很好。

电话铃又响起来了。——我刚刚走进办公室，准备看病历。

"喂，杨杨吗？昨晚怎么没回家？又值夜班啦？"

是母亲。糟了，我又面临着忍受唠叨的危机。

"昨儿晚上几个电话都没打通。你知道谁来了？是婷婷！你怎么就不知道回来陪陪人家！"

"我没有这种义务。又不是我请她来的。"我一听她用这种腔调提到焦婷婷就冒火。

"什么？你这个人简直一点不懂事！……这么大人了，不知道张罗自己的事，别人替你操心还不领情！……"

"妈，你还有什么别的事吗？我现在马上就要去查房了，早上忙一些，有话晚上回家再说吧！"我毫不迟疑地挂上电话。我知道，如果听她唠叨下去，会把一上午时间都搭进去的。我由衷感谢她的关心，可是如果女的都像她和焦婷婷这样，我倒是宁肯一辈子独身呢。看来我真是个不肖之子。

母亲的心意我很明白。父亲的问题得到平反昭雪之后，她被调到市卫生局工作，恰巧碰上对一批局级干部的任免，还有个副局长人选没落实。对于这点，她知道卫生部副部长的女儿焦婷婷可能能起点作用；再有，她似乎对我的前程寄予了很大希望，要想在医学界崭露头角，娶个副部长的女儿做老婆似乎是再合适不过的了。

母亲……她什么时候变得这么俗气的？有时候我真为她脸红。也许是我太苛求了？无论怎样她是我的妈妈呀！可是……

还有那个焦婷婷，简直是十足的小姐。这样的人我着实受不了。哪怕她全身都装饰了孔雀翎毛，我也要退避三舍。我奇怪，焦婷婷难道不是和我们这些凡夫俗子们同在一个大气层呼吸？前些年她不是也随父母去干校了吗？难道她会躺在那儿的席梦思上睡觉？她不是照样割稻子、薅菜地嘛！那现在为什么要做出一副豌豆公主的样子，捏着鼻子说话呢？我出于职业性习惯跟她开了个小玩笑——给她开了三副感冒冲剂。为了这个，母亲把我一顿好训，焦婷婷也气得一个星期没登门。我以为她从此会长点志气呢，可现在她又来了，看来我开的感冒药剂量还不够。

母亲。焦婷婷。……她们不过是仰仗着别人的名望地位，随着别人的沉浮而沉浮，她们自愿地把自己置于从属、附庸的地位，甚至没有能发现"自我"，却仍然沉湎于物质享受，并没有感觉到自身的不幸，这是可悲的。

……长期的精神折磨、忧伤、愤怒、压抑都是对人体有害的情绪，我看这个病人的病起码有百分之四五十的成分是由于心理—社会因素造成的。"Psychosomatic-Medieiue"（心身医学）在国外已成为非常引人注目的学科，但国内还很不重视，甚至被视为异端。其实心理治疗是很有科学根据的。世界医学的发展要求我们重视心理和生理、人与社会环境之间的相互关系，搞医的应当既看到人体器官本身的联系，又看到人体遗传素质和免疫能力的作用，看到病人的各种心理过程、人格特点和情绪状态在健康和疾病中的作用。上周六我专门和老主任讨论了这个问题，提了点儿建议。我觉得，每个大夫都应当懂得一点医学心理学的基本常识，这对于那些由于心理因素致病的病人们是太至关重要了。

"……她叫什么？哦，孟驰。……是为了一幅画被捕的……《丙辰清明之魂》？……且慢，她……她是这幅画的作者？"

问诊过程中，她一直神情冷漠，而且带着一种仇视和不信任。能感觉到她的心受伤很深。难啊，对待疾病，特别需要大夫和病人的合作,可是她……恐怕一时半会儿是不会对我解除武装的。

……难道她真是那幅画的作者吗?那幅画,蕴含着那么强烈、深沉的情感和力量……

孟驰:
平车停在印着"外科手术室"红字的玻璃门前。
"记住昨晚我告诉你的法儿,"罗玉茜追上来,神秘地趴在我的耳边,"要是打完麻药大夫问你疼不疼,你就一迭声地大叫疼啊!疼啊!好让他给多打点儿!……可别挺着,让自己受罪。"

我感激地向她点点头。这两天多亏了她照顾。她是个三十七岁的老处女,但绝不是巴尔扎克笔下的贝姨那类人物。她很美丽,是那种雍容华贵的美,使人想起印象派画家雷诺阿笔下的那些体态丰腴的贵妇。假如不是现在这么狼狈,我真想为她画幅肖像。她打扮得很得体。优雅,很适合她自己。爱美的人很多,但真正懂得美的人却很少,不少人爱犯马鞍子配上牛背的错误。

她似乎很有学问,有丰富的生活趣味,而且非常讲究吃穿。床头柜里总是塞满了精美食品,昨天下午还不由分说地硬要把一瓶"味多思"果汁塞给我,并且宣布说,凡是她的东西我都可以随便拿,随便吃。这间病房里常常是她说了算,然而我却不习惯接受这种热情。我一个人寂寞惯了。

"……你的心很重,这样的人在世界上不会有什么欢乐。应该学学我,把什么都看成过眼烟云。还记得《红楼梦》里的《好了歌》吗?好便是了,了便是好,这才是最高的人生哲理……"昨天已经很晚了,她还在兴致勃勃地给我做"精神分析"……

手术室的门打开了,平车徐徐前进。巨大的无影灯,窄小的手术床。几个男女护士用一种好奇的眼光望着我,他们的大口罩上端印着

"手术"两个字,给这静寂的手术室增添了一种特别的气氛。

术前准备很快做完了。护士长和麻醉师走进来,告诉我今天的手术准备采用针麻,说是因为我对麻药试验的反应太厉害。

"可能会疼一点,你一定得和大夫、麻醉师好好配合,得有点毅力,懂吗?"护士长微笑着,向我晃了晃小拳头。

"不要紧张,"麻醉师操着地道的江苏口音,口气和蔼,"要紧的是千万不要紧张。你紧张会给大夫造成压力……"

紧张?不会的。只是心里有一种隐痛,一种难言的痛楚。手术室外没有一个亲人。……巨大的无影灯反映出我干瘦的影子,像一只被人剥了皮的小牲口,一会儿就要听任宰割了。

一队人马进来了,阵容整齐,都举着消过毒的手。前面是楚大夫,中间是一个方脸、小眼睛的大夫,后面是四个年轻的护士和两个医学院实习生。

一块白布盖住我的脸。身上的病衣被拉掉了。接着是消毒,针刺麻醉……

"效果不错,开始吧。"

我迷迷糊糊地听到楚大夫的声音,接着是传递各种手术器械的声音……慢慢地,一切都静了下去……

伊华:

听说她今天做手术,我赶来了。本来那天得知她住进 B 医院的时候我就想来的。我只是想看看她。我知道她不会饶恕我的。因为在她最痛苦的时候,我成了贾娟的丈夫。现在,我们的孩子就要出世了。

走廊边挤着很多人,在窃窃私语。不祥的预感。我把帽子压得低低的,很快穿过他们,坐在手术室外面的长椅子上。

一小时……两小时……整整三个半小时过去了,终于走出来一个汗流浃背的中年护士,我急忙迎上去。

"请问,孟驰……她怎么样了?"

"你是她亲属?哦,情况很危险,正在组织抢救。"她一把扯下汗湿的口罩,用力扇着,"你怎么早不来?……好了,坐那儿等着!一会儿有事通知你!"

迟了,我总是太迟了。我或许就会带着这样一颗负疚的心进棺材的。别人……也许包括我的孩子会说什么呢?……瞧这个懦夫,这个无耻小人!……

不,我可以承认一切过错,但我不是无耻小人,不是的!人是一个复杂而矛盾的集合体。在那一刹那,我动摇了。我出卖了她。我已经为此付出了那么高的代价。

我被释的当天她就入狱了。我怯懦。面对着那个复杂而恐怖的时代,我无所适从。我说出了那幅被列为"007号"重点案件的"反革命黑画"是她的作品。我天天承受着良心的重责。我想去监狱看她,乞求她的饶恕,可是……我无力摆脱贾娟织成的那张网——那柔情而富于魅惑力的网。也许还有社会的网、世俗的网。噢,网,我的生活。

我冷静地想过了,如果没有那次偶然事件,也许最终我们也是会分手的。根本的症结在于:我需要的是一个温暖的家庭,而她却不是为家庭而造就的。

……那是两年前,一个金风萧瑟的秋天。我背着画夹子到香山写生,一头钻进浓浓的秋色,我的心完全被大自然的美征服了。红枫、黄栌、梧桐、白杨、银杏……展现着各自的色彩。紫红、深红、橘红、橙黄、古铜、翠绿……被山腰上那一座座油漆一新的小亭子一衬,就像美国新现实主义画派那种新鲜、明快的调子。一幅天然画图。

我选好角度,支好画架,忽然发现离我不远的地方也有个青年在写生。这人可真是个怪物,明明是秋高气爽的天气,他却戴了顶破边儿草帽，不知是为了遮阳还是挡雨。瘦瘦的身材，穿着件油彩斑驳的旧衣服，一副不修边幅的样子。写生手法却是大刀阔斧，颇有绘画世家子弟的气派。画面前景是几株枝叶茂密的黄栌树，树后是弥漫在晨雾中的远景。小路上漫步着一对少女，淡紫色和金黄色的衣服丰富了画面色彩，既像是真实的风景，又像是理想中的乐园。

"美，美极了！"我忍不住小声咕噜了一句。

他回过头来，一下子把我弄得瞠目结舌。原来这是个年轻的姑娘！破草帽下遮挡着的，是一张娇嫩的温文尔雅的脸。她修眉秀目，眉宇间离得很开，有一种南方少女的风韵。嘴巴挺大，但是很美，鼻垂下面的阴影使嘴巴的线条显得妩媚动人。虽不能算特别漂亮，但她很有特点，使人见到就难忘。特别是那双眼睛，藏在浓密的长睫毛下，给人一种独特的神秘而朦胧的感觉——我从来没有在别的姑娘脸上看到过这样的眼睛。

她用一种大胆不羁的眼神打量了我一番，可能是被我的窘态逗笑了。

我的心这才回到了原处，赶紧结结巴巴地解释："我……我是说，香山的红叶真美。"

"红叶是美。可是如果没有别的色彩衬托，它会这么美吗？"

我一怔，惊奇地扬了扬眉毛。

"瞧，色彩多丰富！"她用画笔指点着远山近树，那动作潇洒极了，"正因为大自然包罗万象，所以它才是美的。如果只允许一种红色存在，恐怕只会使人想到世界末日的那种弥天大火吧！哈哈，别害怕，我说着玩的。"她俏皮地一笑，用画刀挑起一团绿颜色。

她大胆地直陈己见使我吃惊。这是一个与众不同的女孩子。和这个城市里别的姑娘们完全不同，她的知识、教养、气质在毫无矫饰的外表下闪光，使人不得不靠近她，被她吸引。

"看来你对画很在行，是搞专业的吗？"我问。

"不，连业余的都称不上。你呢？"

"今年刚被推荐上了美院。"

"哦……好运气！"她停下笔看了我一眼，"你认识美院的关鹤年吗？"

"……没听说过……"

"他过去是美院的老教授，很有名望，是徐悲鸿最得意的弟子。这次我来就是要拜他为师的，可是到处找不到他……实在不行，只有回去了。"

"你家不在这儿？"

"嗯。我住在甘肃敦煌。"

"敦煌？哦……这太浪漫了。整天守着那些漂亮的飞天吗？"

"是啊！"她活跃起来，"你想象不到敦煌石窟有多美！……活灵活现的二千四百尊造像，有菩萨、天王、力士、飞天……还有四百八十六窟壁画，那造型，那色彩……简直让你没法儿相信这些都是在那么久远的年代诞生的！世世代代有多少人为敦煌艺术献身呵！……我爸爸就是让莫高窟给迷住了，他说敦煌艺术象征着我们的民族精神……"

"你爸爸是个画家？那你干吗还千里迢迢到北京拜师呢？"

"爸爸是搞油画的。他说关爷爷是国画大师，要想在壁画艺术上创新，必须把油画、国画都钻透，还要了解全世界各种流派的画……"

"你爸爸说得对。可惜我们现在……连人体课都不开，其他的就更谈不到了……"

"……没关系，自己想办法吧。这次我带了一些艺用人体解剖资料，可以借给你看看。"

"那太谢谢啦！"

晨雾消散了，周围的景色愈发绚丽夺人。她停下画笔，如醉如痴地望着眼前的一切，如入梦境。

"多美啊！"半晌，她深深地吸了一口新鲜空气，向我回眸微笑，阳光把她的笑容映得那么粲然，"真想为这个世界做点什么！我常常想那些绘画大师们，人家是人，我们也是人，为什么我们就不能创造自己的画风呢?"

她的情绪强烈地感染了我。我忽然觉得，这美丽的大自然只拥抱着我们两个人，我只看到她，只听到她，没有她，就是再美的景色也会索然无味的。

"哥哥，你，怎么来啦?"

我定了定神，眼前站着妹妹伊秋。她右手托着针盘，左手习惯地抚弄了一上鬓角。

"哦……我来看一个人……"我踌躇着要不要告诉她，"看一个……以前的朋友。"

"噢……我明白了！"阿秋疑惑地瞪了我好一会儿，恍然大悟似的点着头，"你是来看她?"她向手术室瞥了一眼，"她就是你过去常说的那个姑娘吧?"

"阿秋！……别跟你嫂子说。"我匆匆走开。我现在不愿听任何人对她的评论。

"哥哥，今天是楚大夫主刀，你就放心吧！"

阿秋远远的声音。

……后来她没有走。经我推荐，她参加了我们美院举办的业余美术训练班。她的绘画天赋很快就脱颖而出，连我们这些美院学生也无法与她的造型能力抗衡。短短一年多的时间，我知道自己已经完全为她所倾倒。但不幸，我也和中国大多数男人一样，对所爱怀有一种矛盾心理。一方面敬佩、喜爱她的事业心，另一方面，又常常为这个感到痛苦。一句话，我不愿她爱事业超过爱我。在迷恋着她的聪颖、真诚、洒脱不凡的同时，我对她深藏在内心的高傲和雄心勃勃感到害怕。

真的，谁愿意娶一个难以驾驭的女人做老婆呢？所以我尽管深爱她，但在结婚这个问题上却一直拿不准。长期的分离足以使任何狂热的感情冷却。她被捕后，我终于跳出了情网，冷静地考虑了许多现实问题……

贾娟对我最终下决心起了强大的作用。她是我的同学。她身上那种纯粹女性的魅力是我在孟驰身上从没感受到的。这好像才是真正的恋爱。相比之下，我和孟驰的关系还不如说是一种纯洁的友谊，就像是两个青年艺术家之间常有的那种友谊似的。

……《丙辰清明之魂》是在最黑暗的时候诞生的。我还记得她当时日夜作画，累得汗如雨下的样子。——"天安门事件"就像一次十级地震，一下子就撼动了她的内心世界。那幅画的手法新颖独特，吸收了印度佛画、日本浮世绘的一些技巧，特别是具有敦煌艺术所赋予的民族风格。画面上，溅满鲜血的英雄碑的上端幻化成一个身披白纱的少女，神情悲愤，举目向天，双手正奋力挣脱着锁链，仿佛在向全世界控诉"四人帮"的罪恶。纪念碑的基石上铺满了洁白的花束。整幅画的色调以纯白为主，采取"古典式"的覆盖画法，在沉厚的白颜料外面刷上一层透明颜料，有一种朦胧的梦幻般的感觉，给人以强烈的启示。起码是在当时，这幅画使千千万万的人震惊了。

……我匆忙结婚，实际上也是为了摆脱内心痛苦。我们过起了甜蜜的小日子。贾娟很会过，柴米油盐安排得井井有条，每月都有结余。星期天，我画画儿，她当模特儿。那千娇百媚的体态、婉转多情的眼神足以使我暂时忘掉孟驰的一切，蜜月就这样过去了……

可是以后的日子却越来越难打发。她百依百顺，我的脾气却越来越大，常常是一股无名火郁结心头，时时想发作。虽然我们再也犯不着为艺术观点的不同而争吵，但和孟驰相处时那种精神上的快感却一去不复返了。

难道真像罗素说的，婚姻就像一个金色的鸟笼，在外面的想进去，在里面的却想出来？或者，我从来就不曾真正爱过贾娟？

楚杨：

紧张得令人窒息。

在切开胸大肌、胸小肌，用止血钳夹住出血点之后，邓大夫用四号丝线结扎，我拉开病人的胸部软组织，切开肋间肌，露出壁层胸膜。哦……我暗吃一惊——病人的肺部与胸膜严重粘连！虽然手术方案估计到了这种情况，但没想到这么严重。

我抬起头，大家都紧张地盯着我。

"怎么办？楚大夫？"邓大夫有些焦躁。

"剥离吧。没办法。"我回头望了护士长一眼，"准备输血。"

……

剥离很不顺利，失血很多。虽然一直在大量输血，但病人的血压仍在直线下降。脉搏也变弱，变乱……最后完全摸不到了。

"楚大夫，关闭胸腔吧！"邓大夫的帽子和口罩都被汗水浸透了，"太危险了！"

是啊，的确是太危险了！按通常情况，如果粘连严重，失血过多，应当用凡士林纱布填塞压迫止血，关闭胸腔，三五天后再做二次手术。可是现在情况特殊，院方很可能在这几天之内把她赶走，那样就更危险了！

冒一次险吧！我咬咬牙，用消毒手巾揩去眼睑上挡住视线的大颗汗珠，命令道："继续剥离，把肾上腺素针和氧气筒准备好！"

开始输氧。"怎么样？有变化吗？"

"脉搏还是很弱。"

"血压！血压怎么样？"

"还是一样。"

"继续输血。通知血库立即送来1000cc B型血！"我扭头命令身边的护士。

氧气筒继续抽压，嗡嗡作响。鲜红的血浆源源不断地注入这似乎已毫无生气的躯体。

"怎么样？"

"脉搏加强了，六十次。血压……哦，血压回升了！"小护士喊起来。

"好险啊！"邓大夫长舒了一口气。

我直起身，这时才感到全身都像浸在沸水里。接过剪刀正想继续干，突然，白罩单几乎令人察觉不到地动了一下，我的心一下子揪紧了。

"怎么回事？"我俯身看着白布下面那张脸。这时，病人出现的任何异常都能造成对大夫的极大压力。很多医生正是在病人大哭大叫时慌了手脚，铸成大错……

眼睛是睁着的。面孔在痉挛。嘴唇上的牙印渗出鲜血。糟糕！一定是针麻失效了！我来B医院以后，手术做了上千例，但是这么大的手术采取针麻还是头一次。本来是准备用气管内插管麻醉的，可是据说她麻药反应很厉害，而针麻又是早被吹得神乎其神的"文革"以来的新生事物，于是……

看来一个大夫稍有疏漏就会给病人带来痛苦——我简直不忍心看她那张被剧痛扭曲的脸。令人惊奇的是，这个看上去很瘦弱的姑娘竟有如此坚强的自制力。要知道，不但所有的姑娘，甚至连很多男人在这种时候也会忍不住呼痛、流泪，可是她没有。她从休克状态中苏醒后针麻就已失效，她痛得大汗淋漓，咬破了嘴唇，但始终没掉眼泪。这真是个了不起的奇迹！

"快，给她打一针吗啡！"

"楚大夫，这……"

"快点，病人疼得厉害！"我怒冲冲地吼了一声。

一针打下去，她安静下来，慢慢入睡了。睡得很沉。

几个护士穿梭般把各种手术器械递到我的手里。切口用肋骨牵开器缓缓撑开了，但仍然找不到病灶。

无影灯强烈的白光驱逐了一切思虑和杂念，甚至排除了整个世界。这灯光严峻而又善良。我看看自己这双戴着橡皮手套的手：开过千百次刀，缝合过无数裂开的肢体，难道它现在真的无能为力了吗？

"楚大夫，刚才我切开腋下的时候，病人的右臂神经……好像……"

"甭着急！实在不行就扩大术野！"老主任的声音把邓大夫的话打断了。老花镜发出亲切的闪光。他来了。我忽然意识到我正盼着他，手术刀仿佛突然变得灵活起来。

"这儿，瞧，原发病灶在这儿，……注意，下手要准，要快，千万别把结核瘤碰破了……好，好。"他几乎眼睛不眨地盯着我手上这把刀，看到我在两把十二指肠钳内侧迅速切除了病变组织，他高兴地哼了一声。

护士长把吸管塞进我嘴里，我贪婪地吮了几口麦乳精，开始缝合伤口。无影灯的白光又变得这么平静，这么温柔。刚才还处在应急状态中的同事们又轻松愉快地开起玩笑——又一个生命从死神的羽翼下挣脱了……

孟驰：

眼前有一点微弱的光。朦胧的、昏黄的。

"脉搏多少？"

"六十五次，还是挺弱。"

"血压？"

"一百——七十"

"胸腔引流量?"

"平均每小时 60cc。"

"引流液体的血红素含量?"

"百分之五克。"

"……好,不用再二次开胸止血了……"

……听清楚了。听清楚了,是楚大夫和伊秋!那朦胧的光渐渐清晰了……

"哦,醒了,她醒过来了!"

噢,什么?我的心猛地一跳。醒过来了?这就是说我还没完蛋,我还活着。

"小孟,你可真会吓唬人!"

我感觉到一只温软的手。哦,是茜姐。她向我微笑:"还不快谢谢楚大夫,人家守了你整整一天一夜!"

在周围的一群人中,我一眼认出了他。那双充血的眼睛深陷了下去。他俯身望我,目光里充满了关切,甚至带着点柔情。我这时才注意到,他的确非常英俊。组合他面部的全部线条都显示出一种富于力度的男性美。特别是那根挺直的高鼻梁,简直就是云石的杰作。如果不是稍瘦了一点,他倒真是画笔和雕刻刀竭力追逐的理想人物。然而他自己却好像从未意识到这个,这点让人觉得很难得。

我望着他,说不出任何感激的话。我明白,他所付出的一切远不是一个谢字所能报偿的。手术室里那惊心动魄的场面现在还令我胆寒。当时只要一个判断错误,稍一疏忽大意,我就会从这个星球上消失了。医生的天职和病人的求生渴望把我们联结在一起了。黑风恶浪把我们高高抛起,又狠狠扔下去。翻船了。我的生命之船没顶了。我只有紧紧攀住这根坚强的桅杆。是他,把我带到了一个安全的彼岸……

我还活着。还可以回到那个我从小就熟悉的世界,那个线条和色彩构成的世界。我可以躲在这个世界的后面,避开那条浑浑噩噩的灰色河流,避开那河流里融进的一切污秽和丑恶……"

2

我曾见过一种脸,透过它表面的光泽
我能窥见内部的丑恶;
也见过一种脸,只有揭起它的面纱,
我才看到它有多么美丽。

——纪伯伦

李小荣:

起来上趟厕所,回来看看茜姐的表,才刚半夜三点。茜姐这小坤表儿可真秀气,明儿个得借来戴戴。

外头下雪了。心里头可真不是滋味。五床的铺怎么空着?大半夜的上哪儿去了?天底下好多事儿让人想不明白。小时候就听妈说,闺女家,漂亮模样最要紧。可这个五床凭什么呢?瘦得像根秫秸秆儿,真看不出有啥好的。可不知怎的,楚大夫成天围着她转,一会儿换药,一会儿问病,昨儿晚上值班护士不在,他还喂了她两次水。难道他会相中她?不对。上回我探过伊护士的口气,好像是说楚大夫家里给他找了一个。哼,楚大夫才看不上她呢!不过是他心眼儿好,瞧着她可怜就是了。

要说楚大夫这人可真不赖,对病人甭提多好啦!前些日子有个得直肠癌的老头儿,成天弄得脏兮兮的,肿瘤科的大夫谁也不愿管,连他儿子媳妇都嫌脏。可楚大夫自个儿是搞胸外科的,他倒天天抽空伺候那老头儿,听说他还用手给那老头儿掏过粪便呢!后来老头子出院的时候,直要给楚大夫磕头!像这类的事儿不知有多少……

记得我刚来住院的时候,啥都不懂,是楚大夫亲自领我去做各项化验的。楚大夫长得那么精神,走道儿那么帅,让人一瞧就喜欢。听说他家里条件儿好着哪!他爸爸活着的时候是个大官儿,现在平反了,少说也得补个一万来块钱,听说他家彩电、电冰箱都有,他人品又那么好,我看谁跟他谁享一辈子福!不知谁有这么大的福分呢。

反正也睡不着。我开灯,拿起床头柜上的小镜子。嗬,弯眉大眼,两酒窝儿,怪俊的。哪点儿不比五床强。上中学的时候,好几个男生追我我还不干呢!人说我长得像《柳堡的故事》里的二妹子,妈说我比二妹子还强。初中毕业没上了(读 liǎo)高中,在家等分配,登门介绍对象的就更多了。头些日子,三婶儿还给说了一个呢。我一听也是我们胡同的,就没理那根弦儿。那号的咱见得多了,一个比一个柴!一街一走,后边能跟一串儿!管什么呢?连二百块钱一块的"罗唐讷"都买不起,我李小荣不是那号儿穷命!以后要找也得找楚大夫这样的,像他这么帅气,家庭条件这么好!

可他有一样儿不好,就是一天到晚很少露出笑模样儿。我可真有点儿怕他。说他厉害吧,他从来不发脾气,有时候还对你挺好,可就是不敢跟他套近乎,有时候连跟他说句话都心怦怦跳,就像是他身外边总有一堵墙挡着你似的……原来我怀疑伊护士跟他好,可后来看他好像也没那意思,没想到半路上杀出了程咬金,五床来了,他对她好像比对谁都好……

"茜姐,你瞧出戏来了吗?"

"什么?"

"你没瞧出楚大夫和五床……"

"少胡扯!"茜姐狠瞪了我一眼,"没这事。孟驰在北京没亲人,大夫当然要特别照顾她一点,要不是这样我还不干哪!"

"我……我老瞧着他俩就像要搞对象似的……"

"就是人家真的搞对象,也碍不着你的事儿!小丫头片子,才丁点儿大,你着的哪门子急?!"茜姐瞪了我一会儿,又扑哧乐了,扔给我一块巧克力,"吃吧,堵堵你的嘴!以后闲着没事儿多想点儿正经事儿,多学点儿本事!甭成天净想着搞对象!你茜姐这辈子不嫁人,不也活得蛮自在?……"

……雪越下越大,五床还没回来。不成,得瞧瞧去了。我趿了双软底儿拖鞋跑遍了阳台、厕所……末了,忽然听见换药室里有嘤嘤的哭声,就像是受了多大委屈似的。从门缝儿往里一瞧——哎哟妈吧,可了不得罗!屋里只有孟驰和楚大夫两个人,孟驰披头散发,病衣的带子都没系好,低头掉眼泪呢。楚大夫背朝门站着,也不知嘀嘀咕咕说些什么。闹半天这么回事儿啊!还真叫我猜着了!哼,真想推门进去给他们来个大尴,可冲着楚大夫又不忍心。我的心这个跳啊……就像怀里揣了个小兔似的。半晌,我一掉头儿,叽叽叽叽跑回病房……

孟驰:

我在黑暗中徘徊。

色彩是富于表情的。热烈的红,欢乐的黄,悲哀的蓝,宁静的绿。但是有谁去光顾"黑"呢?那神秘的、不可知的象征……

通往阳台的那道门是开着的。只有那道门是开着的!其他的大门已经统统对我关闭了……

"手术十天了,我的右胳膊怎么还不能动?"下午我在走廊边遇见了张大夫。我不能不问他。我不是瞎子,那些躲躲闪闪的眼光,楚大夫那忧郁的神情,我都看见了。他们有什么事在瞒着我。老一套的花招。

他吞吞吐吐地回答，这是由于手术当中不小心碰伤了我的右臂神经。

果然是这样！干得太好了。用"不小心"三个字来掩盖全部责任，完全绰绰有余。

"……那以后还会恢复吗?"我小心翼翼地掩饰着心的战栗。

"……嗯？恐怕够呛吧！……"他脸上现出一种莫测高深的笑意，掉头走了，把我一个人扔在那里。

这么说，攀在生命之树上最后的一根藤也折断了?！我呆呆地站着，站了很久。也许那样子怪吓人的吧，当楚大夫把我叫到换药室拆线的时候，他吃惊地望了望我。

"你怎么啦?"

"没怎么。"

"伤口感觉怎么样?"

"没感觉。"

他不说话了。缠在胸部的绷带一圈圈地拆下来，我总算透出了一口气。被橡皮膏粘久了的皮肉都变了色，他撕掉橡皮膏，小心翼翼地揭开最里层的纱布。

我忍不住低头悄悄看了伤口一眼。尽管早有精神准备，我还是情不自禁地"哦"了一声。天哪，本来光洁的皮肤上出现了那么一个可怕的大疤痕！暗红的，从右胸下缘一直伸延到右腋下，那清晰的缝线痕迹就像是一只极丑恶的大蜈蚣，紧趴在我的胸前……我闭上了眼睛。

"伤口长得挺好的。"他拆了线，在伤口上用一种浸着粉红色药水的湿棉球轻轻擦着，"以后隔三天换一次药，保持伤口清洁就行了。"

在这瞬间我恨他，他好像一点儿也不知道一个姑娘的心理。"挺好的?！"哼，真是活见鬼！他一点儿不懂那道丑陋的疤痕对我来讲意味着什么！好像我是个可以随便修修补补的布娃娃似的！

大蜈蚣张牙舞爪，像是要撕开我的胸膛。……一种对于自身肉体的强烈的厌恶、一种无可挽回的悲凉掳住了我的心……

"你不舒服吗？"

我看见他的嘴唇在动，但我听不清。到处都是灰蒙蒙的，就像窗外那片琉璃瓦好像也蒙着一层灰雾。要下雪了吧？好冷啊。

"你脸色不好，快回去休息吧！"他扶着我，不，几乎是把我抱下了换药室的皮床。"有事的时候就叫我，按一下铃就行。"

别走，大夫。求求你别走！别剩下我孤零零的一个人，求求你……我的心在痛苦地呼唤着。我忽然变得那么软弱，那么需要抚慰，哪怕是一句温暖的话……勉强咽下骤然涌上来的泪水，是苦的。我真想拉住他，伏在他怀里放声痛哭！在这瞬间我并没有意识到眼前的人是谁。男人还是女人。楚大夫或是其他的人。只要他是人，一个抽象的人，我就想抓住他，就像是溺水者拼命想抓住救生圈一样。

是心灵交通术吗？他好像被什么震骇了似的回过头来："什么？小孟？"

"你怎么啦？楚大夫，我什么也没说呀？"我奇怪自己仍然能装出一种冷冷的声调，我是什么时候学会做戏的？

入夜，我辗转难眠。断臂的维纳斯。被缚的古希腊奴隶。被毒蛇撕咬的拉奥孔。哦，毒蛇。那痛苦得扭曲、痉挛的肉体。人生下来就注定要受苦的。肉体和灵魂。张牙舞爪的大蜘蛛。右臂没有感觉了，像根木头。莫测高深的微笑。那微笑里藏着可怕的结论！是的，是的，可怕的。苦难什么时候才到头呢？……那一小片琉璃瓦变成了一团黑影……

……天地间只有我一个人。爸爸，你还在受苦吗？你在天国还是在地狱？天国的入口处也要查档案，查海外关系吗？哦，那么你宁可去炼狱，因为炼狱的入口处是烈火。哦，爸爸，我怕。一群毒蛇在追我，咬我，我在挣扎，在一片冒着沼气泡的黑色的潭里挣扎，我精疲力竭，可它还在追我……哦，妈妈，你在哪儿？我恨你！我恨死了你……我怎么全身在发抖，哦，这么多的冷汗，把被头都打湿了……我怎么啦？妈妈，你不管我，你从来没管过我，那你为什么要生我，让我到这个世界来受苦？！我恨你呀！你把我一个人扔在这世上……我累了，累极了，求求你们，让我歇歇吧，让我……

究竟是怎么回事？我拼命挣扎着想抬起右臂，但是……哦，一个没用的人。没用的……再不能拿画笔了……两颗滚烫的水滴慢慢从眼角滑落下去……

黑暗，那个只有在伦勃朗笔下才能出现的世界。那个神秘的、不可知的世界。那潜伏在里面的究竟是什么呢？！……

阳台下面是坚硬的柏油马路。我找到了，找到了……别追我，别赶我，求求你们，我实在是累极了……让我休息一会儿，哪怕是一小会儿……哦，这黑色的潭太深了……

我咬了咬牙，吃力地用左手支撑着，右腿哆嗦着跨过阳台的栏杆——哦，满天的星星似乎都摇曳了起来，我闭上了眼睛……

突然，我感到左臂被一只强有力的大手紧紧攥住了。几乎是在同一秒钟，阳台的灯亮了，楚大夫一身便装站在眼前。他严肃地盯着我，严肃得近于阴沉。

"你这是干什么?!"他厉声问。

"这……用不着你管！放手！"我忽然变得蛮不讲理，使尽全力想甩开他。然而我的挣扎在他的铁腕里完全无济于事。我急了，掰他的手，狠狠地掐他，小指上被我一直留着的长指甲深深地掐进了他的皮肉里。他疼得猛地一颤，一股浓浓的血涌了出来，滴在我的手腕上，可是他仍然没有松手。

他的血把我的疯狂浇灭了。

"真没想到，《丙辰清明之魂》的作者这么软弱！"他突然冷冷地低声说。

这句意想不到的话把我震骇了。

他慢慢松开手，背转身去，连看也不看我。

"好吧，你下去！这样也许能逃避一切！下去，我绝不拦你！"他向阳台下面的一片黑暗愤怒地挥着手臂。

"你！……"我说不出话来。心口疼痛得仿佛要炸裂开似的，我用双手撕扯着包扎在伤口上的纱布。

夜，万籁俱寂。我们两人面对面站着，像两个仇敌一样互相对峙着，谁也不肯退缩一步。

楚杨：

"十个月前，我在天安门广场上看到过那幅画。……我觉得，能够画出这幅画的不应当是软弱的人。"我忽然感到自己内心的悸动。我想起丙辰清明那惊心动魄的一幕。在天安门的花山诗海中，我发现了它，我不懂画，但是我钦佩那个画家的胆量。一个少女，一座纪念碑。天空、云雾，没什么新鲜的，但是却有一种古希腊悲剧式的荡魂摄魄的力量。任何人在这幅画前也不可能无动于衷。按当时报纸的话来说，此画极富于煽惑性。就这点而论，作者也堪称勇士了。我一直把作者想象成一个豪放不羁的男子，没想到……却是这么一个普普通通的、柔弱的姑娘。真是不可思议。

在手术刀下我真正领教了她。坦白说，这是我生平第一次被一个姑娘的自制力感动了。手术刀是最能检验一个人真正素质的试金石。勇敢与怯懦，坚忍与动摇，在这里看得一清二楚。她挺过来了，但现在却突然要毁灭自己，为什么？我用棉球草草擦去手腕上渗出的鲜血。谁能相信这是一个文静的姑娘在几秒钟之内干的？哦，瞧她那双眼睛，那么一双充满敌意的眼睛。

"看来'文如其人''画如其人'这些老话并不全对。作品可以是英勇无畏，鼓舞人心，可人就不见得了。遇到点挫折，就想逃避现实，毁掉自己，这样的人无非是懦夫，是胆小鬼！"我换了一种方式进攻。对她这种人，恐怕请将不如激将。

"哼，懦夫？胆小鬼？！"我这招果然奏效——她终于爆发了，"这么说你们这些人倒是英雄啰？当你们这样的英雄倒挺容易，你们的爹娘早就把前面的路给铺好了，等着你们的是红地毯！是乌纱帽！可是我呢？"她的声音在发抖，"我有什么呢？爸爸……被他们活活折磨死了……为了一幅画的缘故，我被关了九个月！……什么滋味都尝过了。噢，那个肮脏丑恶的地方，那些肮脏丑恶的人！……他们把一个人，一个好好的人做人的权利给剥夺了，他们把人类尊严撕得粉碎，鞭挞你赤裸裸的灵魂。"她死命盯着我，眼里迸射出痛苦的火光，"你懂得一个人灵魂遭到践踏时的滋味吗？你懂得那种痛苦吗？！……"

我的心像是被重锤砸了一下，一阵剧痛。我没有避开她那灼人的目光。我懂得这种痛苦。孟驰，我懂。因为我也属于这多灾多难的一代，和这一代中的大多数人一样，我也有一段痛苦的历史。但是我不愿讲给你听。过去的已经被埋葬了，为什么还要挖掘出来？雪莱说，过去属于死神，未来属于自己。

"其实也没什么。"她平静下来，恢复了那冷冰冰的调子，"人嘛，和野兽也差不多，适者生存，弱肉强食。历史是胜利者写的，根本无道义可言。唯一不同的是，野兽互相撕咬是出于本能，而人这种两脚动物……哼！"她冷笑一声，把头扭向窗外，"恕我直言——人的一切恶行都是有目的的！"

"没想到，你还是个尼采的门徒！"我故意冷冷地说。

"我不懂得什么尼采。"她挑衅似的翻了我一眼，"可是我知道连拿破仑这样的伟人也曾经试图自杀,他说:'我绝望,不是因为失去了帝位,而是由于看到了人的卑怯和忘恩负义。'"

"可是,你活下来了。"

"是的。因为我还有一线希望,还有一个自己的世界!我渴望创造,是真正的创造,不是现在那种标准化的白面包……哪怕得不到任何报酬,也心甘情愿,可是……就连我最后这个愿望也……落空了。"

"为什么?"

她猛然抬起头,两团烈火似的眸子直射向我:"为什么?你还不知道吗?!……我恨你!手术时我的右臂神经被碰伤了,可你一直瞒着我!……我再也画不了画了,活着还有什么用?你当初就不该……不该把我救活!……"她拼命抑制着啜泣,把头扭向一边。

原来是这样!我怒火中烧,这是谁干的事?怎么能随随便便把手术情况捅给病人呢?太不像话了!这样做给病人造成多大的精神压力!何况事实远非她想象的那么严重。按照医学心理学的常识,在这种情况下,大夫应当对病人做一些积极的暗示。我费了很大力气才克制住自己,缓缓对她说:"孟驰同志,手术时你的右臂神经受损,这原因很复杂,但是会恢复的。懂吗?肯定会恢复的!你怎么能为这一点小事就轻生呢?"

"因为绘画是我忘记一切、争取活下去的手段。"她冷冷地说。

"不对?绘画是你的生命,对你来讲是比生命更重要的东西!你以为我不知道这个吗?!"

她怔住了,慢慢地站了起来,在这瞬间,她的眼神变得那么复杂,那么犀利,好像要把我穿透似的。渐渐地,这双眼睛里的敌意消失了——她热泪盈眶。

"谢谢你,大夫,我……我不会忘记这句话的……"她说这话时的神态简直像个未成年的孩子,那么真挚,惹人怜爱。一股柔情使我的心猛然一阵收缩,我避开了她的视线。

她终于解除掉那冰冷的甲胄,亮出她自己真正的身份证了。

孟驰:

内心的风暴过去之后,我浑身无力。好厉害的外科医生啊!他的解剖刀已经插进我灵魂深处了。在他面前,隐瞒、装假似乎是无用的。

"……来,我给你重新包扎一下,不然会感染的。"他把被我撕开了的纱布条揭下来,又上了一遍药,动作熟练而轻巧。他的脸离得很近,连额上细小的汗珠也看得清清楚楚。幽暗的灯光在他鼻梁上画出一道柔和的弧线。他那深黑的眼睛在沉思着,显出一种独特的严肃美。感觉到他身上的汗味和那洁净的白大褂上沁出的药味,我忽然感到一种莫名其妙的羞涩。仿佛突然意识到眼前的他不仅是医生,还是个年轻男人似的。我悄悄瞥了一眼他那还在渗着血的手腕,脸上忽然发烫了……

"……大夫,你……你的手……"

"唔?哦,没关系。"他拿起那卷剩下的纱布,随随便便地在手腕上缠了两圈,说,"我也认识一个挺有名的画家,'文化大革命'中批斗他,使他双臂致残……那时他已是个年近七旬的老人了。他被隔离起来,整整关了四年,亲人们都以为他……不在人世了。可是就在这种情况下,他仍然坚持作画,用嘴衔着一只竹笔在监狱的墙上作画。连看守也被他感动了,悄悄给他买来了宣纸和白云笔,在他出狱的时候,牢房的墙上都画满了……"

"这是你从哪篇小说上看来的?"

"不,是真的。"

"他叫什么?"

"关鹤年。"

呵？我几乎叫出声来。千里迢迢来到北京，为的就是拜这位老画家为师啊！真是踏破铁鞋无觅处，我急忙问："你认识他，他现在在哪儿？"

他迟疑地望了我一下，"他出狱后住了很长时间医院，现在右臂基本恢复正常了，左臂还不行。出院后，他回老家住了些时，最近……可能要调回美院了。怎么，你……"

"哦，不……"我犹豫了。今非昔比，我想起自己现在的身份。怎么好再连累那位受尽折磨、风烛残年的老人呢？可是……遗憾啊！

"他也把绘画当作自己的生命，但是他依靠的不是狂热的感情，不是成功的梦想，而是对事业、对理想的一种坚定信念。"

"信念？"

"对。信念包含有更多的理性成分，使他的艺术生命不至于在逆境中夭折。这信念，只能来自对生活，对人类的爱……"

"爱生活？爱人？难道你要我在经历了这一切之后，还去爱那些出卖我、践踏我、陷我于死地的人吗？!"我的声音又不由自主地发抖了，提起这个，我就难以控制自己。"笑话。人类之爱不过是个神话。人们之间充满了仇恨、嫉妒、竞争……只要你走向人群，就会有一种危机感、一种不安全感，大家表面上客客气气，笑脸相迎，其实都是在互相欺骗！……你不信吗？瞧吧，一旦有了利害冲突，爱人就可以变成仇人，好朋友就可以变成死对头……你以为'文化大革命'仅仅是某几个人暴戾的意志造成的吗？不，它是有着深刻的社会根源的！'文化大革命'像把刀子，一下子割破了人们戴在脸上的假面具，露出了赤裸裸的本来面目。那些骇人听闻的事件，就是人类恶行、秽行的一次大展览，……哦，文明古国，耻辱啊！……"

我突然顿住了。我意识到自己说得太多了。我已经为了这个吃了那么大的苦头，难道还不该吸取教训吗？眼前这个医生和我只认识十多天，我实际上对他的政治背景一无所知。我用探询的眼光盯着他……哼，反正已经说出来了，要怎么样随你的便吧！

"是啊，你有你的道理。"他沉默了半天，皱起眉头，看来他已经猜出了我在想什么，并且为我对他的猜疑感到气愤。但他非常善于克制，仍然继续扮演着一个好大夫的角色。"你说的可能都是事实，但是是不是有点偏激了？你刚才那番话可以归纳成一句，就是'人之初，性本恶'，对吗？"他嘴角旁现出一道弧形的细纹，当他要嘲讽什么的时候总习惯这样。"其实，究竟什么是善，什么是恶？这些从来就没有过明确的界限。拿我们当大夫的说吧，一个老人得了不能开刀的癌症，现代医学认为最人道的办法是让他'无痛死亡'，为的是不去延长一个痛苦而无用的生命，这是善？还是恶？在我们进行正义战争的时候，不可避免地会伤害一些无辜者，这是善还是恶？……所以说，作为一个整体的人是非常复杂的，是不能用'善'或'恶'这样简单的字眼来概括的。实际上每个人都不是单一的，每个人身上都同时存在着勇敢与怯懦、智慧与愚蠢，恰恰是这些表面上看起来水火不相容的东西组成了一个整体的人。难道你就没有恶的一面？你看看你的功劳，"他伸出他那只受伤的手，唇边那道纹路又加深了，"这是善还是恶呢？"他讥讽地微笑了，我也忍不住难为情地咬了咬嘴唇。

"可是你得承认，即使是最黑暗最野蛮的暴力，也无法泯灭人类天性中那种美和善的成分。你看窗外那棵腊梅，"他打开窗子，一股雪后清凉的空气流了进来，带雪的腊梅花冰雕玉琢般的美丽，"你看开得多好。可是你想得到吗？它植根的地方就有腐臭变质的粪便。你看美、善和丑恶、污秽挨得多近，因为那是善和美挣脱出来的必经之路，一旦挣脱，美就诞生了。"

……最黑暗的时候……人类天性中的善与美？……关进地下室前的那次提审之后，我在牢房的门缝里拾到了一个纸条："谢谢你的

《丙辰清明之魂》——向勇敢的画家孟驰同志致敬!"署名是"民意"。噢,是的,医生。你也有你的道理,但是,如果你也经历过我所经历的一切呢?……

"……我想,我们现在正经历着一个'真、善、美'从污泥中挣脱出来的过程。十年的积垢,不可能一朝洗清。……但是我们应当相信一点:今天已经比昨天强得多,而明天又会比今天更合理……"

也许是这样吧。这是乐观主义者的想法。你和我不一样,你是时代的宠儿,自然是乐观主义者。

"可是,大夫,假如你给予的是善,收回的却是恶,你怎么办?而这个对你恶报的人恰恰是你最信任的朋友,你又怎么办?"我索性直截了当地向他挑战了。大道理我听得多了,有些东西对我来讲已经分文不值了,可是人们为什么对具体的、实际的问题避而不答呢?要知道,恰恰是这些给人的心灵中投下了阴影。

"……这个,我没有体验过……"他刚才还站在凡人望尘莫及的哲人宝座上,现在却跌落尘埃了。我真高兴他也有狼狈的时候。"……当然,这可能是很痛苦的……可是会过去的,真的,时间会治好一切创伤……"

"算了吧,你别说了!"我冷冰冰地直视着他,我觉得,像他这样习惯用理性的眼睛来看世界的人,根本就不可能了解一个女孩子复杂、微妙而又极其痛苦的内心世界。他这种人冷静、理智得让人可恨,可又不得不承认他是对的,这就愈发使我恼火。伊华的影子幽灵似的徘徊,我怎么能忘记那令人心碎的"爱情"呢?

"你这样的人……根本不会懂得这些!"

话一出口,我就被自己吓住了。——这话完全违背我的本心。难道不是他费尽心血把我从死神手里夺了回来?难道我这些没良心的话和他手腕上渗出的血就是我对他的全部报偿吗?

懊悔已经来不及了。六病室里传来呼痛的声音——那是一个老人，由于长期卧床，褥疮都溃烂了，楚大夫几乎每天晚上都来给他排脓。

他走了，脸色疲倦而阴郁。我悄悄跟着他来到六病室，在门口就闻到了一股恶臭，险些把我熏倒。——他弯着腰在用力地排脓，一个值班护士在旁边当助手。他不嫌臭吗？他不嫌脏吗？对一个孤老头这样……他为的是什么哟！……看来，人与人之间那种无私的爱并不是神话……

生命是会死的，理想、事业却是不死的。这就是你说的信念吗？

一股咸滋滋的水流滴落在嘴唇上。……原谅我吧，是我错了……

楚杨：

回到大夫值班室已是凌晨四点钟了。我躺到床上，但毫无倦意。身体内部的某个地方藏着一股隐约的怒气。是对谁的？

"你这样的人，根本不会懂得这些！"

我这样的人？我这样的人是什么人？从石头缝里钻出来、没受过教育的野孩子，还是不懂得感情、秉性残忍的冷血动物？哼，冷血动物。有些人从没说过什么，但我知道他们心里也对我有类似评价。我不在乎。一个人不是为别人的评价而活着的。我并不要求别人的理解，更不愿表白自己。也许这就是被外公说成是高傲的那种东西了。但这并不是什么高傲，这是我做人的准则。医生的职业道德同其他行业的不同，"医德"直接维系着病人的生命，一丝一毫也不能苟且。但是当病人康复之后，医生职责已尽，没有必要再同病人来往，甚至接受病人的馈赠。病人是医生的上帝，是医生的宠儿，但也是瞬息即逝的过眼烟云。就像一个电机修理工那样，修好了电机的马达不是为了使自家的灯泡亮得更长久。也许就是这点，使别人认为我不近人情了。

……但是，为什么这话从她嘴里说出来，使我感到格外委屈和恼火呢?!

潜意识需要挖掘。她不仅是病人，首先是人。一个年轻姑娘，一个有才华的画家。那也就是说，我们之间的关系，不仅仅是医生与病人的关系，而首先是人与人之间的关系，是两个异性的年轻人之间的关系，而且是那种不用加速耦合放大器也能互相传导、互相感应的两个生命有机体之间的关系。这种关系复杂而微妙。深了不是浅了也不是，太强硬了固然不行，忍让过分更为不妙。必须保持某种不冷不热、不卑不亢；不远不近的关系，并且一定要 Keep your distance（保持你的距离），绝不能越雷池一步。然而我醒悟得太晚了。这距离已经在缩短了——通过她对我毫无顾忌地发泄怒气，也通过我对她的怒气所引起的怒气。潜意识里包藏着某种惊心动魄的东西。

……哼，红地毯？乌纱帽？！见鬼去吧！真不愧是搞艺术的，亏她想得出来！——你有什么资格对我说这些，由于那两百多天的铁窗生活吗？仅仅九个月，你就自以为是天下第一"苦人儿"，受难的基督再世了？可是你知道中华民族几千年的苦难历史吗？你知道父辈们创业的艰辛、你同代人流过的血汗吗？是的，同代人。……你见过亚热带上空那酷烈的火团吗？你受过它的暴晒，被它剥过皮抽过筋吗？你问我尝过灵魂受到鞭挞的滋味没有，那么你尝过一个有灵魂的血肉之躯在光天化日之下遭受到的奇耻大辱吗？……噢，为什么要想这些……我这是怎么啦？……她毕竟是个病人，一个病人在由病痛引起的疯狂中说话是没有分寸的，医生在某种时候可以挨骂甚至挨揍，但他当然没有还嘴还手的权力。可是……哦，我这是怎么啦？

凉意袭人。我索性裹着大衣坐起来，打开台灯。《心身医学在美国的发展及其现状》，原文版的。一个星期才看了一章，这种蜗牛式的速度还想搞出点名堂吗？

一件件微不足道的小事跳出来扰乱思维。

……"楚大夫，您眼里就有五床！"前两天我到四病室没看到她，随便问了一句，李小荣就叫唤起来了。她们都笑。当时我把这当成一句玩笑话，根本没加理会。

还有一次和伊秋值班。四病室的红灯一亮，伊秋知道是有病人按铃，就急忙去了。谁知过一会儿又蔫蔫儿回来了，低头说了句："是五床要利眠灵，您给送去吧！""怎么个意思？这种事也要我去？"我大惑不解。她很不自然地咬着嘴唇，吞吞吐吐地说："上次我给她喂药她一口都不吃，可您一去那药就像变了味儿似的。所以我想，"她可怜巴巴地垂着头，"以后凡是她的事儿，还是您多操点儿心吧！"

真是可笑之极！看来女的就是小心眼，和她们共事真不容易。我当时好容易才忍住笑，还是让她去了。对这件事完全没有认真。现在想起来才觉得不对味儿！当时小伊看我的时候带着那样一种异样的神情——这桩桩件件的小事恐怕都是某种信息的传递哩！真见鬼了！

我跟她接触的确多一点，主要是由于她的易感素质比较典型，是我对"心理辅助疗法"最好的试验对象。当然，说良心话，另外还有一种朦朦胧胧的感情在左右着我。不知为什么，我总觉得她会成为我的知己。这好像非常荒谬。生物电？心灵感应？第六感官？特异功能！都不是。

这是人心。世界上最复杂最不可解的恐怕莫过于人心了。

女同志似乎有种通病——感情多于理智，相信本能胜于相信逻辑。跟她们是纠缠不清的，即使一件十分简单明了的事，她们都要或多或少地带上自己的感情色彩。这是她们无法克服的弱点，是天性。连她也逃不脱的。

那么还是少接触为妙。与其被许多小事纠缠不清、难以自拔，不如及早摆脱。——以后除了询问病情之外决不再说一句废话，一切照几年来的轨道正常运转。主任说得对，医生的心就像一架天平，稍稍出点故障，就会引起一片猜疑议论——何苦来呢！

但我总感到不安。这么做……她会怎么样呢？也许……她会更强烈地感到人的无情，更相信"性恶论"。她会憎恨一切，对周围的人乃至社会都怀着复仇心理——这种心理足以毁灭一切天才——那么她最终的结局还是毁灭。

做一个见死不救的可怜虫也许并不是什么坏事，但我不想违背心，让她们随便议论什么好了，让她尽管把我看成一个什么冷血动物之类的吧。在生活中，良心有时是比职责更高的准则。

"三十岁以前我决不谈恋爱！"一次老主任问到我的个人问题时，我十分坚决地回答。

"嗯。说的倒挺绝！就怕到时候就不是你了！……我说，给我好好干！争取'而立之年'搞出点名堂！"

他三十岁之前就已是医学硕士，后来在留美期间取得了博士学位。他三十八岁结婚，人们都开玩笑说他是"先成名，后成家"。他爱人现在是医学科学院的副院长。居里夫妇式的家庭。"记着，将来一定得找个同行，这样对你的事业有好处！"他不止一次地对我这样说。

父亲在恋爱问题上更是老八板儿。据说他打起仗来气壮如牛，谈恋爱却变得胆小如鼠。要不是组织上介绍，他恐怕当一辈子"光杆司令"了！他的"好姑娘的标准"颇简单：政治可靠，作风正派，工作能力强，容貌过得去。典型的"普罗"式标准。然而母亲却早已从"普罗"式变成名副其实的布尔乔亚了。

最理解我的恐怕还是外公。他性格爽朗，豁达大度，像个鹤发童颜的老神仙。小时候，我简直被他宠坏了。比方说吧，妈妈刚做好饭，我就瞅个空子揭开锅盖，在米饭中央放上个煤球。饭蒸好了，妈妈气得要打我，外公却在一旁哈哈大笑，说我有独创性。在外公的影响下，我很喜欢画画，作业本上常常挤满了小胡子的日本兵和骑马打仗的梁山好汉,老师气得不给我分数,在作业本上用红笔画上大大的问号,结果被父亲发现,狠揍一顿不说,还把我的彩色铅笔全部没收了。不然的话,我很有可能向绘画方面发展——外公说我很有点这方面的才气哩!

大了以后我想参军,维护家里世代相传的尚武习气。就在这时,发生了一件对我的一生都极有影响的事:我最要好的朋友,从小和我一起长大的小伙伴"大头"生病死了。他的死完全是由于一个庸医的误诊造成的。整整一个月,我几乎不跟任何人讲话。从那时起,我好像突然变了一个人。我发奋读书,再不贪玩淘气了。我发誓要学医,要当个好医生。当时,家里只有外公是支持我的。

是啊,他老人家这些年受了那么多磨难,但是对生活的看法仍然很乐观,对祖国的前途充满了信心,和他在一起,不知不觉地会摆脱自己的某些阴暗心理……老实说,我喜欢这样的人。这样的人才是真正的强者。未来不属于那些牢骚满腹、怨气冲天的人。

怨气已经太多了,祖国需要行动。父亲、老主任、外公虽然性格、职业迥异,然而在善于行动这一点上却是那样相像。他们从来不愿吃现成饭,永远把身上的发条上得足足的,不知疲倦地干,即使受了委屈和挫折。这才是我们的老一辈,真正的老一辈理想主义战士。

可是我的行动又在哪儿?我还年轻,还只有二十九岁,我的能量应当大大超过这些老头子们——那件事还是等以后再说吧!

记住:她是病人,我是医生!

孟驰:

周末之夜,茜姐拉我去内科病房看电视,据说是上映不久的埃及影片《忠诚》。我们下了三楼,从儿科病房的后门踏上一条铺着鹅卵石的小径,那是去内科病房的必经之路。

这些时天天做理疗，右臂感到明显好转了。昨天又收到敦煌文物研究所的来信，说是父亲的问题已经彻底平反了。他们已经向国外发了信，通知母亲回来参加追悼会。……或许，一切真会变得好起来的……

"哎，我问你点儿事！"找了个角落坐下之后，茜姐挺神秘地趴在我的耳边，"你和楚大夫这些天闹别扭啦？"

我的脑袋嗡地一下。说实在的，这几天我一直感到一种深深的羞愧——为我自己在病中的失态而害臊。真不知道当时左右我的是一种什么样的病态情感，只知道发泄出来心里才舒服。可是为什么要向他发泄呢？

我知道他的自尊心很强，这是无法补救的。可是这几天早上查房时，看到他的脸，听到他的声音，我几乎忍不住酸楚的泪水。那是一种微妙的感情，表达不出来的。他竟然像一个陌生人那样淡漠地望着我，除了询问病情之外，再不说一句离题的话。那天大家都抢着看我的人物速写本子，他也在场，我原以为他会感兴趣的，可他只瞥了一眼就默默地走了。为这个，我伤心得一夜都没睡好。我好没出息哟！我越压抑，内心的那种感情就越炽烈，这种感情在我每一件下意识的行动中都反映出来，难道这就是茜姐说的"潜意识"吗？我简直害怕自己了。不，需要急刹车。我再也不能陷入任何感情的泥淖里了。

"喂，你想什么哪？"茜姐使劲碰碰我的胳膊，"跟我说实话，你们俩……是不是爱上了？"

我的脸一下子烧得滚烫。那个我连想都不敢想的字眼让她这么轻飘飘地说出来了。不，我不承认。我坚决地摇了摇头。

"不老实！"她轻轻搂住我，可以闻见她鬓发上柔和的发乳香味，"这还瞒得了心理学家？怎么样，要我帮忙吗？"

我简直无地自容。"茜姐，别拿我开心了。我现在还留着条政治尾巴，怎么能谈得到这些？"

"怎么就谈不到这些？政治犯也是人！"茜姐眼一瞪，又慷慨激昂起来，惹得前面的人都回头看她。她满不在乎地说下去："再说，你这个政治犯是光荣的政治犯，是英雄！这些草包男人应当跪着看你！"

我使劲捂住她的嘴："茜姐，小点声音好不好，人家都在看电视！……"

"告诉你，'天安门事件'肯定会平反，这不过是个时间问题。"她像个先知似的理直气壮地宣布。沉默片刻，当影片演到男主人公对妻子产生猜疑，愤而离家时，她又激动起来了：

"瞧瞧这些男人，一个个小肚鸡肠，比女人还女人气！说真的，现在值得爱的男人太少了！"

不知为什么，她对男同胞们抱有极大偏见，大约，这也是她奉行独身主义的一个原因。

"这个世界实际上还是以男权统治为中心的，很多领域妇女至今没有一席之地。西方什么'Ladies first'（妇女在先）其实都是空话！中国就更甭提了！所以说，提高妇女地位是一个世界性的问题。我已经搞了不少这方面的社会调查，等心理所一恢复，我就把论文抛出去……"她对各国妇女的解放运动、女权运动和组织等了如指掌，谈起来就没个完。

"小孟呀，恋爱也得有点儿心眼儿，你看过巴尔扎克的《猎打球商店》吧？我倒是很赞成那个伯爵夫人的观点。对男人，爱得越厉害，就越不能让他们知道我们爱的程度，因为凡是爱得厉害的人，总是受制于对方的，明白吗？"

"茜姐，你别说了，"我轻轻打断她，"楚大夫……可能早有朋友了。"

"谁说的？李小荣吧？她嘴里能有正经的？她自己想跟楚大夫好，拿人家小伊做幌子！你放心，楚杨那种人根本不会对她们感兴趣，她们这些人对他来说，不过是一杯白开水——显然不够味儿！"

看来这电视是看不成了。我一心想看看那贫苦、忠贞的女主人公最后的命运，可是茜姐的话弄得我心猿意马的。

"哎，不跟你开玩笑，自从发现了你们的'异常情绪'之后，我就派'内线'对楚杨的历史进行了全面调查。"她卖关子似的故意停了一下，然后一本正经地说，"说实话，我看他医术不错，本来还以为他是医科院校的老大学生哩！其实他不过是北医的工农兵学员，六届老高三的学生，没什么了不起的。不过有一点儿我倒是挺佩服他：他不是个靠老子地位吃饭的酒囊饭袋！听说，他在 B 医院实习的时候就被老主任看中了，是主任点名要的，而且一直亲自带他。主任现在对他极赏识，说是他比以前自己带的研究生都强！追求他的姑娘都能编成一个加强连了，可是他呀，"茜姐调皮地盯着我，"一心扑在事业上，白长了一副俊模样儿！咯咯咯……"

"茜姐，请你最好还是别开这样的玩笑！"我有点恼羞成怒了，"这跟我有什么关系？"

她严肃起来，轻轻拍着我的手背。"小孟呀，你是个有才华的姑娘。看得出他也喜欢你，不过可能连自己都不敢承认就是了！你想不到吧，他也吃过不少苦哩！……"她娓娓动听的女中音变成了轻微的耳语……

我的心被深深地震骇了。

一九六八年，在他父亲被关押期间，母亲被赶到江西"五七干校"，他和几个立志医学的同学一起到云南一个偏僻寨子去插队。那里，是他生平第一个医学实践的课堂……

可这又是怎样的医学实践啊！

"你知道，边远地区的少数民族还是相当迷信的。有一次，一个妇女得了急性阑尾炎，可巫医一口咬定是鬼附体，硬是把那女的打了个半死,多亏楚杨他们赶到,才算保住了一条命,可这下子可得罪巫医了,他们的势力是很大的呀……"

怎么会,怎么会这样呢?我不愿相信,但又不能不相信:……他被绑在寨子口的凤梨树上,被剥去了衬衣……他被打得血肉模糊,……哦,鲜血,糊住了他那深黑的眼睛,他看不清,看不清,只能感觉到亚热带上空那毒日头,那能晒脱一层皮,能把人活活晒死的毒日头啊!……然而他咬紧牙关一声不吭,直到昏死过去。

……示众,示众,灵魂的痛楚比肉体的更难忍受!……哦,怎么会呢?我的心像是被慢慢撕裂着……这怎么可能呢?!

"别说了,茜姐!"我终于无力地靠在她的肩上。

他是从血与火中走过来的。是为了拯救别人的苦难,从带血的医学实践中走过来的。同这纯洁高尚的鲜血相比,我那点不值钱的、卿卿我我的"爱情"算得了什么呢?

他才是真正的勇士。他是那种能吃尽苦而毫不诉苦的人。可是我……可悲啊!

陈嫂把茜姐给叫走了。我坐在电视机前,可是什么也看不清。直到大家都拿着椅子站起来的时候,我才机械地跟在别人后面慢慢地下了楼。在那铺着鹅卵石的小径上,我望见黑暗中两个穿白大褂的人急匆匆地迎面走来。是他!那独特的步伐,潇洒、矫健,真像茜姐说的,是欧洲男子式的那种步伐。另一个比他矮一些。是了,那一定是急诊室的小杜大夫,他们可能是去处理什么急诊病人吧?那么他一会儿就会回外科的,肯定会从这条路回去的……我停住了。

呼啸的朔风卷着大片雪花,怒吼着向我扑来,脸上像是无数小刀片在割。起先,我还能感觉到伤口在痛,可是后来一切都僵硬麻木了,我只有一个念头,等着他,向他忏悔,我太对不起他了……

半个小时过去了,我觉得像是过去了半个世纪。他会不会从别的路回外科病房,或者,他今晚就在急诊室抢救重病人了?……我开始意识到自己的"傻",可是无论如何也不愿挪动双脚,好像是站在一个强磁场的中心……不,这是回外科病房的必经之路呀!再说,没有听到救护车的声音,不会有需要抢救的重病人的……我冻得全身发抖了,难道他一夜不回来,我就站在这儿冻上一夜?……哦,我用冻僵的手指费劲地揩去漫出眼睑的泪水。无论如何我要等!受苦是活该!我是来赎罪的呀……

"那是哪个病房的病人?怎么在那儿站着?!这不是找病吗?"

他的声音。的的确确是!我好像一下子复苏了,接着,心低沉有力地狂跳起来,我完全无法控制自己。天哪,我不知怎么办才好,我拔腿就跑,可是僵硬的脚却完全不听使唤,迈出两步就几乎跌倒了。

"是你?!"他几步赶上来扶住我,愣住了。

在这瞬间我突然感到,他的声音有些异样,好像一下子从那白大褂的束缚中钻了出来,变成了一个有血有肉的人。

"我……看完电视正想回……外科病房……"我结结巴巴地解释,费劲地翕动着冻僵了的嘴唇。愚蠢!还不如不解释呢!他那么敏感,肯定已经猜透了我的内心秘密。想到这,我耳根后面一阵阵燥热。

"那就快点回去吧!"他的应变能力真强,很快就恢复了平素那种大夫对病人的口气,"已经过了熄灯时间了。"

"楚大夫!"眼巴巴地望着他大步走过去,我心一横,鼓足了生平的勇气叫了一声。他停住了,狂风在撕扯着他的白大褂。

"我……我想问你一件事。"

"边走边说,好吗?这么冷的天气,你要冻坏的。"

"你……还生我的气吗?"穿过儿科病房的走廊时,我悄声问他。他站住了。

"我……太坏了,你救了我,……可我……你骂我什么都行!你狠狠地报复我吧!……我太坏了!"

一直哽在喉头的那股热浪喷涌了出来,我语无伦次,一时几乎完全失去了自我控制的能力。

"别……别这样……,瞧你这是怎么啦?"他难为情地望望我,在黑暗中我似乎能够感觉到他内心的慌乱,"你呀!我根本没生你的气,一个当大夫的怎么能跟病人怄气?这几天跟你讲话少了,是因为事情太多太忙……你们这些搞艺术的可真多疑!"他诙谐地一笑。

"不,你生气了,你骗不了我的……"我哭得哽咽难言。

"好啦好啦。我以为你不会哭呢。看来所有的女孩子都是一个样。有个英国诗人说得真对,'女人,总是要哭的,因为男人必须工作'……"

"你瞎说。"我忍不住含着眼泪微笑了,"茜姐听到这话要跟你拼命的,她是个女权主义者。"

"唔?是吗?怪不得她见了我总是横眉怒目的呢!是不是怀疑我是个男权主义者啊?"

我又忍不住笑了。我知道他在故意逗我,让我开心。我发现他并不是像表面上那么严肃的人,他实际上很富于幽默感。

"茜姐是个好人。你不是在攻医学心理学吗?说不定将来还得求她帮忙呢!"

"你怎么知道我在攻医学心理学?你们是不是成天在一起琢磨我们啊?"

"没有……你净瞎说!"我羞怯地躲开他的视线,无形中跟他说话随便了好多,"说真的,大夫,那天我不是故意要对你发火,我在……爱情问题上伤了心,一提起来就……"

他变得严肃起来了,默默地注视着我,外面雪地的明亮反光勾勒出他面部清癯的轮廓。

"我……有过一个男朋友,是跟我一起学美术的,他对我一直很好，像个多情的罗密欧，可没想到……我被捕后，他跟别人结了婚……而且……"我咬咬牙说下去，"而且我更没想到的是……我被捕是由于他的出卖！……"

他被震惊了。透过昏暗的光线，我看到他眼睛里真诚的同情。海在黑暗中泛起层层浪花。哦，那正是我想看到的。

"你说……在经历了这一切之后，我还能怎么样呢？只有遗忘。《圣经》上说，走过忘川就会忘掉尘世中的一切，可是现实中的忘川又在哪里呢？那冥河……"

"可是别忘了：'河两岸均是生命之树，所产果实十有二种，月月结果，树叶则可治万邦之疾。'"他说完了。富于深意地望着我，那双眼睛深不可测，就像黑夜里的海那样神秘幽深。

我简直惊呆了。"你怎么也……？"

"这叫作'以其人之道，治其人之身'。"

云雾消散了，就像是一只迷途的飞鸟，我突然从层层叠叠的云海中发现了大地，那一望无际的、实实在在的沃野。

"与其一味地回忆往事，不如去勇敢地创造未来。你只想找到忘川，为什么不去找生命之树上的叶子呢？它会把你的病治好的。"朦胧中我听到这亲切的声音，我感到冻僵了的心正慢慢回暖。我抑制不住热泪——这是那样一种令人窒息、催人落泪的幸福啊！

"瞧你，都冻得发青了……我发觉你特别不会照顾自己，简直不像个女孩子。……搞艺术的人都这样吗？"感觉到他的目光温柔的抚摸，我全身都被一种无可名状的柔情渗透了。我不敢接触他的目光。一声不响地缩紧着身子，好像只有这样才能保住这难得的幸福似的！在他面前，我好像变成了一个可怜的十五岁的小女孩，完全没有控制自己左右谈话的能力。在一个男子面前暴露自己女性的弱点，这在我还是生平第一次。

会不会是因为这力量过于强大了？我宁肯忍受寒冷、伤痛、疲倦的袭击，也愿意让这幸福延长一会儿，再延长一会儿！

3

你是我的生命，
我爱你

——拜伦

一九七七年春节

楚杨：

忙忙碌碌中时间过得飞快，又是春节了。假日值班安排的是张大夫，可是我实在放心不下。五病室那个肺脓肿病人术后情况不大好，得去看看。另外，七病室十床的化验情况，四病室的陈嫂明天要出院，该给她开些药，还有……她，不知理疗效果怎么样？

过去，我是以对待病人一视同仁而出了名的，可是最近不知怎的，连自己也感到失去了内心平衡，对某一个病人特别牵挂。我曾经狠狠地自责，想重新和她拉开距离，但是……在那个风雪夜之后，我深知这是不可能的了。她哭得那么伤心……是因为疼痛吗？不，手术中，她的忍痛能力是惊人的。那么，就可能是另外一种眼泪了……我怎么又在胡思乱想，真不像话。

别的大夫们似乎有所觉察。那天吴大夫忽然笑眯眯地对我说："楚大夫，你该交个女朋友了。"把我弄得莫名其妙。他也许是在提醒我，到了该交女朋友的年龄了。发育成熟之后就可以结婚，这点，当大夫的比谁都清楚。可是，难道人类的繁衍只是性行为作用的结果吗？

如果那样，人与兽又有什么两样？我这观点在今天也许是很陈腐的了。据说现在男青年选偶首先要看女方的长相，身高体重都要合乎标准，真像是在挑选商品了。

"你看，漂亮不漂亮？"昨晚回家，母亲又开始了攻心战。她把焦婷婷的相册一页页打开给我看。各种角度、各种服装、各种表情，简直令人目眩。

"漂亮！像个三流彩旦那么漂亮。"我用《外科手术学》挡住了眼睛。

"你！……"母亲气坏了，"你也太傲了！婷婷哪点配不上你?!"

我合上书郑重地望着她："我是个独立的人，妈妈。这件事我有能力自己处理，不希望别人强加于我。"

她气得半天说不出话，最后竟抹起眼泪来，说是父亲生前把我惯坏了。也许是吧。如果父亲活着，一定是站在我一边的。他最痛恨那种为利益而结合的婚姻。重要的是一个人的内在价值，而不是金玉其表。如果两个人在一起不能患难与共、相濡以沫，那还不如一个人清静。

处理完毕各种事情后，我来到四病室。病房的门半掩着，只有她一个人。她半躺在床上，轻轻地唱歌，好像是古曲《钗头凤》。她的声音有点哑，但是听起来很美。我静静地听了好一会儿。

我想悄悄走掉，可不知怎么的，两脚像是不听大脑指挥似的迈了进去。难道她会放射一种什么生物电吗？

"过年好啊！"我只得硬着头皮向她打招呼。

"大夫过年好！"她看见了我，脸一下子涨得绯红，像孩子背书似的回答了一句。我发现她最近已经渐渐脱去了那层冷漠的外壳，她的本质就像个孩子似的天真纯正。

"二床呢？我来看看她，她不是明天要出院吗？问问她有什么要求……"我自己也不明白为什么要啰唆地说这许多。

"哦,你是来看她的。"她默默地垂下了眼睑,"她刚把她老伴儿送出去,可能一会儿就回来。茜姐、小荣家也来人了,你看……"

周围床铺和床头柜上满是好吃的东西。中国人最重春节,春节是亲友团聚的日子。可是她的小柜子上除了一只咸鸭蛋之外,什么也没有。我想此刻家里一定是宾客盈门、热闹非凡了,可是她一个人在这里,冷冷清清。如果我不来,她也只好望着窗外的雪花出神吧?我一时感到非常愧疚——我几乎得到了一切,而她什么也没有。

"你这两天怎么样?理疗有点效果吗?"

"好多了!"她感激地望着我,吃力地伸了伸右臂,"瞧,恢复挺快的……"她斜靠在被子上,一束绾得松松的浓黑的长发搭在胸前。脸色虽然还带着大病初愈后的那种苍白,但已经不那么憔悴了。眼睛里再也没有那种病态的冷漠,只是还有点恍恍惚惚,像是一个朦胧的梦。我忽然感到她很美,好像有一点特别动人的地方。这神态我似乎在一幅什么画里见过,我苦苦回忆着,竟这样看了她许久。

"你怎么没有回家过年?"她羞怯地避开我的视线。

"唔?我吗?"我惊醒过来,感到一阵难为情,"刚从家来……来看看你们。"

"你太累了,也该歇两天。"她轻轻地说。还是头一次听到她用这么温柔的声调说话,我心里不禁一动。但是她很快就像要掩饰什么似的转了话题。

"过去在家过年,我和爸爸总爱学北京人的规矩,吃饺子……"

饺子?这倒提醒了我。临来时阿姨给我塞了满满一饭盒煎饺,我来了就把它放在暖气上,现在怕还是热的呢!我急忙跑回值班室给端了来。

她捧起饺子,眼泪一滴一滴地落在饭盒里。

"最近不知怎么的，我变得爱哭了，"好一会儿她才忍住了眼泪，向我微笑着，"楚大夫，你先尝第一个好吗？"她那不灵活的右手吃力地夹起一个饺子。我摇头拒绝，可她任性地举着，那手臂在发抖。我知道这样会使她很疼，只好接过来。

她这才吃起来，吃得那样香甜，像个小姑娘似的向我嫣然一笑："这是什么高级馅的？真好吃……"

"好吃，就多吃。"我望着她，忍不住微笑。有什么比一个医生亲眼看见自己的病人恢复健康更幸福的呢？何况这里面还有另外一层原因……我怎么从来没感觉到这间病房是这么温暖，就连窗外的雪花也飘飞得那么有情有致，使人的心境又舒畅又和谐。

她住院近两个月了。根据她的病情，起码还应再住两个月。可是不管再住多长时间，她总是要走的……想起这个，我就总感到怅然。为什么，我也说不清，也许从来就不曾细细想过。在整个童年和少年时代，我都是在清一色的"男子汉阵营"中度过的，从来不曾接触过一个女孩子。在我印象中，她们除了哭鼻子、跳舞、告状之外什么也不会。云南插队时，不少同学搞了对象，成了家，我嘴上不说什么，心里却感到鄙弃。真的，过去我一直把追求女人和真正的爱情混同起来，把这些作为一种男子汉的耻辱而加以嘲笑，而现在……我是从根本上动摇了。

她是个普普通通的人，但又的确有不寻常之处。在她单薄瘦弱的身体内隐藏着一个极丰富、极复杂的内心世界。也许就因为这个使她显得与众不同。如果说，焦婷婷之类的像是一片薄薄的金箔，那么她就是一颗多棱多面的金刚石，每转一下都会发现新的色彩。

我从来没见过哪个姑娘像她那样热爱自己的事业，爱得那样执著，那样真诚。是的，她有时显得急躁、任性、不虚心、不宽容，但这些弱点都是暴露在外的，同那些"金玉其表，败絮其中"的人相反，她在内心中深埋起来的才是神圣美好的感情。人们说，恋人们的眼睛只盯着对方的优点，可我却觉得，正是这些弱点使她更可爱了。因为她是一个人，而不是那些被人为地塑造出来的完美的神。

"你在想什么？"

"我……在想，哦，我想问你，怎么从来没听到你提起你妈妈？"慌乱中我居然想起这么个问题。

"她？——"她踌躇地望了我一眼，"我……从小就没见过妈妈……"原来，早在解放前，她的父母就一同去法国著名的巴比松画派发源地枫丹白露学习美术。后来在一九五三年，她父亲从国内友人的信中了解到国内翻天覆地的变化后很激动，执意回国，而且下决心要终身研究敦煌艺术。但是她母亲坚决不肯。她也是个出色的画家，早就执意留在那里研究巴比松画派。就这样，两人只好忍痛分手了。母亲留在法国，父亲带着不满周岁的她来到了举世闻名的敦煌石窟……

"这是……你画的画？"我突然发现她枕头边的一个小本子。

"嗯……不许你看！"她红着脸伸手来抢，可是我早已迅速转过了身。

都是些钢笔画，构图很怪。有的只在一端画一支玫瑰，另一端画上一只大眼睛。

"你这叫什么？抽象派？"

她好像在忍着笑，可能是笑我的无知吧。

"我小时候也爱画两笔呢，"我边翻边说，"作业本上常常挤满了骑马的岳家军。就为这个爸爸揍过我，最后是把我的那点绘画天赋给揍没了。哎，你别笑，是真的。"我又翻到一页，"说实在的，那些什么抽象派、野兽派、立体派……我实在看不出有什么好，一大堆颜色涂成小三角，这样的画我也会画！"

她终于忍不住笑出声来："那你喜欢什么样的画啊？"

"意大利文艺复兴时代的。像达·芬奇、米开朗基罗。对啦,还有德拉克洛瓦,我特别欣赏他的《希阿岛的屠杀》。真正的雄性艺术。哎,你究竟在笑什么啊?"

"德拉克洛瓦可不是文艺复兴时代的,他是法国浪漫派的代表画家。大夫,别看你做手术呱呱叫,可是讲起艺术来,还真得拜我为师呢!"她得意地皱了皱鼻子。

"其实你也不见得真懂那些色块的含义,不过是附庸风雅罢了。"我故意气她。

"哎,前半句话倒是说对了。画家只受本人心灵的指导,任何人也不能说他真正懂得某一幅画。"她敛住笑容,一本正经地把饭盒放在我手上,"就是你崇拜的德拉克洛瓦认为,美是具有多样性的。文艺复兴时代的画当然是美的,可是印象派以后流行的各种现代画派也同样是美的。艺术应当有永恒感,但是同样也应当有时代感,受时代的限制。古希腊古罗马时代,崇尚人体美,艺术所表现的常常是体态完美的裸体男女;中世纪的中心人物多是僧侣和骑士;文艺复兴时代以人文主义反对禁欲主义,艺术上提倡形象的具体性和典型性;十七世纪是正规的贵族君主政体,艺术上盛行宫廷画,贵族和侍臣占统治地位;十九世纪呢,是工业化的民主政体,工业科学的冲击使现代人产生了生理机制上的混乱,艺术上就产生了苦恼的浮士德和维特。"她谈起艺术来简直如数家珍,"而我们这个时代,艺术不再是各种超越势力的侍从了。艺术家所面临的世界不再是封闭的、有固定秩序的,而是一个混乱的、具有无限多样性的宇宙结构。艺术家完全可以根据自己的感受和理解去寻找与这个世界对话的语言。也就是说,从印象派开始,绘画已经宣布同一切思想观念化的内容诀别,时代要求绘画从对立的现象描述中解脱出来,去寻找一种崭新的手段,通过纯粹的'可视性'道路来缩短'我'和自然,内心与外部世界的距离。……所以我觉得,各种画派都是可以接受的，起码它们可以代表一种思潮，一种艺术语言，一种时代的缩影……哦，我说得太多了，"她疲倦地靠在被子上，歉疚地笑笑，"……一谈起这些我就没完。……你不会觉得我在卖弄吧？"

"怎么会呢？对你的艺术造诣我是钦佩之至。"我放下饭盒，故意跟她开玩笑，"你的话使我顿开茅塞。这么说，艺术不是象牙之塔，时代的风是可以吹进去的？"

她警觉地盯了我一眼，好敏感的姑娘，她已经发觉她上当了。

"看来躲在艺术里也不是逃避现实的好方法，对吗？"

"哼！"她知道入了我的圈套，哼了一声就偏过头去。

"其实不仅艺术，精神上和物质上的一切'实存'都打着时代的烙印，比如说爱情吧，"我悄悄地观察着她的反应，绕了那么一个大圈子，又回到那个老题目上去——那次伤心的"爱情"是她致病的主要心理因素，这点我已经拿准了。所以要对症下药，步步紧逼，"爱情也有时代性，如果你在二十世纪七十年代硬要追求罗密欧与朱丽叶式的爱情，我看十个有十个要失败！……"

我没能说下去。突然地，我在她的小本子里发现了一幅钢笔速写头像……接下去，又一幅，……不能不承认画得很像，很传神，她是什么时候画的？我怎么一点不知道？我默然了，放下本子。

这种沉默是可怕的。我想找点什么话说，但却找不出来。我和她久久地沉默着，这种沉默比无数语言更使人心照不宣。——那占了半个本子的钢笔速写头像揭去了她心上最后一层冷漠的外壳，暴露了她的内心秘密。

"……以后等病好了，送我一幅你的自画像吧。"我默默地望着她那涨红的脸，"……也算是个纪念。"

"我从不轻易把自己的画送人，特别是自画像。除非……"

"除非什么?"

她羞怯地摇摇头。半天,她才抬起头来,双眸忽然变得那么清澈,富有神采:"除非是……能为我采到生命之树上叶子的人!"

静得出奇。连雪花叩击窗扉的声音也听得见。一股热血在我内心深处悄悄萌动着,终于膨胀到全身。像是被注射了一支肾上腺素,我的每一根骨头、每一块肌肉、每一条神经都感觉到一种异样的战栗。像是童年时对那种朦胧的精神爱的渴求,不,比那更强烈,更具有震撼人心的力量。我霍然站起,猛地推开了窗子。纷纷扬扬的雪花立刻扑向我的脸颊。

人说,外科医生的心是冷的,这话不无道理。因为我们看惯了鲜血、死亡和冰冷的尸体,面对着无数个赤身裸体的亚当和夏娃,我会毫不留情地挥起手术刀,不会轻易为任何人动情。至于对病人的关心,那多半是一种职业性的感情,甚至是一种满足"自我"的快感——我远非某些人想象得那么好。我不是什么救世主,即使是在拼命想唤起病人生活热望的同时,我的内心也常常是矛盾和动摇的。我和病人们一样需要不断地认识自我和外部世界。可是在他们面前,我只好扮演强者的角色——给他们以活下去和战胜病痛的力量。久而久之,我习惯于生活在用理性筑成的坚固堡垒中。理性,这是我同外部世界对抗的武器——引以为骄傲的武器。可是现在……我忽然发觉这个世界上除了冰冷的手术刀和止血钳之外,还有一种非常美好,美好得令人销魂的东西,没有它,人就不能成为完人。可悲啊,医生!你在给别人治病的时候想没想过,你也是个病人,一个头脑健全然而心灵畸形的病人!

"……大夫,你……你怎么啦?"

她已经在我身边站了半天,我急忙躲开她那双突然变得很美的眼睛——不,我不愿让她看出我内心的激动。远方,风雪在抽打着那株老柏树。是的,人应当有脑,更应当有心。

"我们一起去寻找那棵生命之树吧。"我背过身,轻轻握了握她那冰凉的手指。

焦婷婷:

真没想到事情会是这样!

好容易盼到春节,可解放了!昨晚跳了一个通宵,从清晨四点起我就开始化妆。妈妈从国外带来的高级化妆品挺不坏,从化妆室出来时,朋友们都异口同声地赞叹:

"美极了,真是名副其实的舞会皇后!"

可是我最希望得到的赞美却只能出自一人之口,那就是楚杨——我心中那个骄傲的美貌王子。他的心几乎是不可征服的,可是正因为难以征服,我对他的兴趣就越来越浓。他跟杜明他们这些平庸之辈不一样。爸爸看得对,他将来肯定会有大出息!哦,一个年轻的名医,多富于诱惑力!

镜子里面是一个年轻、美丽的影像:卷曲的睫毛,精心描画的双眉,略略涂了点玫瑰色唇膏的嘴唇。……的确,有点玛丽莲·梦露年轻时的风姿……哦,就这么去见他吗?这,能打动他的心吗?我毫无信心地凝视着自己镜子里的风姿……不,化妆的痕迹太重了,他会反感,是的,他好像不喜欢过分的修饰……记得上次在他家里,关阿姨说起她很喜欢某女演员,当时他就反驳说,那人太"矫情",缺乏天然美……哦,是的,看来他是喜欢天然美的了……对,卸掉,把妆卸掉……对,对,就这样,留下一点轻淡的、不露痕迹的妆。淡淡的,天然样……

我摘去耳环,用铁丝刷子把额前的发卷展开,刮松,……呀,一根鱼尾纹!清清楚楚地刻在眼角上……哦,老了,我一阵伤感。——

若是有办法让青春永驻就好了！尽管有珍珠粉、珍珠霜，口服的、外用的……可是任什么也阻挡不了青春的流逝。生命已经要近黄昏了，可命运之神还迟迟不肯发慈悲——我的杨杨，我理想中的王子，什么时候才能匍匐在我的石榴裙下呢？……

关阿姨一个人呆坐在家里，脸色不对头。

什么?! 他又走了？又去医院了？让那个医院见它的鬼去吧！上帝呀，究竟是什么拴住了他的心?!

"婷婷，沉住气，"关阿姨沉吟片刻，眉梢微微一挑，"这样吧，你干脆直接到医院去找他。告诉他，我说的，家里有事，让他快回来！另外……也看看他究竟在忙些什么？"

关阿姨的弦外之音我当然明白。事情不妙，挺不妙。我的面前好像有个对手，……可是，我去找他……这行吗？……他……他会怎么想？又会怎么对待我？……平时那副冷冰冰的样儿……哦，要是万一他当众给我难堪？……哦，太可怕了，那我怎么受得了?! ……

"别怕，婷婷。有我呢！"关阿姨给我打气，"你先去，有什么情况再给我打电话！……勇敢点，你别看他那倔样儿，其实，他心里不见得不喜欢你，真的，婷婷。"她摸摸我的满头鬈发，"我就不信，这么漂亮的姑娘，他真会无动于衷！"

关阿姨半开玩笑的恭维话说得并不高明，可我喜欢听！因为她是楚杨的妈妈呀！仿佛咽了颗定心丸，本来忐忑不安的心境一下子平稳了。全部勇气和骄傲又回到我身上。

去找他！这有什么了不起?! 反正他不会把我给吃了！

"喂，你知道楚大夫在哪个病房吗？"我向值班医生问。

值班医生在翻阅病历没有抬头，"你到胸外科四病室去找。"

在值班室门口，碰上个长得蛮不坏，穿着病衣的小丫头，我问："胸外科四病室在哪儿？"

小丫头对我上上下下打量了一番，问："你找谁？"

"我找楚大夫。"

小丫头诡秘地一笑，说话整个一个胡同串子味，口齿倒还伶俐："他呀，没跑儿，肯定在五床那儿！"

小丫头话里有话，我一下子起了疑。再三追问之下，她嘀嘀咕咕地讲出一件我实在难以相信的事——我顿时气得眼睛发黑了。

被一股怒火裹挟着，我一阵风般冲进病房。

"你找我？有事吗？"和平时一样冷冷的像被冰镇过的语调。他站在我面前。

满腔怒火怨愤好像一下子凝固在喉间，我说不出一个字，哦……我受不了他目光里那种威慑力……受不了！这个冷酷无情，又那么具有魅惑力的魔鬼哟！

突然，我心里那股火又熊熊地燃起来。我看见了她——近在咫尺的对手。如果她也配称作对手的话。上帝！我相信楚杨的神经一定是出了毛病了！原来他迷恋的竟是这么个痨病鬼！瘦得连点线条都没有，要什么没什么，听那个叫李小荣的小丫头讲，她还留着条政治尾巴呢！这样的女人哪有和我角逐的能力？根本不是一个等量级的！说句不客气的话，我焦婷婷就是再过二十年，变成老太婆了，也比她富于魅力！

"孟驰，你还是到床上躺一躺吧，不要太累。一会儿，我来给你换药。"他柔声对她说。当他看她的时候，眼睛里竟焕发着那么一种充满柔情的神采！那是只有恋人们才有的神情啊！这骗不了我的！骗不了我的！

他转过脸来，就是一副冷冰冰的样子："有什么话，到办公室去谈吧！"

我真想高傲地扬起头说声再见，然后飘然而去，用无言的轻蔑来对付他。可是……我还是身不由己地随他进了办公室。真见鬼了！他有什么了不起，值得我这样低声下气！

"关阿姨让你马上回去，她有话跟你说。"我忍气吞声，胸口都被怒气塞满了。

"就这事？好，那劳你驾告诉她，节假日病房工作很多，我今天不打算回去了。"

一股强烈的妒火几乎把我吞噬："你还不如说，是为了某一个病人！"

"什么意思？"

"这意思太明白了，你比谁都清楚！"

"是又怎么样？你没有权利过问。"他冷冷地斜睨着我，态度比我想象的还要强硬。

"你！"我的手指抖得那么厉害，杯子里的茶水溢了出来，"她是政治犯！"我冲口而出。

"我希望你学会尊重别人，也学会自重！这儿是医院。只有医生和病人，请你出去！这里不是你耍小姐脾气的地方！"

我心中无限委屈，啜泣起来，自出娘胎，我还从不曾这样伤心过。还不仅仅是伤心，是我的自尊受到了毁灭性打击：焦婷婷——一个拥有无数追求者的骄傲的公主，竟然莫名其妙地败在这么一个女人手下！——世界上还有比这更荒谬的吗？

在别人眼里我是幸福的，但我却常常感到极端的空虚和苦闷。迪斯科、内参片和杜明之辈救不了我，爸爸妈妈也无法使我快活。也许正如杜明说的，我只愿追求那些得不到的东西。中国人的思想太陈旧、太平庸了。他们不知道世界已经进入了二十世纪八十年代，只懂得三十亩地一头牛，老婆孩子热炕头！生活中的刺激性太少了，一切都那么乏味。想找关系出国，外语又过不了关。前几天外交部的一个叔叔来家做客，让我咬咬牙把外语攻下来，其他的一切由他想办法。可学了不到一个星期，我前额上就平添了三条皱纹！——这个年龄学外语还不如勒死我呢！我简直不能想象一个女人丧失了美貌，怎么活下去！我常常奇怪那些成天啃书本的女孩子们，她们好像忘记了自己女性的特权，忘记了享受人生欢乐的权利，简直是地道的"中性人"，真可悲！

美丽、聪明、富有是女人的三大资财，最好还加上权力。在这一些方面我得天独厚，从小就是群芳簇拥的牡丹、众星环绕的月亮、一切场合中的中心人物。记得小学时，我没当上童话剧《白雪公主》里的女主角，气得大哭一场，连学也不上了，结果妈妈一个电话，老师就改变了主意；在推荐上大学的时代，爸爸写了个条子，我就进了音乐学院，后来是因为吃不消才申请退学的……我要学外语，爸爸就买来了四喇叭立体声的进口录音机；我要学摄影，妈妈就搞来了带闪光灯和变焦镜头的高级日本相机……可是，一切的一切我都厌倦了，我需要爱情，需要我那理想中的王子，然而，他们却无法满足我。哦，假如爱情也可以由妈妈的电话或是爸爸的条子来解决就好了！……生活，偏偏对我这样残酷！

电话铃响了，他被叫下楼去做急诊手术。那个值班大夫百般哄我，又帮我出主意，分别打电话给沈副院长和关阿姨。

"莫哭，莫哭，婷婷，哎呀！怎么搞的嘛！那个病号我本来就不同意住进来！"沈副院长很快就来了——他是我家的常客，熟得很。"我们相信楚杨同志，我看责任肯定在那个女的！这样吧，马上让她出院，我现在就去处理。你和我一块儿去吧。"

我抽泣着点点头："哼，让她别再缠着楚杨了！"

病房里又回来两个病人，一个就是刚才碰见的那个小丫头李小荣，另一个是四十多岁的一个中年妇女。她们这些人哪见过这阵势，张张皇皇的不知出了什么事。只有那个姓孟的，居然连眼皮都没抬，旁若无人地翻着一个什么小本。

"你就叫孟驰？"我走到她床边，用鄙夷的目光俯视着她。

她居然像没听见似的，而且一副傲岸的神情。这时我才突然发现，别看这家伙瘦得像个痨病鬼，可那神情就像是个落难公主似的。那的确是有点什么与众不同的地方，……哦，怪不得楚杨叫她给迷住了！

"五床，我们想来跟你了解一点情况，哈哈哈……不要紧张，不要紧张，"那个值班大夫很有谈话技巧，他的话，软里透着硬，"据别的病人反映，你一月十四号那天半夜，曾经和楚大夫在换药室单独谈过？能不能向我们透露一下谈话内容啊？哈哈哈……不要紧张，不要紧张……"

她仍然翻着那个小本，死白的脸上毫无表情。

"孟驰！你听见没有！"沈副院长火了，一把夺过小本子，撇得远远的。

"你这是干什么？"她突然扬起脸，冷漠的眼睛里迸射出火星，"你们没有权利这么问我，我又不是在受审！"

"你就是在受审！"我一步冲到她眼前，"你还以为自己多高雅吗？想想你的身份吧！臭政治犯！"

她的脸急速地痉挛了一下，但很快又平静了。她转过头直视着我。上帝呀，我永远忘不了这双眼睛，她居然敢用那么一种轻蔑的眼光望着我！我全身哆嗦起来，不自觉地向她冲去。

"婷婷，你冷静一点，"沈副院长一把拦住我，然后冷冷地盯着她，"你大胆说吧，如果责任在楚杨，医院党委会给他处分的！"

"没这回事。"她咬着嘴唇坚决地说。

"没这回事?！"沈副院长冷笑一声，"我们人证、物证俱在嘛！过去也许你真的不知道，那么我今天告诉你：楚杨同志早就有女朋友，喏，就是她，卫生部副部长的女儿焦婷婷……他们早就确定朋友关系了。"

她那死白的脸渐渐发灰了。我心里一阵得意。

"……你在政治上已经很成问题,没想到作风也这么坏。你的所作所为……最起码是不道德的!医院党委决定让你立即出院!"沈副院长严厉地瞪着她,"快收拾一下,马上就走!"他回过头,"张大夫,一会儿让值班护士把她的被褥撤掉!"

我终于赢了。可我心里并不痛快。我可以轻而易举地把她赶走,却赶不走她那轻蔑的眼神。

一股酸溜溜的滋味涌上来,我好像是吞了一颗没成熟的绿葡萄……

罗玉茜:

把父母弟妹送走后回到病房,老远就看见四病室门前人头攒动——别的病区的病人们也跑来看热闹了。只听见沈副院长和一个打扮得珠光宝气的女郎大喊大叫,说是要撵小孟出院!这还了得!

"有事可以商量,欺负人不成!"我拨开众人,直冲着沈副院长走过去,"我这个人,就好打个抱不平!"

"打抱不平,也得看替什么人打!"那个女郎瞟了我一眼,掏出手帕揩揩鼻尖上渗出的汗珠,"你了解情况吗?她道德败坏……"

"不许你侮辱我的人格!"小孟脸色惨白,看得出她虚弱透顶,仿佛只要有人碰她一下,她就会马上倒下去似的。我急忙扶住了她。

"你这个人怎么满嘴喷粪哪?!"我向那个妖精使劲一瞪眼,"小孟可不是这样的人!你的话没有任何根据!"我知道副院长领来的人都是有来头的,但我不怕。我罗玉茜从来就没怕过谁!

"怎么没有根据?这是你们李小荣亲眼看见的!"

"什么?!"我一股火气直冲头顶,李小荣这丫头怎么能干出这样的事。"小荣,李小荣呢?"我一迭连声地喊。

"茜姐,我在这儿。"她就在我身后,怯生生地往后退了一步。

"你再当着我的面把事情说一遍!说呀!"

她把头垂得更低了。"那天……在换药室,我确实看见五床和楚大夫……"

"那是小孟伤口上的绷带开了,楚大夫怕感染,给她换了药。你懂个屁!跑到这儿来瞎造谣,小孟还没好,出了问题,你负得了这个责吗?!"

李小荣呜呜地哭了。

"请问你这位同志是哪里的?"那个女郎早就捺不住了。

"罗玉茜!你太过分了!"沈副院长从眼镜后面恶狠狠地瞪着我,"你看你还像个什么样子嘛!一个病人,连病衣都不穿,遵守的什么医院规则哟!岂有此理!要是再这样下去……"

"就连我一块撵出去,对吗?"我望着他冷笑。他有什么了不起?一个乘"文革"之风青云直上的多开人物。业务上根本不行,还煞有介事地到处指挥,唯恐人们忘了B医院还有位堂堂的副院长似的。"以后干脆在医院门口挂个牌子——专给首长家属看病,不更好吗?"

"沈副院长,你的病人可真厉害呀!"那个女郎不依不饶。

"不要再争了,马上让孟驰出院!"沈副院长气得一把摘去了眼镜。

"凭什么?!孟驰是楚大夫的病人,楚大夫没点头,她就不能出院!"我索性放开喉咙大喊大叫——病人们一多,他们这些人就会害怕的。

"楚大夫做急诊手术去了,负责医师不在的情况下,医院有权对病人进行处理。等会儿他回来,我亲自跟他讲!"

"你们这纯粹是对病人不负责任的态度!"我气坏了,冲过去拉住要走出去的沈副院长。

"别争了,茜姐。……我走。"小孟忽然简短地说。她不由自主地向右歪着身子,吃力地铺好床上的被。我不由得一阵心酸。这个可怜的、要强的姑娘!她怎么能忍受这种屈辱啊!她的神情是坚毅的,没有乞怜，没有哀伤。我忽然想到，小孟在监狱里或许就是这样子的，她富于感情，但绝不脆弱。我知道她蔑视这些人，蔑视他们心地的卑微，就像他们蔑视她身份的卑微一样。一个人只有在充分懂得自己价值之后才有可能做到这一点。也许，这正是在逆境中支持她生活下去的一种力量呢。

那天看电视《忠诚》，她很晚还没有回病房，我放心不下，由原路回去找她，发现她和楚杨正在儿科病房的走廊边低声交谈。虽然看不清脸上的表情，但我能感觉到她很幸福。那天晚上回病房她是低声哼着歌儿进来的。后来虽然由于伤口轻微感染，她发烧、疼痛，但是脸上那无法掩饰的幸福感丝毫没有减弱。说实话，那几天我真为她高兴啊！

在她身上，有一种与年龄、阅历完全不相称的纯真。或许天下的艺术家们都是这样！作为艺术家，这也许是她成功的一种素质，因为果实的过分成熟与坠落只有一步之遥，一颗未经污染的童心倒往往容易产生创作的激情和灵感。然而作为一个普通人，这点正是她的失败之处。那天晚上她把过去同伊华的恋爱史告诉了我，我认为那根本不叫恋爱，而是一种想象，一种人为地把别人偶像化的结果。谁树起偶像，谁就会看到这偶像粉碎。

"造孽哟！"软心肠的陈嫂眼睛潮湿了，苦苦哀求，"沈院长啊，您让小孟出院，让她到哪儿去哟！她家在甘肃，北京没有亲戚，她一个姑娘家，难道让她睡露天？求求您，这孩子命苦啊！……"

"别说了，陈嫂，我有办法的。"小孟轻轻推开她，转向沈副院长，在众目睽睽之下，她脸色惨白，神情庄重。"你听着"，她冷冷地盯着他，"我可以走。如果你无视你这个医院的声誉，你还尽可以想别的法子来整我，但是我要说清楚，我和……楚大夫是光明磊落的，我们之间没有任何见不得人的事。你们赶我走，纯粹是欲加之罪！这点，你们心里明白，我心里明白，大家心里明白，就行了！"

满屋的人一下子都愣住了，包括沈副院长。他可能万万没有想到他的一个住院病人——一个孤独无助的弱女会说出这样有分量的话来，所以他竟一时语塞，多亏了他的智囊张大夫出来解围。

"好了好了，小孟，你也不要说这些气话了。你应该想想，那天你被人家抬到我们这里的时候，只剩了一口气，现在刚刚两个月，你恢复得还是很好嘛！现在呢，因为床位紧张一些，你暂时出院，以后还欢迎住进来嘛！哈哈哈……"张大夫那著名的笑声突然戛然而终，因为他惊奇地看见小孟嘴角上露出的一丝奇怪的冷冷的微笑，于是他只好把笑声的后半段咽了进去。

楚杨：

好不容易把这个蹩脚手术做完了。脱下沾着血污的手术服，我发觉老主任正严厉地瞪着我。

"今儿你是怎么啦！手术时精神那么不集中，待会儿得好好剋你一顿！"

我刚要回答，忽然听见外面有人叫我，并且使劲地叩门。

是罗玉茜的声音。我心里一沉，披着白大衣就走了出去。

"楚大夫！他们要把小孟赶走，"她眼睛红肿，声音嘶哑，"她还没好呢，不能让她出院啊！你快想想办法吧！"

我忍不住怒火中烧。"你去拉住孟驰不让她走，我去办公室找沈副院长当面谈！"我边系着白大衣的扣子，边大步流星走向办公室。她赶不上我，只好跟在后面小跑。

"是谁让孟驰出院的？为什么要让她出院？！"我砰的一声推开门。

"你坐下，有什么事慢慢商量，瞧你这个急扯白脸的样子！"

母亲在这里！她燃起一支烟在慢慢吸着。我知道，这是她心里得意时的表现。焦婷婷见我进来就把头低下去了,显然是心虚。

我没有理睬她们,径直走到沈副院长面前,竭力使自己冷静下来:"副院长,一个病人出院,她的负责医师根本不知道,这不符合医院的规章制度,也不符合出院手续!"

"楚大夫,特殊情况特殊对待嘛!你年轻,不懂得利害关系,这种政治上不可靠的人是会给我们医院添麻烦的呀!何况,她作风也很成问题呢!"

"什么?!"

"你别替她打掩护了,"母亲把烟头掐灭了,不满地盯着我,"人家病人反映,说是你们俩半夜三更在换药室搂搂抱抱,孟驰连衣服都没穿……你们这样搞下去,在病人当中造成什么影响,你考虑过吗?……"

"简直是胡说八道!"我怒不可遏,"把那个造谣的人给我叫到这儿来,我要当面对质!"我背转身,敞开汗湿的衬衣领子……天呀,这太荒唐了!

"楚大夫何必这么激动呢?"张大夫慢悠悠地开口了。这个家伙,老奸巨猾!事情都坏在他身上!"你的为人处事我们是了解的啰!所以这件事我们也不打算深究了。不过我有一个疑问,那天夜里,你们两个究竟去没去换药室?如果说是换药的话,为什么要在半夜里换?……哦,你先别急,这件事在病人反映之前,值班护士早就跟我讲了,她说你那天晚上本来是准备到外科实验室做试验的,结果她等了你老半天你也没有去,夜间查房的时候,她发现你和孟驰在换药室……"

"一月十四号那天夜里,我和孟驰确实在换药室里单独谈过,"我努力心平气和地说,"但是那是在一种特殊情况下。在一个病人发生心理危机的时候,解除她的心理障碍是医生的职责。现在国外有那么多医学心理咨询部门,专门对付这类问题。我们都是搞医的,这个你又不是不知道。"

"哎呀，楚大夫！国外是国外。即便是国外吧，人家医学心理学也是针对那些精神病和内科疾病的，我们是搞外科的，那不是我们的职责范围。她要是发生了心理危机，完全可以转到精神病院治疗嘛！"

"你这种说法我无法苟同。"我竭力耐着性子想说服他，"医学心理适用于一切医学分科的范畴。医学的对象是人。如果我们当大夫的不了解作为整体的人，不了解心理因素对疾病发生、发展和在病程转化中的作用，就只能头痛医头，脚痛医脚，治病不治人。对孟驰这样具有明显的易感素质的病人，大夫的任何出言不慎、态度不当或者消极的暗示，都会给她造成心理上的压力，使病情加重。相反，如果大夫能够及时发现、解除她的心理障碍，对于她的病情好转无疑是个促进。张大夫，你是老大夫了，这方面应当比我懂得多。"

"楚大夫，你的心眼真不错啊！怪不得病人们把你看成救苦救难的观世音哩！"张大夫微微冷笑，"我搞了几十年外科，根本不懂得什么心身医学，不是照样能治好病人吗？好了，孟驰的事就这样定了吧。关于对医学心理学的不同看法，我们可以拿到医学学术讨论会上去争，好吗？"

"孟驰的病还没好，我坚决反对让她出院！把一个正在恢复过程中的病人推出去，这太卑鄙了！"

"楚杨同志！让她出院是医院党委做出的决定。你作为一个党员，我希望你无条件地服从！"沈副院长发火了。

"你一个人代表不了医院党委！"我也爆发了。"不错，我是党员。但是我也是个医生。医生！"我痛苦地说出这个字眼，一下子感到筋疲力尽……

母亲缓缓走过来，把一杯新沏开的茶水放在我手里。"杨杨，"她缓缓地开口了，声音里充满了慈爱，记得小时候，只是在我连续一个星期没闯祸的时候她才用这种语调同我说话，"都是为了你好！不是小孩子了，别总犯这种牛脾气！……"她挨着我坐下来，用左手轻轻抚弄了一下我的头发，"杨杨，你父亲守了一辈子党的纪律，你可不能做让他不放心的事哟！"

她为什么要提到父亲？而且是在这种场合下！我慢慢推开茶杯，心里蓦然掠过一种说不清的痛楚。妈妈。我只有这么一个妈妈了。她毕竟是妈妈呀！

可是孟驰她怎么办？她刚刚从痛苦和绝望中挣脱，难道再次让她堕入深渊吗?!

难道正义必须让位于权力？难道一个部长千金的无聊"爱情"竟可以干扰医院正常的工作？竟可以使医院的制度改弦易辙?!哼，没那么容易！

"嗬，这儿可真热闹啊！怎么着？关琛同志也光临了？坐，坐！"老主任进来了，犀利的眼光威严地扫视着每一个人，根本没理睬焦婷婷伸过去的手。

"楚杨，你的病人自个儿跑了你都不知道？快去！把她给我追回来！哼，我不点头，胸外科的病人一个也甭想走！"

"老主任，这……"沈副院长是主任过去最不待见的一个学生，他极怵这位医术精湛而性格正直的老师；张大夫更是对老主任挠头，母亲和焦婷婷显然还来不及对这意外情况做出反应。

"去啊，楚大夫，你还等什么?!"老主任目光炯炯。

我抄起桌上的围脖一跃而起。

不错，世界上存在着一堵人为的墙，但同时也存在着越过这堵墙的力量。

孟驰：

仍然是这灰色的天光、灰色的云、灰色的树，雪花无力地飘落着。

出了医院大门，我忍不住回头望望那一小片被白雪覆盖着的琉璃瓦顶。永别了。我默默地脚步蹒跚地走着，茜姐追上了我。

"小孟！……你怎么就这么一个人走了？楚大夫还在跟他们争呢！听说老主任也反对让你出院……哎，不管怎么样，你也该跟楚大夫道个别啊！"

我的心刀绞般痛。不，茜姐，我不再想见到他了……我宁肯一个人承担耻辱和不幸。我不愿让他为了我受苦，我不能容忍那些肮脏的舌头污染他那颗高贵的心……如果是那样，我会发疯的！

"小孟，我只想说一句：楚杨是个真正的男子汉，"茜姐严肃地说，"爱他吧，一生中能碰上这么个人太不容易了！……你要是不好意思，我去替你说！"

"别，千万别！"我一把抓住她。

"为什么？"她越发严肃了。我受不了她那热辣辣的目光，只好低下头。

"小孟，爱情不是什么可羞的事。假如你在恋爱问题上是个胆小鬼，那我可真要瞧不起你了。你读过密茨凯维支的诗吗？他说：'不幸者是一个能够爱却不能得到爱的温存；更不幸者是一个人不能够爱什么人；最不幸者是一个人没有争取幸福的决心！'你可不要做这个最不幸者啊！"

我的泪水直流下来。茜姐，你太不了解我的心了。我虽然幼稚，但也能清清楚楚地知道，在我和楚杨之间横着一条万丈深渊，谁向前迈一步，谁就会彻底毁灭。他是一个前程似锦的外科医生，而我，除了一顶反革命政治犯的帽子之外一无所有。可怜的爸爸去世了，妈妈远在异国他乡，我得了一身的病，前途又没有任何着落。难道我非要把我这块沉重的石头拴在他身上吗？不，我活着，不是为了给别人带来痛苦的！何况，他是我今生今世最爱、最爱的人……

春寒料峭。我的泪水凝成了冰凌。

"你道德败坏,勾引别人的男朋友!"

"你政治上已经很成问题,没想到作风也这么坏!"

"……楚杨已经是有女朋友的人了……他们早就确定朋友关系了!"

我痉挛地用双手堵住耳朵,但那无数嘈杂刺耳的声音仍然在响着,眼前,晃动着一张张狰狞的脸……哦,我怎么啦?我发疯了吗?!

"小孟,小孟,你怎么啦?"

我从茜姐恐怖的眼神里瞥见了自己的影子,勉强镇静了一下神经,我感到一种突如其来的衰弱乏力。

4

只要心还在跳跃

对你的回忆将永不会消亡

——爱明尼思古

一九七九年八月

楚杨:

回到办公室已近中午。想打开柜子取病案,忽然感到一阵晕眩。眼前是一片模糊的小黑点,蚊子似的晃动着,还带着一股浓烈的血腥味。恶心,想吐。用手托住头,手掌很快就被额头上渗出的冷汗沾湿了。

"楚大夫,六病室七床说昨天打链霉素有反应,是不是给他换几针?"护士长开门走进来。

"可以。从今天起换卡那毒素吧,剂量跟原来一样。"我无力地用手撑着头。

"还有四病室五床,今天早上就感觉伤口有轻微跳痛,查房的时候张大夫说没关系,可是现在体温也上去了,您……是不是去看一下?"

"好的,我就去。"

四病室五床?……哦,好不容易我才想起来,那是个胸脓肿病人。是的,不是她。她离开此地已经整整两年了。

她出院之后,我从罗玉茜那里得到了她的住址,但是我没有去。是的,她不愿让我去。虽然我实在猜不透这是为什么,但我尊重她的意志。我只好通过伊秋对她进行"遥控"治疗,没想到疗效居然很显著。在她出院后一年多的一天,小伊兴冲冲地告诉我,除了右臂还不太自如之外,孟驰已经基本上恢复健康了!当时我简直无法压抑内心的悸动。她好得这么快,是天公对她格外厚爱,还是那片柏树叶子真的产生了"能治万邦之疾"的魔力?一种欲望,一种想看看她的强烈欲望冲破了我内心深处的重重障碍。我不顾一切地找到罗玉茜的家,(居然连假也忘了请)可是走进那个布置得相当雅致的院子里时,我突然犹豫了。

……分手时她那冰冷的声音、冰冷的脸……"我们本来也没有什么交情!"……"不,我不需要这些!我不需要任何人的怜悯!"……当时这些话简直像冰雹,打得我心里生疼生疼。……为了这个,我度过了那么漫长的痛苦时刻,她知道吗?她能了解这一切吗?……也许,这件事从一开始就是我在自作多情?……是的,我可以以医生的名义去看望她,嘴里说些"继续吃抗结核药,注意营养、休息"之类的废话。可是……我很难保证自己不说出傻话来,我无法忍受那种虚伪!……这时,我才痛苦地意识到,作为医生和病人的那种关系,在我们已经结束了,永远结束了……

……那个病人的伤口有点轻微感染,我给她换了药。从换药室出来，晕眩得更厉害了。昨晚那个右肺切除手术极不顺利，几乎干了一个通宵。今天一早起来就感觉不适，不过我想没关系，无非是体力消耗太大了。我身体棒，挺得过来。

……我徘徊了很久，终于决定走了。可是就在我走出小院，准备从一丛珍珠梅旁边穿过，插入林荫道的时候，我听见了门响。

一个姑娘轻盈地跑下台阶，非常轻盈，简直就像天边一朵云彩轻轻地飘落下来。她拿着羽毛球拍站在院子中央，舒展双臂，娇憨地喊了一声："茜姐，出来呀！你看天气多好！"

我惊呆了。这个云彩一般轻盈的姑娘不是她，又是谁？透过枝叶的缝隙，我可以把她全身都看得清清楚楚。她穿着一身浅色的紧身衫裙，她的衣服就像她人一样，毫无矫揉造作之感，这点很让人喜欢。式样简单的服装勾勒出女性那种柔美、明快而修长的线条，使人想起在晴空中摇曳的一支清雅的白丁香。看得出她的脸比以前丰满一些了，白里透着淡淡的红晕，她的眼睛里再也没有那种病态的冷漠、恍惚和疯狂，显得很有神采。——她，她怎么突然变得这么美？我简直恨她了。一种莫名其妙的羞怯渗入了我全身每一个毛孔……

……我常常在工作余暇想起她。每当走到她原来住过的那张病床前，心里总有一种难言的惆怅。我无法忘记她。是她唤起了我内心深处长期被压抑的潜意识，那古老而又新鲜、原始而又永生的感情。她是能够占据我心灵的第一个、也是唯一一个异性。——好像她每一点微小的痛苦和欢乐都通过某种神秘的力量传达到我的感官似的——时间愈久，这种奇特的感觉就越强烈。然而真正看到她的时候，她的一切又突然变得陌生了。不，我不能见她，那样我会很狼狈的。我忽然感到自己的这次举动很好笑，就像个刚出校门的中学生似的。我当然不能那样，特别是在她面前。于是我悄悄地走了……

从那以后，我强迫自己不再思念她，强迫自己把她重新放在病人的位置上——作为医生，我已经尽责，没什么可遗憾的了。我用繁重的工作来维持内心平衡。可是……这一切不过是在自欺欺人！只要一闲下来，那些问号就会跳出来折磨我：她为什么不来？整整两年的时间，她为什么一次都不来，而且连片言只字都没有呢?！去年，焦婷婷已经闪电式地嫁给了一个归国观光的华侨，这件事使母亲很受震动，在婚姻问题上她不敢像以前那样干涉我的自由了。这就是说，我们之间的主要障碍已经消除，那么她究竟还在顾虑什么呢？

难道，她把那一切都忘记了？难道我在她心目中就这么无足轻重？……

邓大夫和小伊走进来。

"楚大夫，您瞧——这是谁？"小伊摊开手里拿着的一本杂志。

"哦……这不是那个在咱们这儿住过院的病人，叫什么来着……"护士长也凑了过来。

"孟——驰。"小伊轻声说，一面不安地瞥了我一眼。

孟驰。是她。在杂志中间的彩色插页上有一幅她的照片。可能是近影吧。下面是一行铅印的小字："勇敢地与'四人帮'做斗争的青年画家孟驰。"是的，"天安门事件"已经彻底平反了。

她是只鸟。是鸟就一定要飞的。而我，不过是一介凡夫。

我闭上了眼睛。不知为什么，我想哭。这一夜仿佛格外漫长，我想了很多。我想到自己今后必须面临的各种潜在危机。第二天我没能起床。第三天、第四天……我高热、寒战、被火焰和冰雹轮番卷走。昏迷中，孟驰和她留给我的一切似乎已经恍同隔世了……

伊华：

生活中常常有戏剧性的巧合。我和孟驰的关系就是如此。

我毕业后留校了。这是这届工农兵学员里最好的出路。可是现在形势变了，我感到力不从心。"文化大革命"荒废了学业，却造就了一批音乐、美术方面的人才。七七、七八两届学生已经够厉害了，七九届考生还要强得多——从他们寄来的作品就能看出这一点。我真能做他们名副其实的老师吗？无论怎样努力，我都深深地怀疑这一点。

准考证发下去了，我看到里面有孟驰的名字。这并不奇怪。孟驰的名字现在几乎是家喻户晓了，就像三年前那些在"天安门事件"中擒"敌"有功的勇士们一样出名。中国的政局真是云翻雨覆，变幻无穷。我好像永远也追不上这时事。我总是在悔恨，不断地悔恨。也许是我太不知足了。温柔美丽的贾娟是被誉为"美丽的潘多拉"而得到许多人追求的姑娘。在蜜月中，我也曾为异性完美的肉体深深陶醉过，但这只是暂时的，而包罗万象的各个生活侧面才是永恒的。在生活中，她只能做一个由我随意摆弄的模特儿，她缺乏头脑、理想和情趣，处处投我所好，以我的意志为转移。但不幸，我也是个内心软弱，常常需要一种外界力量的人。那次去听音乐会，我被柴可夫斯基的"悲怆"感动得流了泪。而她却居然枕着我的手臂睡着了，就像一只保养得很好、很有肉感的小鸡似的。在那一瞬间，我突然对她产生了一种生理上的厌恶。尽管后来这种感觉被冲淡了，但一直感到别扭。她也许一点没有感觉出来，因为正像我在各方面都能成为楷模一样，我也是大家公认的模范丈夫。尽管别扭，但我从来没有想到过别的什么，我会把做丈夫的义务承担到底的。何况我们还有一个可爱的女儿——中国的许多家庭实际上是靠孩子来维系的。

"天安门事件"平反以后，我一直在寻找她的消息——那只永远在我心海中驰骋的飞鸟。两年前听阿秋说，她被赶出了B医院，后来是阿秋受B医院一个大夫之托，天天按时给她打针、送药，听说光是药费就是二百来块钱呢，她也算是碰上好人了。她恢复健康之后，阿秋就再没去过。看得出阿秋并不喜欢她，女人嘛，同性相斥，她那种锋芒外露的性格又特别容易遭人嫉恨。

可是现在不同了。"天安门事件"平反后的首届画展里,就有那幅在最黑暗的年代诞生的《丙辰清明之魂》!这幅画和作者的名字一起流传,引起了多少崇拜者!特别是那些立志于创新的在野派青年画家们,他们的鞋跟几乎要把美术馆大厅里的绒毯磨穿了。多少生花妙笔撰文评论,多少摄影机拍下这有历史意义的画面,那些来自正统派的指责似乎更增加了这幅画的价值。记者们蜂拥出动寻找这颗画坛新星,希望能找到点突破性新闻——然而他们都失败了,据说画家本人"很不好接近",拒绝接待,对自己的过去守口如瓶。

这个我倒不奇怪。我知道她会这样的。孟驰就是孟驰,永远不会变成别的什么。我奇怪的是另一件事,她参加考试的时候……

在众多的考生中我一眼认出了她。大家都围着"大卫"画石膏素描,她也在中间,不知为什么显得很吃力,给人一个蹩脚画家的印象。她那落拓不羁的气派上哪儿去啦?难道她的右臂真的不能恢复正常了吗?如果这样,这次录取她就很困难了。看得出几个监考老师都在为她着急。

两个小时过去了,有的考生已经完成了素描稿,准备交卷了,可她还在涂抹着大体明暗面——无论如何来不及了,汗珠从她的鼻尖上渗出来。

这时,院里德高望重的老教授,刚被请"出山"不久的关鹤年走了过去——我忽然想起她过去曾经对我提过:关老和她的父亲在美术界是忘年之交。

关老仔仔细细地观察了一会儿她的手法,然后和蔼地一笑:"莫着急,慢慢画。必要的时候可以延长时间。"

她感激地点点头。再抬起头来的时候,我们俩的目光相遇了……

我多少次想象着我们重逢的情形。我想象着她会悲哀、怨愤、谴责甚至哭泣……但她都没有。她的目光在我脸上停留了不到一秒钟,就泰然自若地继续作画了，连吃惊的表情都没有。

她变了，比以前成熟了。那本来就固执的性格中添了一种新的成分，说不清是什么，但我能感觉到那很可怕。

接下去的几天是评卷。为她的录取问题争得很凶。我投了赞成票，并不是为了逃避良心的谴责，而是从心眼里认为她够格。真正起决定作用的是关老。关老一说话，本来不赞成的那些人也都缄口不言了。一个月之后，我们发了录取通知书。孟驰的名字排在壁画系录取新生名单的最后一个。

孟驰：

虽然天已渐渐转黑，周围的一切也都模糊不清了，但我就像熟悉调色板上颜料的排列位置那样，熟悉着这所医院的一砖一瓦。不是吗？那一小片琉璃瓦，正在远处黑暗中闪着光。建筑物模糊的轮廓正慢慢消融在静谧的秋夜里……

哦，小小的琉璃瓦顶，你可记得压在你身上那冰冷的残雪吗？两年半了，整整两年半的光阴，我终于又看到你了！你可知道，为了这一天，我付出了多大的代价！现在，我终于能够作为一个人——一个和大家平等的人，踏上这块我心中的圣地了！真的，我刚刚看见你，心中就感到了一种幸福的热浪的巨大冲击，如果真能那样……那么我所经受的一切痛苦，就太多、太多地得到补偿了！

闭着眼睛我也能走进这扇门，这部楼梯……一层，两层……在三楼大夫值班室里亮着灯光。……这柔和的灯光曾经给了我多少温暖啊……

这片柏树叶子仍然是绿的，因为生命之树是常绿的，我们的爱情也是常绿的……爱——情，我忽然满脸发烧了，这个字眼对我来说是那么神圣……我现在终于敢把这神圣的字眼和他连在一起了！

走廊里有人走动，我一惊，藏身在楼梯旁的黑暗里……哦，我好像突然丧失了正常的思维能力,我究竟要对他说什么呢?两年多来无数次在幻想中所说的话被我忘得一干二净……哦,我怎么突然变得这么胆怯?还没抬手敲门,心就怦怦地跳起来。

两个值班护士走过去了,其中一个向我投来惊奇的一瞥。这一眼迫使我不得不敲门了。

"砰——砰!"我轻轻叩了两下。

"进来!"里面传出那熟悉的声音——沉厚而多少带点冷冰冰的味道。

——他伏在灯下写病案——他瘦了,比以前瘦多了!我的心一阵刺痛——他怎么啦?病了吗?

他抬起头,看见了我。瞬间,他那瘦削的脸上的表情凝固了。

我们的目光碰在一起,绞在一起,久久不离,这是一种影射出来的电流的反射,如此强烈,竟然能在这刹那间感觉到对方灵魂深处最微妙的感情……

然而,这仅仅是一刹那。他的应变能力简直是第一流的——他很快恢复了平静,嘴角上甚至挂着一缕淡漠的微笑。

"哦,是你。我以为是值班护士敲门呢!……请坐吧。"他指指对面的椅子。

我的心几乎沉到了冰水里——这重逢的场面跟我想象的完全不一样,太不一样了!

半天,我才勉强克制住嘴唇的剧烈颤抖,但是发音仍然有点不清:"楚……大夫,你……好吗?"

"还是老样子,"他淡淡地回答,并不看我,"哦,你呢?"

"我?……我……"

"对了,你的情况是尽人皆知的了。"他微微一笑,这一笑一下子把我心底那股正向他汹涌冲去的爱的激流截断了,"祝贺你,本来就应当是这样子的。"

我几乎落下泪来。我真想恳求他,不要这样,不要用这种同陌生人谈话的口气跟我说话。可是……我不敢。望着他那双深沉冷峻的眼睛,我怕……我怕说了这话,会引起他加倍的冷漠。

"你现在……还住在罗玉茜家吗?"他竭力在寻找话题,以避免那令人尴尬的冷场。

"嗯。"我也不看他了——他这样对我,我感到委屈极了,"不过从今天开始,我要住学生宿舍了。"

"你……考上美术学院了?"

我默默地掏出录取通知书放在他面前。

"哦……这个早在我意料之中。"他几乎是不出声地说了一句,就把录取通知书还给了我。

……

"那……你现在身体怎么样?吃得消吗?伤口怎么样?"他又费劲地找出了一句话,不过在问这话的时候,他那扑朔迷离的眼神才变得真诚了。

"还好。"我勉强回答。不,不能再这么轻描淡写地敷衍下去了!为了这一天,我整整盼了两年多,我不是为了来这儿说些违心的话空耗时间的,我要对他说,对他说……

"楚大夫,今天我来,是想跟你……说一件事。"我好容易才鼓起勇气,"那年我们分手的时候,我……"

"过去的事,不要提它了。"他像是被鞭打了一下似的皱了皱眉,"无论是过去还是现在,我都是钦佩你的。"

"不,你撒谎!难道你从来没有过……"我的热泪夺眶而出。我伤心地望着他,透过迷茫的泪水,我多么希望在他脸上看到我想看到的神情,哪怕只有一点点。

然而他默默地垂下了头。

"既然这样，也好，"我哽咽着打开书包，把我熬了几个晚上画成的自画像递给他，"这是我答应送给你的，留个纪念吧。……将来你成家以后，也许偶尔还能……想起我……"

"说的都是些什么呀！"他愤愤地喊了一声，看得出他内心也激动得厉害——他太阳穴上那根突起的脉管在急剧地跳动着。

"不要把感情这个东西看得那么重，"沉默了许久，他才恢复了平静，轻声地说，"……爱你的事业吧，你是个……很有希望的画家。"

画家？可我首先是人，人！难道一个女孩子想在事业上成功，就一定要以牺牲爱情为代价吗？大多数男人都不喜欢事业心强的姑娘，这点我知道。可是他……难道他也不能容忍我的事业心吗？唉，做个女人实在是太难了……

"你……将来也许会知道，你需要的并不是我这样的人……"他的声音更低了。

"我不知道。也不想知道！"我的眼泪顺着鼻沟一直流到嘴里。他这意思是太明白不过了。他是说，在事业上我不能和他共同奋斗。"我只知道，世界上的一切学问都是相通的，包括医学和艺术。医学和艺术的研究对象都是人，人！"

"别说了，孟驰！"他突然愤怒地制止我，起身把写好的病案锁进柜子里，然后转身头也不回地说，"对不起，我还要去看个病人。"

"不用你赶我，我也要走的。"我站起来，默默地揩去泪水，从贴身的衣兜里取出那支珍藏了两年多的柏叶，"谢谢你治好了我的病，现在，把它还给你……"

我去开门，他从后面伸过手帮我把门拧开，他的左臂绕过我的身子握住门把手，没有放开，而我又无法退让，所以几乎被他搂在了怀里。我们俩从来没有站得这么近，一股暖烘烘热流向我蔓延，他呼出的热气流进我敞开的衣领里……我的心怦怦地跳,全身的血在无力地抖动着……可是我没有回头。

"我们必须学会遗忘……"他的声音里好像浸透了泪水,含着那样一种苦涩的温柔。我的心怦然一动——他怎么啦?他心里有什么难言的痛苦吗?

"你说过的,与其去找忘川,不如去找生命之树上的叶子,你忘了?"我回过头,含着眼泪默默地凝视着他,摘去他领子上的一根线头。因为瘦,他的喉结显得更突出了。反光在他乌黑的头发和淡淡的唇髭上投下斑驳的光点。我一阵心酸。——这是最后一次,以后我再也看不见这张脸了!

"我走了。不会再打扰你了……我……只有一个小小的请求,求你答应我,一定注意身体好吗?你比以前瘦多了……"我没能把话说完,也记不起他是怎样回答的了——突然涌上来的泪水把我窒息了……

我迷迷糊糊地下了楼,出了医院大门。天在下雨,下得很大,但是我没有任何感觉。在风雨中我长久地伫立着,凝视着那个牵动着我整个心灵的窗口,不忍离去。毕竟,我苦苦地爱了他两年多……

大雨很快就把我浇透了……

远处,不知谁家在播送着裴多菲的诗:

　　……即使你已不爱我,
　　让上帝祝福你。
　　但如果你还爱我,
　　愿他一千倍祝福你!……

5

>销魂的酷刑,极乐的苦痛,
>痛苦和快乐都是难以形容!
>
>——海涅

一九八〇年初春

伊华:

看来一个人要做好人也很难。我总觉得我活得不舒服,因为我老是不由自主地去适应别人。在众人眼里,我是个各方面都堪称楷模的青年,而我自己也尽力在每个人心中保持自己完美的形象。可是谁能知道我为这个付出的代价呢?在教授和长者的面前,我必须显得谦恭有礼,不轻易表示内心想法,而是随声附和,按照他们的意图来发挥;在同事们面前,我必须含而不露,当然必要的时候也要小露锋芒,得到他们看重,但前提必须是不得罪任何人;对学生我应当扬长避短,在探讨某个具体问题时,有把握就在关键时刻插上一两句,话无须多,但要说到点儿上;至于不太了解的问题,能躲就躲,实在躲不开就来个莫测高深的微笑:"还是大家谈吧,我定了调子不好……";在母亲面前,必须保持我的孝顺儿子的形象,不过这更难了——上星期她烧的带鱼明明太咸,可我为了讨她喜欢只得说好吃,硬撑下不少,害得我咳了两天,喉炎都犯了……

也许一切都好的人就是一切不好。我没有任何天赋是值得骄傲的。而孟驰,就像关老说的,她不是个门门五分的学生,却是一个具有独创性的艺术天才。我发现似乎性格与天分有着一种内在关系,也许只有像她那样走自己的路,对别人的非议置之不理的人,才能搞出成就来。

但我的性格也有有利的一面。正如她的性格常常让她倒大霉一样。这次七九届搞壁画设计，我事先已经摸过底，明白系里的意思；可她，偏偏在方案设计讨论会上和系里唱反调，弄得系主任李丹很下不来台。

生活已经把我们永远隔开了。然而，我仍然关心着这只飞鸟的命运。近来不知为什么，好长时间没见她笑过了。她学习很刻苦，常常一个人在画室里画画，有时连饭都忘了吃。在舞会和各种公共场合从来不露面。她沉默寡言，不修边幅，就像是有什么心事。是啊，我记得她和阿秋年龄相仿，阿秋都快结婚了，可她……

现在她的崇拜者们可谓多矣，像杨明、吴军这样的都是在各方面相当出色的小伙子，可她似乎一个也看不上。难道她真想当一辈子老处女了？唉，有机会，我一定要找她好好谈谈，劝劝她……

傍晚，她一个人在藤萝架下写生。我鼓起勇气走过去。

"孟驰，我想……想打扰你一下，可以吗？"我在距她一米开外的地方停下来，站得笔直，小心翼翼地低垂着眼睛。——她入学以后，我还从没敢正视过她的眼睛呢。

她停住笔，抬起头，从目光里看不出任何表情。大概这种没有任何表情的表情最令人惶惶然了。

是的，我在一切人面前都能保持完好的形象，除了她。我受不了她目光里的穿透力。就像是在太熟的人面前演不好戏一样，我在她面前的自我感觉总是极糟。可是有什么办法呢？我是她名义上的"班主任"，有些交道不能不打。这种关系或许是最令人尴尬的了。

"这次……搞壁画设计，系里事先有一个完整的设想。事先没跟你通气，这怪我。你……你在会上一提反对意见，等于把预定方案给打乱了。……那天会后，李主任挺不高兴。"我硬着头皮往下说，准备接受她鄙夷的眼光和尖刻的言词。"……你考虑过没有，你现在……在系里是举足轻重的人物，……一举一动都得注意影响……你还是个学生,将来毕业设计,实习鉴定、分配……都要经过系里,你……"

"这些我都知道。有什么办法呢?我就是这么个人。"她淡淡地说,继续作画。她想捕捉黄昏时光线的变化。在调色板上挤了点柠檬黄,继续说:"我的想法很简单,只想通过这次壁画实践使自己得到提高。至于这要引起哪位主任不高兴,我也管不了那许多了。"

没有鄙夷的眼光或尖刻的言词,她心平气和,但这样反而使我愈加感到她高深莫测。是的,那道对我紧闭起来的心扉是永远不会再打开的了……

"在中国创新,不是那么容易,中国老百姓有几个懂艺术的?……虽然现在你的画已经部分地得到了社会承认,可是谈到创新……恐怕还为时过早吧?"

"早?我倒觉得,已经晚了!太晚了!人的创造力应该是和生命同时开始的!枷锁!桎梏!正因为这些,绘画艺术才这样长时间地停滞不前!……"她陷入深深的沉思,"从阿尔塔米拉洞窟壁画到现在,绘画史上哪一次进步不是因为有人标新立异?世界已经进入二十世纪八十年代了,绘画史上已经完成了几次大的革命,可我们还在传统绘画里兜圈子!现在粉碎了'四人帮',……我们还年轻……我总觉得,现在我们不这么干,将来会悔恨终生的!……"

我这颗久已麻木的心好长时间没有发生过这种共鸣了。她有一种感召力,有一种火一般的激情。和她在一起会不由自主地受她情绪的感染——五年前,我的爱情之火就是这样被她点燃的。在经历了这么多苦难之后,她那颗赤子之心没有被污染,希望之火、创造之火没有泯灭,她,还是她啊!

"是,……是这样,"我心里激动,结巴得也就越厉害,"可……可是,千……千万别和领导把关系搞……搞僵,尽可能照顾到各……各方面……真的……"我恨不得把心掏出来。我并不敢奢望她的宽恕,只是不忍心再看着她倒霉。

她没说话,眼光越过我,望着天边的落日。

"我……早就想找你谈谈,最近,你是不是又遇到什么……不……不顺心的事了?我知道,我不……不配做你的朋友,可是相信我,……如果我……我能帮你的话……"

她脸上的表情变了。半晌,她默默地放下画笔。

"你帮不了我。这件事,谁也帮不了我。"

"可是……你能告诉我是什么事吗?一个人不能独自承担超负荷的压力,把痛苦倾诉出来,会好一些……"

"我没有这种习惯。"她淡淡地一笑。

落日在慢慢地移动着,移动着,很快就要沉入地平线了。整个校园由喧嚣进入宁谧。空气里,流动着那种初春黄昏特有的甜丝丝的气息……

"听说,你女儿生病了?"良久,她突然轻声问我。

"哦,已经好了。"

"她……也该有三岁了吧?"

"是。"我的声音有点怯生生的。我总觉得她的话里含有深意。

"她叫什么?"

"小娟娟。"

她不作声了。我知道她在想些什么。

"是她妈妈给起的。俗透了。"

"不,我倒觉得,挺可爱。"

"你在挖苦我。"

"不,是真话。"

其实,挖苦我也是应该的。很多男人,只是在婚后才明白,自己应当选择什么样的女人。……只是我揣摩不透她这番话的意思。以前,她的情绪是写在脸上的，可现在变成了一个谜。

"我知道，你恨我。瞧不起我，"我啜嚅着，"我自己也瞧不起自己。可是，我对你……我说的都是真心话……希望你认真考虑一下、权衡一下……"

"谢谢。不过，我希望系里也能认真考虑一下我提出的那个方案，我觉得，圆明园最能表现中华民族精神和历史……画圆明园，不仅是为了记住过去，更多地是为了展望未来……"

她又在做她的壁画之梦了。固执——这是她最不讨人喜欢的一点。几年前，当我刚刚叩响艺术殿堂的大门时，又何曾不是怀着一颗火热的、圣洁的心！然而这些年来我看透了，一切都是为政治服务，都是在为某种既定的政治现实做宣传，——既然如此，艺术本身还有什么值得追求的呢？

"没想到，你还这么认真。"

"因为又有了新的希望。"

"也可以说，新的幻想。人生，就是不断地幻想和幻灭的过程。"

"这句话我好像在哪儿看过。别人云亦云，还是认认真真地寻找自己的感受吧。人生的路上任何人也代替不了自己，每个人面对生活都会有不同的回答。"

"可是我们面对着共同的历史时代和社会环境。"

"是的，问题就在这儿。但如果世界是为了保护我们而建造起来的安乐窝，也就不需要人的奋斗了。"

"……"

"受到时代和社会局限的并不仅仅是我们。真的勇士，敢于走在时代的前面，走在人们的认识前面。当然，这要付出牺牲。印象派刚出来，遭到法国艺术沙龙的一片漫骂，可是十年以后便风靡了整个欧洲，现在，谁能不承认印象派在光和色彩方面对传统绘画的突破？塞尚现在被誉为'现代艺术之父',可生前连一幅画也卖不出去,凡高就更别提了,这么伟大的艺术天才竟死于穷困……多少艺术家生前没有得到应有的声誉,可是,他们为这个世界创造了价值,做出了贡献啊!你能用功利来衡量艺术的价值吗?……还有我们中华的敦煌壁画,创造它的艺术家连名字也没有留下,可是敦煌艺术却是永世不衰的!难道这还不够吗?!……"

我听着,听着。我的心仿佛又回到了几年前那个金风萧瑟的秋天。我们被美丽的大自然环抱着,我听她充满感情地谈到敦煌艺术,谈到自己的生活和理想……

夕阳的余晖给她的侧影镀上了一层金色的轮廓。从《丙辰清明之魂》到《圆明园——历史的回顾》,她成熟了。谈起艺术来,她的神态总是那么动人。她的美,不在容貌,而在精神,因此是经久不衰的……

失去的,永远失去了!一股发自肺腑的痛悔的泪水浸湿了我的眼睛。

"孟驰。"我轻轻地颤抖地唤了她一声。

夕阳的余晖把她淹没了,我看不清她的脸。

"过去那件事……你可以……可以原谅我吗?……我……"我说不下去,三年前,正是我,几乎把这个纯真的姑娘毁了!

长时间的令人心悸的冷场。我额头上的冷汗像小虫似的爬来爬去。

"伊华,不要总想着过去那件事了。"她轻轻咬着嘴唇,凄然一笑,"那时,我们都太年轻。……好了,希望你也能来参加我们的壁画创作。嗯……如果你允许,我很想以后去看看小娟娟……"

我激动得难以自持。三年,三年!在忍受了三年的痛苦煎熬之后,我的灵魂终于得到赦免了!

"谢谢……谢谢你!"我说不出别的话。站起身,在她面前我总是习惯地站得笔直。

"不，应当感谢另一个人，是他……"

她的眼睛蓦然蒙上一层泪光，那是爱的雨露，是人间的甘霖。我明白了。

亲爱的朋友，请接受我最虔诚的祝福！祝福你，和那"另一个"……

罗玉茜：

星期日的午餐时间是我们全家聚会、谈天说地的时刻，小孟来了之后就更热闹了。

"告诉你们一个好消息，我妈妈——就要回来了！"

当我把最后一道菜——银丝鲫鱼汤端上餐桌的时候，小孟把一封寄自法国的信端端正正地放在桌上，脸上红红的——好久没见她这么高兴了。

于是大家都抢着看信。为避免争端，爸爸戴上老花镜把信读了一遍。原来，不久之后有个法国画展将在京展出，她妈妈准备随同归国看看女儿。

"你妈妈可真行！……"我反复读着信，心里羡慕不已。

"唉，你不知道她为事业付出多大代价啊！……真的，我恨过她，怨过她，谁家的女儿不是在妈妈身边长大的呀？可现在，我比谁都更能理解她。你知道，她和我爸爸感情很好。她在国外听到爸爸的噩耗，当时就昏过去了，后来，得了要命的'心肌梗塞'，结果无法回国参加追悼会了。每封信她都写着，对不起爸爸，对不起我……我觉得……妈妈太可怜了！"

"看来，一个女人要想在事业上成功，必须比男人付出更多的代价。"我觉得眼窝直发烫。

"干成一件什么事不需要付出代价啊！"爸爸又开始大发感慨了，"玉茜，你看人家小孟多有出息！你呢？光是嚷嚷心理所不恢复，你搞不了你的专业，可现在呢？心理所也恢复了，你也调回去了，可你的论文怎么还没有问世啊？哈哈！"

"你当论文跟你写讲稿似的那么容易吗？"我瞪了老头儿一眼。说实在的，我知道自己具有老奥式的惰性，可别人说我，我可不干！

"真的，茜姐，你也应当把你的私人劳动转化成社会劳动啊！现在中国的心理学这么落后……"吃过饭，小孟边刷碗边跟我聊天，我在旁边织毛衣。

"唉，我都是'不惑之年'的人了，还能有什么大出息？"我嘴上这么说，可心里不觉一动。前不久，所里接到奥伯教授来华讲学的消息，假如他问起中国心理学这些年的发展情况，而我一无所知的话，那也太说不过去了！是的，光想、光说不行，我好像也得做点实实在在的事了。

"茜姐，我们现在正给新建的燕江饭店搞大型壁画呢！争了半天，最后和系里达成协议，两种设计方案同时搞，到时候由美协负责人和院领导来审画，选上哪幅就用哪幅。我还得负责一个方案呢！我想争取在妈妈回来之前搞完，好让她高兴高兴。……我都想好了，等到那天，我就穿你给我新做的那件白色连衣裙到机场去接妈妈！"

"嗯，得了！"我笑着撇撇嘴，"我看还是别换衣服，让你妈妈看看你平时是个什么邋遢相吧！"

"去你的！"她不好意思了，急忙跑到穿衣镜前照照，看看自己是不是像我说的那么糟糕。唉，真是个长不大的孩子！

"告诉你，我也有几件事想跟你说说呢！"我把毛衣针抽出来，准备织下一行。"上星期我回B医院复查，知道了四件新闻！"

一听"B医院"三个字，她就敛住了笑容，睁着两个大眼睛直盯盯地看着我。

"第一件，老主任高升了。任B医院院长兼外科主任，姓沈的滚蛋了。"

"真好！老主任本来就应该当院长！"她孩子似的雀跃起来。

"第二件，我碰上李小荣了！嚇，鸟儿枪换炮喽！——凤尾式，细高跟儿，耳朵上晃着俩坠子，胸前还挂着镀金十字架项链儿……呸！真是对基督的亵渎！看这身儿打扮就知道她准是勾搭上谁啦——她一个待业青年，家里又穷得叮当响，哪有钱给她置这身行头？……哎，我说，现在这帮年轻女孩子是怎么啦？打扮我不反对，我比谁都爱打扮。可总不能那么俗气！那么肉麻！真给咱们女同胞丢脸！……你说她们是不是看外国电影看坏了？浅薄的脑子里不能吸取精华，只能起点副作用……"

"好了好了，茜姐，别这么慷慨激昂，"她笑着打断我，"说说第三件吧！"

"第三件……噢，第三件是，小伊和邓大夫要结婚了！"

"真的？"

"这事儿还是我做的大媒哪！"我得意地冲她一笑，"邓林是早就有意。可小伊呢，原来一门心思都在楚大夫身上。……后来才明白自个儿是单相思——楚杨对她印象虽好，但是根本不可能爱上她。在许多方面他们差距太大了。小邓么，勤奋好学，论人品，也算是配得上小伊了。就这样，邓林那边攻势猛烈，小伊心眼儿又软，加上我的三寸不烂之舌……这事就算成了！小伊这姑娘单纯，考虑问题简单，不像你似的，看书看得连谈恋爱都不会了！"我故意刺了她一下。

"茜姐，我倒想问问你呢！你为什么不结婚？"她忽然斜睨着我调皮地一笑，反唇相讥。

"我？哼，恐怕敢娶我的男人还没诞生呢！"

她仍然执拗地、探询地望着我。也许，是在猜测着我的过去。对于我的独身主义，各种各样的舆论早已把我弄得云山雾罩，也早已使我不感兴趣了。人们把我的过去想象成一个过分挑剔的美人，一个在爱情上受过重创的姑娘，一个满脑子畸形、病态思想的怪物，甚至一个爱耍手腕的女阴谋家。其实，我的经历倒是非常简单的。我是一个高级知识分子家的长女，父母弟妹都是搞自然科学的，家里只出了我这么一个叛逆者。其实，我报考心理学专业完全是出于某种好奇心——可是入学后不久，我的幻梦就被打破了。真正的心理学要从枯燥无味的生理学讲起，一次考试要背那么多概念和定义。要不是澳大利亚心理学专家奥伯教授的到来，我真要考虑改专业了。奥伯是我学生时代崇拜的对象。他那和蔼可亲的态度、风度翩翩的仪表、各种引人入胜的心理实验，特别是他那充满魔力的催眠术——这一切都使我着迷。我很快成为他最得意的女弟子。我们经常用英语交谈，他希望我将来能在心理学方面有所成就。"你应该敢于否定我的学说，"他说，"亚里士多德说'吾爱吾师，吾尤爱真理'。心理学是研究人的，人是一切造物中最伟大的，所以研究人本身的学问也是伟大的。"

一九六三年我大学毕业之后分在心理所工作，三年之后，动乱开始。我不但没能否定或发展奥伯的理论，而且连他的理论本身也忘光了。作为一切造物中最伟大的人被践踏在泥里，而研究人的学问自然也不必存在了。我们所解散了，下放到农村去经风雨、见世面，就这样，一晃十几年过去了。在乡下，我不愿考虑这个问题。回城之后，我的身价突然增高了，追求者们也越发多起来。在这一时期我接触了很多男人，谈笑风生中我总是习惯地揣摩他们的心理。我见过长着苏格拉底式前额的蠢材，见过有着"大卫"式身材的胆小鬼，更见过"貌似潘安，才过子建"然而内心卑劣的伪君子……渐渐地，我对他们感到失望了，我对他们产生的那种偏见几乎是根深蒂固的——如果不是楚杨用他那男子汉的行为教育了我，我会把这种偏见带进棺材里的！

"茜姐，我觉得你不应当放弃爱的权利。"她轻轻地说。

"我并不是放弃爱的权利,而是找不到爱的对象。没关系!我都想好了,以后要个小女孩做伴。看着吧,我一定要把她教育成中国的'撒切尔',让所有的男人对她俯首称臣!"

"你还不如把她教育成狄更斯《孤星血泪》里的那个阿司泰拉呢!"

我们俩咯咯咯地笑了好一会儿。

"茜姐,说呀!还有第四件呢!"我觉得她的声音很遥远。

"第四件是楚大夫……"我话说出了口,才突然意识到自己不该说。哎呀,我这个没脑子的!

可能再没有谁比我更了解小孟了。她嘴上挺硬,其实绝对痴情。出院以后,她没有片刻忘记过她的"楚大夫",遇着点什么事都会牵动她那丰富的联想基因。他们的事情不行了以后,我几次动员她"开辟新战场",都遭到了她的拒绝,真是个"一根筋"!……记得那次,听说楚杨在某医学杂志上发表了一篇论述外科与医学心理学关系的论文,她激动得整整一夜没睡着觉,后来又听说引起了争议,医学界的某权威亲自出马驳斥楚杨的论点,她马上以"一个病人"的名义给那家医学杂志连去三封信,用自己的亲身经历为楚杨的论点辩护……她对他呀,真可谓是一往情深!看来,无论楚杨怎么样,她这辈子都不会爱上第二个人了!

"你说呀,茜姐,他怎么啦?"果然,她像只小猫似的偎了过来。

"没什么,楚大夫问你好!"我装作漫不经心,她一把抢去了我的毛活。

"不告诉我,就什么也不让你干!"

"又要赖皮!都怨我,把你惯得没样儿!"我无可奈何地叹口气,说吧,反正早晚也瞒不住,"其实详细情况我也不大知道。只听说楚大夫去年夏天害了场大病,没彻底好就上了班,身体就不比从前了。前几天连做了几个大手术,累得够呛,后来又给一个大出血的病人输血,昏倒在手术室里。……你别太着急,现在早就脱离危险了,只是还很弱,听说前几天血色素只有 64 克,这两天不知怎样了。"

她像是听到霹雳似的,呆住了。她的视线呆呆地在我脸上滑动着,好像顷刻间我变成了一个陌生人。半晌,她才站起身,把她在小柜子里放的那点钱一股脑儿倒出来,塞进那个旧书包里,然后,一声不吭地打开门。

"小孟,你要干吗?"我被她那反常的样子吓坏了。

"去看看他。"她脸上的线条像蜡像一样僵硬。

"你最好过两天再去。老主任跟我说,这两天让楚大夫好好休息,……最好……别让他情绪激动……"

"我……可以不见他。但必须为他出点力……都怪我,……我怎么就不知道他病了呢?"她的下巴在发抖,"都怪我……怪我……我太不关心他了!……过去,他对我那么好,是他给了我一切……"她再也忍不住了,泪水大滴大滴地涌出来,"现在……他病着……我不能不……"

她说不下去了,迎着外面的细雨飞快地走出去。我怔了一会儿,抄起把尼龙伞,推开大门。

外面的世界笼罩在茫茫雨雾里,这是今年第一场春雨呢!

楚杨:

血,那摊猩红的血还在我的眼前晃动着。那个大出血的病人脸色多白……渗血的胸腔,咕嘟嘟冒出紫红色泡沫。床上、地下……快!抽我的血!……我拼命翕动着嘴唇,却发不出声音来。听见没?!血库的 B 型血不多了……你们听见没?!我拼命想抬起手臂,但抓住的只是一片虚空……鲜血还在向外喷射!……纯净的红宝石。……是她的血吗?……

我疲倦极了……我在大漠中行进。那是灼人的、蒸腾的、一望无

199

际的黄沙。被淋漓的汗水压得透不过气来……我举步维艰。……但我仍然向前走着，因为许许多多的人都在向前走……是的，停滞就是死亡。前面有霹雳和雷电，也有阳光、花朵和水源。

"……杨杨，醒醒啊……"迷迷糊糊地，好像是外公在唤我。我无力抬起沉重的眼皮。一只苍老的手轻轻抚着我的前额。……谢谢你给我带来的信息。……你看见了那画像。……"她就是你孟兰亭伯伯的女儿啊！就是我常说起的……"是的，我知道，我知道……

……真的，这窒息的天空，一定孕育着一场风暴！起风了，在地平线的那端出现了另一个人。她也是寻求阳光的吗？她向我走来，满头黑发被风高高掀起。她像是天边的云，离我很远很远，又像是眼前的画，离我很近很近……

蓦地，一道闪电划破长空，漫漫黄沙突然变成一片银白的世界，我的眼睛在瞬间失明。

你怕风暴吗？你怕霹雳吗？你怕烈火吗？

你怕鲜血和死亡吗？！

如果不，那么，走到一起来吧！

她勇敢地向我走来，狂风卷起她纷飞的长发。

"下午的输液里再加点儿水解蛋白，注意点儿他的血压和脉搏……有什么情况马上告诉我……"

是老主任。多奇怪，我可以同时听见两个世界的声音！是梦境还是现实？……别怨我，外公。这是我最珍贵的秘密。我没有告诉你，因为在我和她之间，还存在一道门槛，一道古老的门槛。

……暴雨直泻下来。像是一股被禁锢的热情突然迸发出来似的，发出震耳欲聋的怒涛声。天地万物都在摇撼。

可是，你怕吗？你怕这道古老的门槛吗？

我惶惑地站住了。满腹狐疑地望着她头顶上闪动着的神圣光环。

你怕了？你怕了吗?！

她那双渴望和期待的眼睛一下子充满了泪水。在暴风雨中，她哭了。

"别被那光环吓住吧！她不过是和你一样的普通人，勇敢地爱她吧！要知道，在你的身上，如今也融会着她的血液啊！……冥冥中一个声音说。不，是一群人的声音。

……圆明园。……一幅大型壁画。……是的，外公说过。……"她改了多少次，几乎是通宵达旦地干……可是画面总摆脱不了一种压抑和孤独……那是她真实的心灵写照，……绘画语言是不会撒谎的……可是，作品需要表现的那种宏大深沉的历史感，那种内在的力量却出不来……她苦恼极了……她多么需要另一颗心的支持和理解啊！"

我懂了。你并不欣赏那耀眼的光环，你追求的，是艺术上的突破，是创造！……那断壁残垣里蕴藏着历史的深刻启示，我喜欢圆明园。

《丙辰清明之魂》到《圆明园——历史的回顾》过去的不是三年，而是整整一个历史时代！那是我们民族的一次痛苦的裂变。……需要寻找和这个世界对话的新的语言了！让我们用融合在一起的力量去挣脱枷锁吧，在医学和艺术的圣殿大门上分明写着：为创造者敞开！

"外公。"我吃力地抬起眼皮，正看见外公那双慈祥的眼睛。

"她的画……画得怎么样了？"

"昨天，又熬了一夜，还不知怎样……美协的领导同志就要来审画了，但愿……"

"我要去看看，要去……"我的声音又变得含混不清了。

……太阳，从她的身后冉冉升起了。那巨大的红色火球，把圆明园的断壁残垣淹没了。原来太阳竟是这么庄严、宁谧，又是这么古朴、隽美。它静静地高悬在大漠上空，毫不炫耀，默默地把光和热带给曾经在暗夜的暴雨中艰难行进的人们。

一切外在的、人为的、矫饰的东西都在太阳辉煌的光焰中溶解了，太阳把我们还原成为"人"。

你愿为我们这个动荡、变革中的民族做出牺牲吗？

你愿用自身的毁灭来换取人类的进步吗？

是的！是的！我愿。

那么，把我们的事业融为一体吧！

她含着泪微笑了。……太空深处传来铿锵壮美的音响，我知道，那是因两颗心的激烈碰撞而发出的回声……

我慢慢睁开眼睛。是深夜。病房里亮着暗红色的地灯。外公他们已经走了。守在我身边的小伊睡着了。一片沉寂，只有输液瓶清晰的滴答声。

暗淡的光线下，画像里的她在微笑。和梦里一样的微笑。不，她好像是在流泪，在那个落雨的秋夜，她就是这样流着泪从这里离去的。

记忆的潮水突然向我涌来。

瞬间，我苏醒的热情像疾风暴雨般在大地上奔驰，噢，勇敢的画家，骄傲的姑娘！你的血正在我的血管中燃烧——

——跨过去，跨过这古老的门槛，新的生命就会诞生了！摆脱苦闷和孤独吧，许许多多的人都在关心着你。勇敢地走你自己的路！我心爱的姑娘，我和你在一起。我会给你我能够给你的一切，我要像一个经历了狂风恶浪的冲浪运动员那样，带着全部的激情去拥抱你，我要和你一起走向太阳，一起燃烧在太阳的熊熊大火之中。

我要对你说：

"过去我不了解太阳，

那时我过的是冬天……"（注：智利诗人聂鲁达《太阳颂歌》）

孟驰：

我偎依在这巨大的画幅前，任泪水涔涔地畅快地流着。哦……

"销魂的酷刑,极乐的苦痛!痛苦和快乐都是难以形容!"

被润湿的画面仿佛升腾起一团活力……笔下的群山大河仿佛都在为我祈祷,为我祝福……那是一种凝重深沉而又苍凉悲壮的旋律……这就是爱情。是我们的爱情。

世上还有什么比两颗互相渴慕着的心更庄严的旋律吗?这是诗,是赞美诗,是斜阳里的号角,是暗夜中的星座,是生命的变奏曲,它象征着永恒,它是生死不渝……

是的,当我的血流进你身体的刹那,我想我该是世界上最幸福的人了。

薄暮中你昏睡着,你的脸色多么苍白,白得透明,像是流尽了血。医生,你从死神手中夺回了多少生命!可是……却耗尽了你自己。

我再也无法抑制,把发烫的脸轻轻贴在了你筋节突起的手臂上,慢慢跪下去。我多么想看看你的眼睛,可又那么怕见到它,看到我这满脸的泪痕,它又该嘲笑我了……那深蓝色的海。

从你那跳动的脉搏中我感到了一种力量,一种男性的刚毅和深沉。就这么静静地看着你,我无法抑制温柔的泪——我是多么、多么地爱你,我愿把我全身的血都给你,一滴一滴地奉献给你……

多么变幻莫测的人生啊!还记得吗?三年前那个冬天的早晨……那个衣衫不整、瘦得像根芦柴棒似的姑娘……你走进病房为她写病案……窗外的寒风呼啸着,病房里却那么温暖……你把她视作一个平等的人……那深蓝色的海多么亲切……一切,就是从那时开始的。

是历史把昨天的囚徒变成了今天的"名人",可我们仍然是平等的,永远是平等的!昨天,你没有把我看作一个囚犯,那么今天你也不要把我看成一个"名人",像过去那样帮助我、理解我、和我同行吧!为了这一天,我们曾经付出了那么多血泪的代价!

我看到你床头的那幅肖像画,下面还插着一束柏叶。我抑制不住狂喜的泪水——你是爱我的！你深沉、持久的感情一直在理性的堤坝中汹涌着……我扑过去摘下那束小小的柏叶——这已不是原来的那枝，冬去春来已经整整三年，原来的柏叶已经发黄、枯死了。但死并不是生的终结，只要有种子，就会有果实，只要有胚胎，就会有生命，太阳在地平线上沉没，然后还会升起……

这柏叶不是比原来更绿了吗?！

哦，让死的死去吧，生的魂灵，不是已经在晨光中歌唱了吗?！

我拿起大号板刷用力刷着大面积色块，汗水把内衣都湿透了。我感到一种空前未有的力量！我的创造欲比任何时候都更强！我要把我的痛苦、欢乐、希望、憧憬统统融进这巨大的画幅中，献给我们的父辈，献给中华民族古老的文明，献给你，我的爱人。

曙光升起来了。第一缕阳光冲进画室的门窗，在背光的墙壁上留下一片美丽的海水绿色——这就是歌德发现的那个有趣的补色现象吧？于是玛蒂斯根据这个原理创始了野兽派绘画——创新——发展——衰落——死亡——新生……一代又一代就是这么走过来的！东方金色的火烧云岩浆般喷涌，而西方的天幕却是一片淡淡的丁香紫，一朵朵藏在深空的云彩由暖到冷，像调色板上的颜料那样规则地排列着，变幻着，哦……宇宙多么大！而我们个人的一切是太渺小、太微不足道了！

画面如波涛般起伏，色彩的迷雾变幻不定……晨曦中，圆明园的断壁残垣，四周的层岩叠嶂，江流盘回，幽谷飞瀑，云形雾气……汇成峻拔回还的气势，一切像是有了生命！仿佛在呼吸，在流动，在渴望，在呐喊！——我终于找到了！找到了这力量的美！找到了艺术家们世代追求的至善至美的境界，找到了有限生命之外的那个无限……

阳光下，就在那至善至美的境界中，就在那大河的彼岸，有一株不朽的生命之树在闪光……

缅甸玉

翡翠，别名缅甸玉。据说，红色玉为翡，绿色玉为翠，合称翡翠。

又据说，翡翠本为鸟名。《后汉书·西南夷传》载："西南出孔雀、翡翠。"翡翠鸟羽很美，古代已用作饰物。

第三种说法：中国古玉和阗玉被称为翠玉，而直到清朝初年，缅甸玉才从第二条丝绸之路入滇，因此百姓为区别它与和阗玉之不同，起了个俗名叫作"非翠"。光阴荏苒，非翠变成了翡翠。

有一种说法是肯定的：翡翠是一种美丽的硬玉。按照宝石学的定义，玉的价值可以超过黄金几百倍甚至几千倍。所以俗话说，黄金有价玉无价。

1

孟定的这座竹桥在风雨中摇来晃去，已经有好些年了。竹桥上面架着一条铁索，但是起码要一米八以上的个子，踮起脚尖才能够得着。不知是因为年代久远，竹桥的位置越来越降低，还是因为古人确实比今人高大，总之孟定人要过桥出境，或是缅甸人要过桥入境，都得踩着这条摇来晃去的竹桥，走钢丝般舞动着上身，闭上眼怕一脚踩空，睁开眼又怕看下面那湍急的河流，只好就那么半睁半闭着眼，一步一晃地踏过去。

司机何顺把车开到了竹桥边。何顺点了一支烟，悠然吸了一口，然后拉开车门下车。我试着动了动麻木了的双脚，也慢慢往车下蹭。茫然望着雾中这架弓弦般脆弱而又坚韧的竹桥，我看见水雾似乎慢慢弥漫了桥身，湍急的水流在雾气中仿佛凝然不动。淡紫色的雾气中似乎有一点隐隐的晶莹的白色在慢慢流动。很久之后我才看清，那是个穿白衣服的女人，正慢慢地悠然地在竹桥上走着，因为浓雾的缘故，给了人一种错觉——仿佛她是在腾云驾雾似的。我只能看到她的上身直到裙子的下摆，而她下部的脚或鞋子什么的，则完全没有交代。

何顺蹲在地上吸烟。一双小而亮的眼睛盯着那一点白色，嘴角上绽出冷笑。

我活动着四肢——坐了一天一夜的车，浑身都是酸疼的。

"怎么样，徐小姐？还吃得消吗？"

我发现称谓真是一种约定俗成的东西。这些年由于长期搞教学，也有被尊称为老师、女士的时候，但更多的时候大家还是习惯叫我名字，我也喜欢别人直呼其名，这样既简单又亲切。可这次临沧笔会上，为数不多的女作者一律被称作了小姐，于是小姐这个词便成了我此次入滇的人称代词，我也只好入乡随俗了。

"都说蜀道难，我看滇道更难！"我咕噜了一句。

何顺的冷笑更加明显了："是啊，蜀道难，难于上青天，滇道难，难于下地狱呢！"

"可是大家既没上过青天，也没下过地狱，所以没法儿做这种比较。"我因为无聊，又犯了喜欢与人抬杠的老毛病。

何顺把烟雾浓浓地喷出来，用下巴指指远处那一点白色："喏，你看她是在上青天，还是在下地狱？哈哈哈……"

何顺快活地大笑起来，我真不明白他为什么这么高兴。

那一点白色渐渐在浓雾中消失了。

2

我是在临沧笔会上偶然做出来孟定的决定的。促使我做出这一决定的表面原因是这座中缅边境的小镇保留着完好的原始风情，我既想领略阿佤人的生活，又对边疆贸易好奇……而实际上，最重要的原因只有一个，那就是玉石。

在临沧笔会上，我偶尔结识了一个叫作沙林的人。沙林是当地的作者，因为做玉石买卖发了家，盖了一栋八层小洋楼，已成为临沧人羡慕的玉石专业户。在一个闲侃的晚上，沙林捧着一个珐琅质很精美的盒子，盒子里满满都是各种各色的玉石。

当地男人对于玉石的品评，一点儿不亚于北京男人对于足球或政治或电视剧的热烈程度。这同样是个男人的世界。沙林把盒子捧到每一个人面前，每个人都有一番评价。沙林总是带着宽宥的微笑轻轻摇头。在这些人的评价中，不断出现什么"老坑玻璃种""金丝种""紫罗兰种"，什么"水头长""水头短"等等我完全听不懂的术语。

后来沙林居然笑眯眯地把盒子放在我眼前："徐小姐，我想听听你的。"

"我？我可是一窍不通啊。"我环顾四周，发现有一双小而亮的眼睛在盯着我。那人小小的个子，五十上下年纪，很古怪的，蹲在那里默默地吸水烟。

"你欢喜哪个，总该有数吧？"

我于是硬着头皮按着顺序看下去。盒子里排列着两行加工好的玉石成品。大的有鸡蛋那么大，小的也够豌豆大小。颜色大体有三种：黄、绿和紫。我看得眼花缭乱，最后指向一颗中等大小的紫色玉石。

大家凑过来看了,哈哈一笑。我知道自己露怯了。

"看来你是真的不懂。"沙林带着宽宥的微笑,很小心地指向紫玉下面两颗碧绿无染的玉石,"这两颗,才是名贵的翡翠,就是水头短一点,不然的话,要上十万的。"

"什么叫水头短?"

大家又都笑了。几个人同时很热心地解释。我终于明白"水头"是指玉的透明度,"水头长"就是透明度高,"水头短"自然就是透明度差了。所谓"几分水"就是指光线穿透玉石的深度。水和色均佳,才是上品。

"喏,好的玉石嘛,要水汪汪的才好,或者最好是热泪盈眶。"沙林嘻嘻一笑,大家也都应和着笑了。这时那个蹲在地上吸烟的人突然指向那块紫色玉石:

"这一颗要多少钱?"

"怎么也得要三千块钱啦,朋友嘛,再便宜一点,给两千五百块钱拿走!"

那人慢慢吸了口水烟,从上衣兜里数出三十张一百元的票子,扔在沙林的盒子里。

一片静默。

沙林脸有点儿红,解嘲似的笑一下:"这位是何顺师傅,也是我的一个好朋友,这次他是为我们笔会客串开车,友情出演!"

何顺小而亮的眼睛转向我:"你是京城来的人,难得到我们这蛮荒之地的!要是真想在玉石上入道,最好去趟孟定!"

"孟定?"

"对。中缅边境上的一个小镇。"沙林把话接过来,"你去的话,我可以给你介绍一个朋友,她是佤族人,叫三梅。喏,何师傅也认识的。……哦,那个小佤族可真厉害,那是鉴别玉石的专家哩!……正好何师傅也要去那里办事,叫他捎上你?"

我看看何顺,他没说话,垂下眼睛吸一口水烟,那样子像是应允了。

3

佤族姑娘三梅坐在迷人的月光下。

三梅穿着佤族姑娘最寻常的服装:上衣短小,如胸罩般紧绷着结实的乳房,短裙下露出一双深棕发亮的小腿,一头乌发沉甸甸地垂向裸露的腰际,巨大的银耳环把耳垂拉成了椭圆形。奇怪的是,她那双眼睛,如夜一般漆黑厚重,又似乎少了些光泽,因此当它凝然不动的时候,你会像进入漆黑的隧洞一般感到一种突然的寒气。这双眼睛让我害怕,自始至终都是如此。

这是保存得很好的佤寨。寨子里有一只巨大的木鼓,那是佤族人的神灵。三梅是头人的女儿,头人的家是寨子里最讲究的家。双层竹楼。上层住人,下层关牲口。上层分主间、客间和外间,设有主火塘、客火塘和鬼火塘,主火塘在主间,是平时做饭的火塘,客火塘在客间,一般煮猪食,鬼火塘在外间,用于祭祀什么的。房脊两端是木刻的燕子,据说燕子是佤族人崇拜的飞禽。

月光下的三梅把我们引进竹楼里。三梅只对何顺点了点头,就开始一个字一个字地读沙林的信。当她读信的时候,我注意到坐在火塘边的那个男人。那想必便是头人了。头人个子不高但很健壮,两道浓眉很威武地扬着,皮肤漆黑,嘴唇和牙齿尤其黑,我猜那大约是被槟榔汁染的。三梅读完信,用我完全不懂的语言对那男人说了几句,那男人很果断地吐出几个简单的音节。于是三梅到角落里搬来一坛水酒,用极蹩脚的汉话说:"这是我们自家酿的水酒,按我们佤族人的规矩,客人来了,先要请客人尝尝我们的水酒。……这是我阿爸,……阿顺叔,你也是头一次见吧?"

"叫我阿孟吧,我们两个应该算同辈的!"头人这时才笑呵呵地站起来和我们打招呼。寒暄之后,大家按照佤族的规矩蹲下来,三梅用一支竹管插入酒坛中,先给头人吸了一口,然后用右手递给何顺。何顺看来是谙熟这里的规矩,他也用右手接了,用手指蘸酒轻弹于地,然后才开始主客同饮。米酒味很醇,我又确实渴了,着实喝了不少。头人向我微微一笑,三梅的脸色也明亮了许多。喝过酒后,头人便告辞走了,说是寨子里还有事商量。三梅开始用那极别扭的汉话问我需要什么样的玉石,并且说,如果我只要手镯或戒面什么的就不必买了,她可以送我一些。我立即诚惶诚恐地表示感谢,告诉她我其实是想学一些识别玉石的方法,至于买玉石倒是次要的。三梅听后,用怀疑的目光瞪了我一眼,不再说话,到火塘边做饭去了。

何顺这才悄悄告诉我,佤族人喜欢豪饮的客人,刚才我喝酒时表现甚佳,可说中了头彩,所以头人和三梅都对我的第一印象不坏。我如梦初醒,心想还真是歪打正着了。

接下来的节目是主客围坐火塘边吃饭。三梅做了一大锅鸡肉烂饭。鸡肉烂饭是佤族待客的饭,无非用米饭和碎鸡肉、米菜、盐巴、辣椒混合煮成。三梅用木碗盛了递给我们,我正寻找筷子,只见三梅和何顺都用手抓饭吃起来,吃得很香。看来这又是一种风俗了,我只好也学着他们用手拈了一点放进嘴里——那简直是一种刺心的辣,我真不愿再吃第二口。

三梅抬起那双漆黑如夜的眼睛,盯着我。我嚅嚅着,不敢放下手中的碗,却又不敢再吃。三梅轻蔑地咕噜了一句。何顺立即把话译给我:"她说,连鸡肉烂饭都不敢咽的人,怎么过得了竹桥,挑得到好玉石?"

这句话连同说话者和翻译的轻蔑态度立即对我产生作用。特别是翻译者的立场直接刺激了我。我捧起手里的大木碗，用手把饭一小口一小口地抓进嘴里。屏着气，像小时候喝中药那样，不容自己有一点喘息。后来辣麻了的舌头竟感到了香味，有很耐人寻味的香。吃完了，我仍用碗遮着脸。我知道自己眼眶里正转动着两颗冰凉的也许是滚烫的水珠，我很怕它们会不合时宜地落下来。

4

三梅这才肯眨一下她那夜一般的黑眼。她微微侧身，抬臂，拿起身旁的一口水烟，吸了一口。她吸水烟时微微迷醉的眼光，像光线一般穿透满屋的烟雾。接着，她是那样自然地解开了上衣的纽扣。我吃惊地看着她那毫不羞怯的手指。随着那美丽的铜雕般的手指徐徐移动，她的两只乳房裸露出来，是圆锥形的，闪着同样美丽的铜的光泽。我想起我的美术教师家里陈设的非洲乌木雕。她就这样自然地把光裸的上身袒露在一个男人眼中。我回头看看，惊奇地发现何顺也在抽水烟，一副视若无睹的样子，沉迷在一片水雾中悠然自得。

三梅在水雾中开始收拾碗筷。当我准备起身的时候，我听到何顺的低语：

"阿佤女人过去是不穿上衣的。阿佤男人嘛，用半只葫芦来遮羞。十多年前我来这儿的时候就是这样，没啥稀奇的。"

当天晚上，我把吃的饭全吐了。后来何顺送来了一些药放在门外。"徐小姐，我听到你吐了，我带了点草药，放在这里了，你吃了试试看。"

我当时呆了半响才想起说一声谢谢，不过这时门外的脚步声早已消失，我确信他没有听见。

我住在外间，鬼火塘两旁的墙壁上挂着兽头兽骨，靠火门的一方栽着做鬼的牛角叉、牛尾巴桩和老母猪石。我面对火塘和衣而卧，尽管睡不着却死死闭着眼——我害怕看到眼前这些骨殖。

5

第二天是个阳光明媚的早晨。我慢慢睁开眼，感到头脑空前地清醒，精神出奇地好。不知是不是昨晚服了那些草药的缘故。那些草药被截得短短的，乍看上去很像是临沧当地翠玉毛尖，却又在那绿中闪出一点点金黄，闻一闻，稻草似的清香，嚼起来清香中略带苦涩，反正比那些穿肠过的辣椒强多了。

三梅已经穿戴好，在外面等我们。三梅漆黑齐腰的长发黏涩涩的，显得那么滞重，连佤寨的风也吹不动。三梅的衣裤都是用自制的土布印染的，染的颜色很美。在黑色的衬底下，染成一朵朵红罂粟般的血红花朵，这一种红在都市是见不到的。黑红相间的夺目颜色，加上沉甸甸的银项圈和银耳环，使这个女人越发像夜一般厚重而神秘。比较起来，我的普通汉族女人的装束，是完全被这种强烈的色彩淹没了。

一路上三梅和司机都不说话，我也矜持地保持沉默。只是在过竹桥的时候，因为害怕，我唱起歌，唱我很熟悉的一首在卡拉OK歌厅经常赢得掌声的歌。这时三梅在我身后低低地断喝一声。没听清她吼什么，却明白她说的是"住口！别吭气！"一类的话。我不敢再唱，眼睛不听指挥地向下看去，水天茫茫浑浑噩噩的一片。这时我完全感觉不到脚下的竹桥，只感到从下而上腾空而起包围着我的灰色云雾。我嗅到云雾中似乎有种辣椒的味道。我的身体像秋后原野上遗留的野草一样战栗起来。

走在前面的何顺站住了，向我伸出手。他手里拿着那个很粗大的竹制水烟筒。我抓住它，很烫，不知是刚刚吸完水烟的缘故，还是因为我的手太凉了。几乎就在我抓住水烟筒的同时，我看到前方闪现出那一点熟悉的白色。白色慢慢飘移着，越来越近。渐渐地，我看到了那女人的眉眼。那是一双弯弯的月儿似的眼睛，目光也似月儿一般婉媚，恰到好处地嵌在那张雪白的脸上。脸形略方，颧骨稍高，再近些能看到脸上淡淡的雀斑。这女人如履平地般走着竹桥！在与我擦肩而过的时候，我没有感觉到她肌肤的重量，只觉得像是一团银白的云雾轻轻拂了过去，留下一缕馥郁的芳香。

"是她吗？"何顺回头问我身后的三梅。三梅重重地哼了一声。

走过竹桥之后我才发现，我攥住水烟筒的手已经被汗水粘住了。

6

竹桥那边便是缅甸的境内了。比起瑞丽那些开放城市来，这里的集市贸易规模要小得多。缅甸男人随随便便地穿着大背心，弓着瘦削的脊梁与中国人讨价还价。一眼望过去，分不清缅甸人还是中国人。糟糕的是，也很难分清缅甸商品还是中国商品。

各种玉石摊子数不胜数。各种各样的玉、玉挂、玉雕、戒面、项链、手镯、耳环……价钱起码要比北京的同类商品便宜三分之一至四分之一。我连看了几个摊子。缅甸商贩很热情地从各种容器中拿出他们珍藏的玉石，我看得眼花缭乱，频频回身看三梅和何顺，他俩完全不动声色，连眉毛也没动一动。于是我只好保持沉默。

"徐小姐，难道看了这么多，就没有一个你看得中的吗？"在看到第五个摊面的时候，三梅瓮声瓮气地开了口。

"不不，我都挺喜欢的，"我急忙向她微笑，"就……就是拿不定主意。"

"喏，这一个做戒面就蛮好。"她指着一颗芸豆大小的绿翡翠，

"这叫作油青种,也叫瓜皮油青,你看,这颜色比一般翡翠要深暗一些,但是光泽好,质地细,上面像有一层油似的,价钱也受得起,你们北方人欢喜的。"

"这一颗要多少钱?"我细看一下,发现那绿中透出深灰,颜色我并不喜欢。

"讲好了价,大概五百块钱能卖你。"三梅很自信地与那位缅甸老妇人谈价,她们说得很快,说什么我完全不懂。何顺低声说:"她们在讲缅语。三梅在问老太太,好多钱?老太太说:五百八。三梅大概能压到五百二成交。"

"可我不喜欢这颗翡翠。"

何顺笑笑:"就是不买也没关系的。"

果然,三梅得意地抬起头来,看来是把价压了下去。她把深黑的目光扫向我,我轻轻摇摇头,三梅便向那缅甸老妇讲了几句。我们回身便走,走了好远,我还看见那老妇挥舞着两条青筋毕露的胳膊,哇啦哇啦地叫。

渐渐地,我们的距离拉开了。

我走在前面,我想试试自己的眼力。

在一个很不起眼的小摊上,我忽然发现一串翡翠项链。这几天三梅和何顺的言传身教、耳濡目染,加上今天的现身说法讨价还价,我自以为已经积累了一定的有关翡翠的知识。这串翡翠项链,颗颗都有豌豆粒那么大,颜色纯正均匀,呈苹果绿色,色调鲜丽。对着太阳举起来,每颗都有金色的返照,非常美丽。再看看上面的标价,竟然是两千!我心里怦然一动——再砍砍价,说不定能杀到一千五百呢!我又仔细看了看,生怕是两万之误,这一个0对我来说可是至关重要——确实是两千。我的心怦怦地跳起来,脸上却竭力寡淡着,就像小时候捡矿石忽然发现了美丽的云母却又要对姐姐保密似的。于是我学着周围的国人对那个缅甸商贩连说带比画，我们互相比画了半天，终于达成协议：一千七百元我把项链拿走。

我拉开手提袋的拉锁，却被一只铜雕般的手按住了。三梅来了。她沉着脸用缅语跟那缅甸商贩交谈，听口气完全是质问的意思。缅甸商贩好像认识三梅，见了她，脖子便有些软，但还是大声辩解着。何顺抽着水烟也慢慢来了，向我沉着地笑。

后来三梅忽然走到另一个摊上，端起一盆看来并不特别的水。三梅从胸褡里掏出一块淡绿色的玉浸入水中，又不由分说地把那串项链放了进去。结果，玉沉没，项链却像塑料制品似的浮在了水面。

缅甸商贩的颈子软软地耷拉下来。

三梅看上去非常亢奋，浓眉下一双黑眼也变得炯然有光："看到了吧？喏，这水是配好的比重水，专门识别这类假货的，翡翠是硬玉，你看我这块玉，沉下去了吧？所以说这串项链绝不可能是真翡翠，看这颜色嘛，像是澳洲玉，也叫南洋洲玉，实际上是一种玛瑙质，不过因为含镍，所以有一种绿色罢了……"

三梅侃侃而谈，何顺在一边翻译。我自然什么也说不出来，点头称是而已。

7

当晚，我们入境，宿在三梅的一个边境朋友家里。这大概是她的老据点了。屋子又黑又小，比北京那些弹棉花的盲流住的好不了多少。我和三梅挤在一张床上，床上铺着凉席，倒是柔软而干爽的台湾席。离我们的床不到一米远拉了个帘子，何顺和主人睡在那头的床上。因为疲劳，我凑合洗洗就睡了，却始终没有睡实。摇摇欲坠的小桌子上，一支大蜡烛始终燃着，半梦半醒间好像有许多幽灵在小屋里穿来穿去。

憧憧鬼影被烛光反射在木制顶棚上，悄无声息。后来有明亮的灯光照彻小屋。我睁开眼，看见小桌周围一圈人，人头聚在一起小声嘀咕着，那样子像群刺客正在商量着如何执行密杀令的办法。后来我终于明白他们是在鉴定玉石。三梅的方位是侧面对我，目光阴沉，一面在不停地抽着水烟。周围的人也都沉默不语。坐在她对面的人从皮包里拿出一件什么东西放在桌上。接着是压低了的一声惊呼，连三梅脸上也放出光来。我吃了一惊，这时我听见何顺的声音："……快叫醒徐小姐，也让她见识见识!"我急忙闭上眼睛，直到三梅叫我，我才装作刚刚醒来的样子，揉着眼睛坐起来。

桌上摆满了玉石！真是五光十色，美不胜收！我看看这个又摸摸那个，嘴里赞叹不绝，大家都咧开嘴笑了。三梅见我一脸痴迷的样子，在一旁冷冷地说："这些玉石里只有一块是上等的 A 货，徐小姐，你能认一认吗？"

我说我试试吧，于是就凭着直觉指向一块玉，这块玉雕工精细，刻的是福禄寿三星和一只蟠桃，色调柔和美丽，从深色鸡冠红过渡到淡紫又过渡到绿，看上去像是那种名贵的变色翡翠。

但是大家都在摇头，我只好又指向一只金丝镶嵌的胸针，胸针上镶的那颗绿翡翠晶莹剔透，在灯光下特别夺目。我想起沙林说过的"热泪盈眶"。

有人笑了，这笑声立即淹没了我的自信。

三梅很利索地把那块绿翡翠摘下来，顺手拿起桌上的一把水果刀，当地一下就把那块"翡翠"一劈两半，我惊讶地看看周围人的脸色，他们司空见惯似的毫无反应。

"小姐呀，翡翠的硬度你总该是知道的吧？难道一把水果刀就能敲断它？告诉你，论承压力和耐热力，翡翠比钻石都要大得多！"三梅对着灯光举起那颗断裂的玉石，玉石参差不齐的断面隐隐可见一些细细的颗粒,"喏,这么明显的气泡,肉眼也看得见了,这就是玻璃仿造的翡翠,造得还蛮精细的,看上去倒是很像高档的翡翠,可能是日本造的,也叫日本玉。放大镜拿过来,喏,你看一看……"

我面对灯光举起放大镜,那一片透明的深绿中,确实出现了一根根叶脉状的纹路,并且有细小的气泡。我放下放大镜,心里在惊奇着三梅关于翡翠的知识。不知是我已习惯了她的汉语发音还是她的汉语确有进步,总之现在我已经完全不需要何顺当翻译了。

"至于这一块,"三梅又拿起那块变色玉,"分明是染上的颜色嘛。你看看徐小姐,我这块玉是天然翡翠,你看这颜色和晶体是分不出界限的,再看看这个,怎么样?颜色是浮在上面的,对吧?你不信再在滤色镜里面看看……买不起,这是我自己做的……"

这真是非常简易的滤色镜了。只是在一种木架上镶嵌了滤色胶片而已。那块玉在滤色镜中变成红色。

何顺在一旁笑笑说:"你知道它为什么变成红色吗?因为染翡翠的染料一般都含铬盐,浓度高的时候就放红光,所以在滤色镜里就现原形了。"

我惊奇地问:"何师傅,难道你也懂玉石?"我这句话把大家都逗笑了,连三梅也咯咯地笑个不住,这是我头一回见三梅笑,她笑起来露出两排雪白的牙齿十分粲然。真奇怪,她一天到晚嚼槟榔怎么没把牙齿染黑呢?

最后还是三梅把那唯一的上等A货放到我眼前。这是个造型很一般的玉扣。仔细看看,与其他玉石不同的地方是绿色呈平行丝状分布,绿色条纹有粗有细,但都是沿一定方向间断出现的,翠色鲜艳略带银绿,似有许多游丝柳絮密密组成,在丝丝翠色下又有较大片翠青,很像一幅瓜藤互系的图画。

三梅眼含讥讽地看着我,伸出两个手指:"这货在香港拍卖,这个数！"

"两千？"

众人哗然："两千？白给你了？"

我一咬牙："两万？"

三梅一撇嘴："二十万啦！我的小姐！"

我的嘴半天合不拢。二十万？！就这么一颗小小的玉扣？

三梅说："这叫作金丝种是一种高档翡翠，一般说来是种优水足。"三梅又把玉扣拿到灯光下说你看看是不是金光闪闪？"三梅说金丝种本身也有档次之分，这个玉扣叫作顺丝翠。因为它的翠色顺直有明显的方向性，顺丝翠在金丝种里是最高档的，而黑丝翠则完全没有收藏价值，黑丝翠的纹路杂乱如麻，并且间有黑色丝纹，是低档的玉种。三梅又说二十万的金丝种有什么新鲜的？香港拍卖的老坑金丝种镯子价值港元三百七十多万呢。

我听得目瞪口呆，刚刚建立起的一点信心荡然无存了。

何顺安慰我说不要紧，玉石的行家们都是几十年练就的功夫，你才来了几天？这次来孟定，你也不要期望太高，能学会认个大概就不错了！众人于是都附和着他，安慰着我。就在这时，天色渐渐地发亮了。

"今天去哪？"我问。

何顺神秘地一笑："今天，带你去见见世面，真正的大世面！"众人眼里似乎都藏着神秘。三梅的目光却突然暗淡了。

8

清早过桥之后，何顺不知从哪里开来一辆花园直达巴士。我和三梅上了车。三梅一路上狠狠吸着水烟，心事重重的样子，一句话也不说。我闷得不行，只好透过车窗去看窗外的景色。边境处的缅甸异域风情并不很浓，无非是一行行的槟榔树、一丛丛的凤尾竹，有缅甸少妇少女打着美丽的花伞三三两两穿过街市。远远的，能看见阳光下金光闪闪的佛塔和佛寺。

在一丛浓密的凤尾竹掩映的小楼前，巴士停下了。何顺招呼我们下车。三梅忽然怒目看了我一眼，瓮声瓮气地说："你怎么也不知道换件衣服！"我低头看看这身在大理买的廉价扎染裙子，颇有些自惭形秽。又看看三梅一头黑发发出乌木的光泽，衣服也穿得光鲜亮丽，忽然悟到今天或许是要见什么要人吧？心里顿时悔之不迭。

这栋小楼造型简单而别致。整栋房子都是柚木造的。花木繁茂，老远就闻见浓郁的芳香。廊檐下摆着各种精致的盆景，上面挂着凤兰的花篮。有两只鸟笼很显眼地挂在花篮旁边，一只里面养着翠蓝橘黄相间的琉璃金刚鹦鹉，另一只里则是白底银斑的珍珠鸟。清脆的鸟鸣声一下子使这栋木楼充满了勃勃生机。看上去这无疑是一户富贵殷实的人家。

何顺已经在打招呼了："阿韵，你好哇？"

这时我才注意到，凤尾竹掩映的外楼梯上，正斜倚着一个四十出头的妇人，再细看，正是那个在孟定竹桥两度翩然而逝的白衣女人！

她今天大概是刻意修饰一番，穿一身雪白竹布裤褂，用了太妃色的灯果滚边，上衣绣了一朵同样颜色的慈姑花。连大襟上的纽扣也一律是太妃色，不过镶了很漂亮的金边。她的柔软乌黑的头发在后面盘成一个肥大的发髻，沉甸甸地往后坠着，露出明亮的前额，脸上淡淡扑了粉，打了胭脂，把那眉眼衬得越发妩媚。她一开口便是满脸的笑："这不是阿顺吗？多少年没见了，你好吗？阿茵好吗？"

她竟然能说比三梅好得多的汉话！这女人的媚气和骨子里的贵族味儿从一开始就引起了我的注意。这可不是个一般的缅甸女人！后来趁她倒茶的时候，何顺悄悄告诉我，这是个缅甸富商的遗孀。过去在英属殖民地时期，她的祖母曾经在英国女皇的行宫里做过厨娘，是女皇最赏识的缅甸女子。她的父亲和丈夫都做了一辈子玉石买卖。至今，边境一带的玉石生意依然由她和她的家族垄断着。这里不过是她的别墅，她在缅甸至少有四处房产。

室内布置得并不十分豪华，却很舒适典雅。全套的竹制家具很快便扑灭了我们身上阳光的气味，身心一下子清凉起来。就连茶杯也是竹的，一套二十个，有大有小，造型各异。阿韵亲自端上茶来，我挑了最小的一个梯形杯子，慢慢呷了一口，只觉一股清香，翠绿的茶叶在清澈透明的茶水中游动，在阳光下发出金褐色的亮光——确实是我从未喝过的好茶。

何顺也呷了口茶："昨天过竹桥的时候看到你，都没敢认，你比过去更漂亮了——"

阿韵点了筒水烟递过来："阿顺还是爱讲笑话，老都老了，还讲什么漂亮？……这两位小姐才算得上是漂亮呢。"

何顺微微一笑："我给你介绍介绍，这位是徐小姐，从北京来参加我们临沧笔会的，这回是头一次到贵国来，……这位该算是你的老熟人了，耿马佤寨的姑娘三梅，常常过桥来做生意的，你有印象吗？"

何顺一边说，阿韵一边在点头微笑，嘴里不断地说着客气话："徐小姐是北京来的？吃不惯我们这里的茶饭吧？这里紫外线比北京强，要抹一点防晒霜，免得晒黑了！……"

我伸出黝黑的胳膊："您看，已经晒黑了，回北京，人家要把我当成佤族人了！"

不知为什么，我一见到这个女人便感到很亲切，觉得对她不必设防。三梅挑起眉毛瞪了我一眼。阿韵嫣然一笑，转向三梅："这位姑娘，常常在过桥的时候和我擦肩而过，只是没有说过话，今天阿顺一介绍,就应当是朋友了。我几次看姑娘到我们这里挑玉石,眼光也算得上是行家高手了,以后生意场上,还要多多关照啦!"

三梅瞥了她一眼,那眼风可说是目光如电。然后冷冷地哼了一声。

阿韵并没有丝毫不快,一边拿起竹制茶壶殷勤地为我们续茶,一边轻言细语地说:"阿顺和两位小姐要是兴致好,可以看看我这房子,寒舍虽然简陋,倒是住得下人的。你们要是想在这里多玩两天,不嫌弃的话,就把这里当成旅店好了!"

阿韵把我们带到隔壁的房间,里面的佛龛上供着十分精美的佛像,铜香炉里燃着龙涎香。一架大理石的屏风后面,躺着一只雪白的卷毛狮子狗,睡得正酣。

阿韵捂着嘴轻笑:"这是我姑娘的房间,呀,还在睡,可真是懒姑娘……"

9

待我们把所有的房间都参观完又回到客厅的时候,那张竹桌上已摆满了丰盛的饭菜。阿韵正在中间的黑色竹制大花瓶里,插上鲜艳的牛面花。另有一年轻女佣在小木盆里装上精致的糖渍槟榔。

何顺大叫:"阿韵,谁要是娶了你可真是好福气呀!"

阿韵的脸竟微微有点红:"阿顺,你又胡说了,阿茵要在这里,你敢吗?"

何顺笑:"将在外,君命有所不受嘛。"说着便扑向那桌佳肴,同时招呼我们:"洗洗手快来入座吧,小姐们,谁客气谁倒霉!"

阿韵不断为我夹菜:"徐小姐,你尝尝这个,这是我们缅甸的风味菜,用新鲜活蟹裹上椰肉汁,加上一种酸果,一起用小火慢慢炖,味道还过得去吗?……哎呀,你爱吃我真是太高兴了,这是煎蚂蚁蛋,是贵国傣族的食品,我把做法改进了一下,吃得惯吗?……"

阿韵的每一道菜都是一件珍奇的艺术品。很怪,味道又极美,引得人吃了还想吃。加上阿韵在一旁殷勤地解说着:"……这是米粉烤蛋,是祖母教我做的,按过去宫里的做法,米粉要一根根炸脆,烹上虾油,蛋里要夹上鸡肉馅,然后放在烤箱里,烤成温菠果汁那样的黄色,就着芸香菜,才能吃出鲜味来……"

我听得呆了,冷不防背后一股凉水从颈子里灌下来,就在这同时,四五个傣家小普少像从天上掉下来似的出现在眼前。"尤利金瓦!尤利金瓦!"她们欢快地喊,同时把一瓢瓢清水灌进我们的颈子里。她们个个青春年少、美丽如花,美丽的筒裙像开屏的孔雀似的飞舞,三梅和她们对泼起来。何顺也像是变成了个年轻人似的,又笑又跳,着魔似的大喊:"尤利金瓦!尤利金瓦!"……大家的衣裳都被泼得透湿,我庆幸自己穿了这么一件衣裳。

阿韵捧着扇子笑得很媚:"今天是贵国的泼水节,你们大概都忘了吧?我刚才特意把这几个小姐妹约来,她们都是我的中国朋友,跟我学缅甸舞的,都是水傣,傣族里我更喜欢水傣,她们又温柔又美丽……徐小姐,你明白尤利金瓦的意思吗?尤利金瓦的意思就是'好吃好在'。"

"好吃好在?"

"对。就是好好地享受,好好地生活。"

那条雪白的狮子狗跳到阿韵的腿上,阿韵温柔地抚着它的毛,喂给它一只烤成温菠汁那样黄的鸡蛋。

10

事后我们谈论此事的时候,一致认为就是在这顿饭,特别是关于泼水节的节目之后陷入圈套的。但是当时我们的感觉却如同饮了浓酒，香美甘醇又醉意朦胧。阿韵对于中国人的了解胜于我们同胞的相互了解，这似乎是她最终取胜的先决条件。

在所有的开场白结束之后，女主人静静地坐在我们对面，白净的脸又端庄又宁静，一把雕工精美的檀香扇轻抵着下颏，染着贝色蔻丹的手指插入那只狗雪白的长毛里，慢慢地捋着。我们弥漫在一种淡淡的幽香之中，不知是花香、扇香，还是女主人的体香……

阿韵开口了，慢慢摇着扇子，轻言细语的："接到阿顺的信以后，我就和用人打了招呼，让他们把我放在香港的存货拣好的拿一些来。三梅姑娘既是要买上等的A货，我也不敢怠慢，今天就在行家面前献献丑吧。"阿韵挑起眼帘看了女佣一眼，女佣就进到里间屋去，两个女佣穿梭似的捧出各种玉器。

阿韵微微点一下头，女佣退在一旁。三梅和何顺拿出放大镜，一件件仔细鉴赏。看着满室琳琅，我不敢造次，生怕又说出什么蠢话来，只是隐在他俩身后，悄悄地从放大镜里看。

一件是一只玉碗。阿韵说这是过去宫制的翠玉盖碗，玉质晶莹通透，白色底子，上面撒满菠菜丝似的翠色。

"这是马牙花青嘛，"三梅很内行地说，"宫里用它来做什么？"

阿韵莞尔一笑："看来我和三梅姑娘的眼光还真是相近，头几年见了这玉碗，我竟也是这么说的，谁知父亲骂我，没见过世面的傻丫头，这哪是什么花青，分明是白底青嘛，骂得我一年见了玉都不敢说话！现在想想也难怪，白底青是缅甸玉的新品种，很难得见到的呀……"

阿韵的话绵里藏针，其锋芒连我也感觉到了，三梅刚上阵便受挫，眼里冒出火光却又无可奈何，何顺倒是听而不闻的样子，完全不动声色。

接下来是一件栗子黄色的翡翠笔洗，双层雕镂，外面一层是枝蔓攀连的鲜桃枝，空隙处透出里面的桃花，放在桌上，在阳光下艳丽夺目。

何顺小心翼翼地拿起笔洗看了又看："这样纯正的黄翡翠现在是见不到喽！……徐小姐你看看，别总以为翡翠都是绿的！翡翠不单有绿，还有红、白、黄、紫、黑……你再看看这只鸡冠红的镯子，多漂亮！这些红的黄的翡翠，都是被铁矿物浸染，很难得见到的……阿韵，这两件怎么也要百万以上吧？"

阿韵仍是微笑着："黄的一百二十万，红的贵一些，要三百万吧。"

我被她漫不经心说出来的数字惊得目瞪口呆，眼前这个柔弱的女人，她到底占有多少财产？！

阿韵又拿出一件小巧玲珑的玉器，她说是清代翠玉带钩，让三梅鉴定。三梅先用放大镜看了，然后又掏出一只小手电，细细地照。

"是旧工没说的了，雕工也精，"三梅的黑眼从浓眉下盯着阿韵，好像要报刚才的一箭之仇，"可这是豆种，颗粒粗，水分也不行，喏，这里还有癣。"她点向一小块黑色瑕疵，"这样明显的癣怎么说也够五级了！所以，虽然是真货，可价值并不可能太高……港元五千到头了。"

"好刁的眼力！果然是港元五千，一分不差！"阿韵由衷地赞美。又乘兴端起一只翠玉三足兽环带盖香炉，"这是上个月刚刚在苏富比拍卖会上买到的，三梅姑娘也一并估估价吧。"

我看到三梅深黑的眼睛里划过一道火光。何顺的目光也凝滞了。这只色彩独特的香炉果然举世无双。它是淡紫色的，呈现出一种贵族气派，每只兽头都像是富于灵性，亮丽的水色之中间或透出一星星碧绿，轻轻一触满指生凉，像是梦中的月光似的，冰凉、皎洁、神秘，可望而不可即……

良久，三梅挤出一句话："这是无价之宝。"

阿韵的微笑也变得像这玉石一般冰冷："既然如此，三梅姑娘就选一只吧。我是把珍藏也拿出来了，交朋友要心实嘛，三梅姑娘难道没有看得中的？"

三梅直视着阿韵的眼睛："不，你拿出来的这些玉器我都不想买。"

"那你要什么？"

"我要的是一件石货。"

"石货？对不起，我这里没有石货。"

"二十年前，你和你丈夫到我们佤寨买走了一件石货，说是买，其实也跟白拿差不多，那时候我们穷，实在太穷了……那件石货是我们的先人在一百多年前从你们缅甸人手里买下的，它是我们的镇寨之石。你们趁着我们穷要钱花的时候把它拿走了，用那么一点点钱就把我们佤寨镇寨的石头买走了！……神对我们说，这不公平，神说，三梅啊，你要把这块石头追回来！……你去佤寨的那年我三岁，是的我看见过你，你当时二十出头，长得很美，可我恨你！我等了你二十年，我二十三岁了还没出嫁，为的就是执行神的意志！……现在我们有钱了，说个价，把那件石货还给我！"

阿韵的脸色渐渐惨白了，精美的檀香扇在微微颤动。

"什么叫石货？"我小声问何顺。

何顺说："石货，就是含有翡翠的原石。"

阿韵一语不发，站起身，轻轻踱入廊檐，上了楼梯。我们在后面静静地跟着她。

这是一间密室。因为门设在墙上一幅壁画的背后,所以刚才参观房间时谁也不曾发现它。这间屋光线暗淡,分外阴冷,墙壁上贴着神马群的挂图,一张小茶几那么大的桌子上摆着一支很大的蜡烛,旁边是一扇很厚的黑色金丝绒帷幕。阿韵划了根火柴点燃蜡烛,然后哗地一下拉开帷幕,我们顿时呆若木鸡。

一尊高达三十公分的绿翡翠观音像在帷幕后面出现了。这观音像的雕工精美绝伦!观音一手托甘露瓶,一手作大悲手印,面部线条端庄宁静,眼含悲悯,腮呈笑靥,衣袂的线条飞扬灵动,飘飘欲仙。颜色鲜阳匀浓,透明度高,水分充足,即使是在黑暗处,也是翠绿欲滴,那一种莹莹的绿光把黑色的帷幕也染绿了,我们互相看看对方的脸,竟也都透出淡淡的绿色。

这可真像是阿里巴巴的山洞!

阿韵的脸色在黑暗中格外苍白:"你要的东西,这就是了。"

三梅也惊得说不出话来。

阿韵的声音越发冰冷:"真正的老坑玻璃种,最高档的翡翠。要说无价之宝,这才是真正的无价之宝。去年在香港太古士得拍卖,有人出一千万港元我也没出手。三梅姑娘,你要是拿得了,拿走好了。"

三梅和何顺面面相觑。烛光渐渐暗淡了。

12

当天晚上,我们回到老巢之后全都吐了。我们吐了又吐,三梅的脸都吐青了。三梅的老朋友在一旁说:"别是阿韵这娘们儿给你们下了什么蒙汗药吧!"另一个家伙在一旁搭腔:"蒙汗药倒不至于,准是那娘们儿做菜做得太好吃,你们吃得太多了!到她家吃饭的人得长着个铁胃!……"

吐过之后漱了嘴，只喝了一点汤，都没吃晚饭。三梅边扇扇子边说她怀疑阿韵在菜里放了罂粟壳子之类的东西，不然不会这么吃饱了还想吃。何顺笑笑说那倒不一定，二十年前他就认识阿韵，那时阿韵的菜就很有名，传说阿韵的老公就是因为阿韵的菜做得太好吃而吃得太多，后来把肠胃吃坏了的。三梅听了这话便很生气，先是低声后是高声，后来我听清她是在指责何顺袒护阿韵，并且埋怨何顺在关键时刻什么忙也帮不了，甚至什么话也说不出来。

何顺笑笑说："你们女人，就是沉不住气。"

我怕他们吵起来，急忙把话岔开，问何顺阿韵说的那句话到底什么意思。"什么叫你要是拿得了"她要是真给，拿就是了，难道还有什么拿不了的？"我说。

何顺又笑笑："徐小姐，你这就不懂了。恰恰是拿不了哇！"

"为什么？"

"你想啊，阿韵从三梅家拿走的，不过是一块石货，把翡翠从石货里提炼出来，又雕成这么美的观音，得要多少道工序，花多少钱啊。大家都是江湖跑买卖的，规矩总要懂。要是今天三梅真敢拿了这尊观音，过不了竹桥，黑道的人就得把她干掉！"

"那……那原石总是三梅的……那……那怎么办？就这么算了？"
"我也不知道怎么办。三梅是事主，我听她的。"何顺还是悠悠然。
"回去。回寨子。今晚就走。"三梅瓮声瓮气地说，她的一双黑眼里全是愤怒。

13

三梅留我一定过了佤族的"拉木鼓节"再走。拉木鼓节是佤族的传统节日，每年都要有一次盛会的。

这段日子三梅和我处得很好。最初的敌意早已消失,她主动搬到外间和我做伴。佤寨的春夜似乎有一种潜在的动荡不安。在不断流动着的迷离的月光下,在哔剥作响的火塘边,我们常常聊天。我慢慢发现三梅是个对自己民族有着极深感情的姑娘,三梅说:"我们佤族是世界上最忠厚最讲信义的民族,也是最讲究图腾崇拜的民族,过去那个歌怎么唱?'毛主席怎样说,阿佤人民就怎样做',一点儿不错,阿佤人就是这样,从来不对任何统治者产生怀疑,阿佤人非常实在,绝不做对不起朋友的事。比如说,一个佤族人用右手偷拿了别人的东西,那么当他良心发现的时候,他就会用柴刀把自己的右手砍断。真的。可是,如果他感觉是受到了朋友的欺骗,那么他一辈子也不会原谅的。"

"所以阿韵那件事很伤害你,是吗?……那件事,太戏剧性了,听起来很像一个故事……"

三梅的眼睛瞪得好大:"难道你不相信?……就是在这儿,就是在这火塘边,她丈夫和我父亲讨价还价,那时候我爷爷还活着……她长得很美,就像我们佤族传说仙女一样,那时我只有三岁,可我记得很清楚!……我家的那块石货,从水口的地方已经看见了翠绿的色根,而且从裂开的地方能看见大片的仓色,真的,不是片色也不是根色,是仓色懂吗?就是蕴藏着大量翡翠!……那是我们的先人用黄金和茶叶换来的!……可他们只用了一点点钱就拿走了……我记得爷爷哭了,坐在石头上不愿离开……"

"可是三梅,有个问题我不明白,一块石头,它含不含翡翠,含多少翡翠,都只能是一种可能性,事情过去这么多年,她阿韵又何必给你看那尊观音像呢?她不说,谁也不会知道观音像是取之于那块石货呀!"

三梅古铜色的脸被火光照得忽明忽灭:"……我猜,这件事阿韵夫人想起来也要后悔的，做买卖要讲究规矩，破坏了规矩，赢家也没意思，这些年她做得大了，更在乎自己的名声……再说，她父亲和男人都死了，虽然有黑道的人给她撑着，可她毕竟在这个位子上，阿韵夫人……何等聪明……"

"我看你并不恨她。"

"是的。我不恨她。我其实还有点儿喜欢她，也佩服她……人啊，真是说不清楚……"

三梅困得打盹，可还在不停地说。后来我知道三梅是寨子里文化最高的姑娘，高中毕业后读了两年电大，读的是化学系，可能和做玉石买卖有关。我告诉三梅我当了十年的电大教师。三梅又惊又喜，一连问了我好些问题，好像我的形象在她眼里骤然高大起来。最后她问我现在究竟做什么工作，我告诉她我在一家电视剧中心当编辑。她听后更加欢喜，十分恳切地对我说应当为佤寨拍个民情风俗片，佤族就是中国的印第安，佤族文化需要抢救，这事儿太急迫了。我说我回去一定向领导反映此事。她真诚地看着我说："等拍片的时候你要来你一定要来，来了之后我要带你转遍整个佤寨，我要带你去沧源那里阿佤人更多，我的……我的男朋友……就在沧源(说到这儿三梅羞涩地笑了一下)，可以让他带我们去看沧源山上的岩画……那里的鸡肉烂饭味道更好……"

提到鸡肉烂饭，我们才从幻境中醒来，我们互相尴尬地看着，不知说什么好。

头人和何顺的鼾声从主间传来，像远方隐隐的雷声。

"我们睡吧。"我说。

"好，睡吧。"三梅说。接着一翻身，就睡着了。

14

　　拉木鼓节果然是个盛大的节日。东方刚现鱼肚白，就有三声清脆的枪响传来。三梅说这是父亲和魔巴（佤族祭司）召集众人的声音。何顺早已起床，穿一身簇新的衣裳在外等候，我和三梅匆匆洗了脸，吃了一点煎荞麦饼，三梅坚持让我换一身佤族姑娘的服装，也是新的，黑底上有宝石蓝色的绣花图案。并且不由分说地为我挂上了银项圈，她自己则依然是那件黑底红花衣服，就那么牵着手，我们走出了竹楼。寨子里的人们都三三两两地往木鼓房跑去，有几个手拿水烟筒的佤族少妇和三梅说笑着，说着我完全不懂的佤族话，还不时笑着向我瞥一眼，我也笑着向她们点头。她们走后，三梅告诉我，她们问我是谁。三梅告诉她们，我是她远方的姐姐。三梅说这话的时候，很骄傲的样子，我心里大大地受了感动。走在前面的何顺似笑非笑地看了我们一眼，好像对我们亲密的样子很不以为然。

　　众人聚在一起后选出了三个人，三个都是非常剽悍的佤族青年。三人手持斧子和火把在前面带路，浩浩荡荡的队伍向佤山出发了。几乎所有的人都穿着佤族的传统服装，男人走在前面，裸露着古铜色或暗褐色的上身，佤族男人个子都不太高但很健壮，其中很多人都背着猎枪。妇女们有的背着孩子，有的吸着水烟，裸露着空荡荡的乳房，姑娘们则个个都披着一头漆黑如夜的长发。无论是男人还是女人，都有着很大很深的眼睛和厚厚的、被槟榔汁染黑的嘴唇。

　　山上的气候依然很凉，浓雾掩映着满目青苍。众人随着魔巴指定的路向前走着。魔巴和头人帽子上的山鸡毛在阳光下闪闪发光。终于，那山鸡毛在一棵大树下停住了。所有的人都用虔诚的目光仰望那棵大树。这时前面三位领路的青年对天鸣枪。

　　"他们在表示一种敬意吗？"我问三梅。"不，他们是在驱鬼。"

"驱鬼？"

"是的。不把鬼赶走，神灵是不会降临的。我们佤寨的木鼓，是我们的通天神器。在这方面马虎不得。"

这时佤山一片静寂。魔巴的咒语从无到有从弱到强终于笼罩了整个佤山。对于佤族人来讲，一年中最神圣的时刻到来了。

15

那棵参天大树倒下的时候响起了无数断裂的声音，这声音引起远山连绵不断的回声。那棵大树转瞬之间被砍成了两米长的一段木料——这便是木鼓的原料了。众人一改刚才的敬畏和沉默，欢声笑语骤然而起。

这是佤族人最欢乐的节日！男女老少喜气洋洋，用绳子拉着木鼓回寨子，边唱边跳。佤族人的歌很动人，即使是最欢乐的时候，那歌声背后似乎也藏着一种悲伤，那好像是一种来自远古的悲情。当他们唱到第四首歌的时候，三梅的眼睛忽然睁得好大，连连用她那铜雕般的手推我："听，快听，这是我的男朋友作的词……听啊。"

这似乎是一首很长的忧伤的爱情歌曲。以第一乐句为基调，旋律时而高亢激昂，好似有人在风雨中呼唤；时而凄恻低回，犹如孤独的泣诉；曲调的线条起伏很大，有一种深沉博大的悲伤。三梅在一旁随歌曲低吟着："……从前有一个孤儿叫萨姆茹翁，他没有兄弟姐妹来相依为命，据说他很小的时候就离开了家，母亲离世他到处寻找远征的父亲，带上父亲留下的长刀和投枪，流浪四方把英雄的父亲来追寻。不知萨姆茹翁流浪了多少时光，如今依然孤孤单单在异乡……"

那个节日的真正高潮是在那天的夜晚，当篝火点燃的时候，头人和三个剽悍的佤族青年敲起木鼓。全寨的男女老幼都围着木鼓狂舞，月光和篝火溶在一起,比白昼还要明亮,这明亮的光涂在赤裸的古铜色和暗褐色上,构成一幅奇异的图画。在这种夜晚无处寻求宁静,所有的人都达到了无我之境。当我和佤族青年们手拉着手,围着圈子里跳舞,并按着节奏狂歌大喊的时候,我觉得自己化作了月光,化作了篝火,像光和火一样流动开来,我知道生命中这样的时刻并不多。

就在这样狂欢的时候,有一辆三轮车悄悄地驶来了。三轮车上有一个穿白衣服的女人。忘了是谁先看到的,有一个舞者忽然停了下来,叫着,但是他的叫声立即被狂歌劲舞所淹没。这时三梅从圈子里冲出来,抓住正在敲木鼓的父亲的手。

阿韵夫人?戴着山鸡毛帽子的头人喊了一声。木鼓声依旧悲怆地响着,篝火依然明亮,着魔了似的舞蹈仍在继续……头人、三梅、何顺和我走出人群迎向那辆三轮车。

阿韵款款地走下来。身旁的女佣搀扶着她。阿韵在月光下更添美丽。她穿一身雪白的麻纱衣裤,上绣古铜色芭蕉图案。柔软的黑发这回没挽成发髻,而是梳成长长的波浪式的发型,环抱着白皙的脸,脸的轮廓在月光下很清晰,眼睛却有些朦胧。阿韵向我们逐个点头微笑,温和中又有些拒人以千里之外的客气。在头人示意下,有人已经拿来了水酒,头人亲自拿过酒坛,用右手递过。阿韵用右手接了,先用双手捧坛轻轻洒在地面上一些,然后接过三梅递过来的吸管饮酒,那女佣在一旁捧着酒坛。我原以为阿韵只是象征性地喝上几口,谁知她就那么静静地不慌不忙地喝下去,好像永远喝不完似的。我惊诧地看看周围的人,连三梅和头人也流露出吃惊的表情,只有何顺神情依旧。阿韵竟然一气喝光了这坛酒。头人和三梅互相看了一眼,又惊又喜。

头人很恭敬地向阿韵行礼。阿韵的脸色有点绯红,但是很清醒。

"阿韵夫人,今天来有何贵干?"

"阿孟头人,我们有好多年没见了。你的女儿提醒我说,我欠你们的一块石货,今天我是来还债的。你们看看货,假如比你们的更好,那么我多余的部分我分文不取;假如不如你们的,不足的部分由我来补足,你看好吗?"

女佣打开三轮车下面的小货箱,里面俨然有一块石头。关于阿韵和头人的对话,其实是何顺后来翻译给我听的。

16

验收石货的场景我至今历历在目。头人并没有惊动更多的人,只是和三梅一起把阿韵迎进了竹楼。我和何顺自然也跟着。

那块石就静静地卧在那儿。看上去和一般的石头并没有什么两样。只是里面似乎透出几条碧绿色。三梅用小手电在石上照了又照,头人用粗大的手慢慢地摩挲着石头。阿韵坐在火塘边,边嚼槟榔边淡淡地看着他们,一语不发。

"这确实是上好的石货。"良久,三梅从石头上抬起头来,对头人说,"你看阿爸,从皮壳来看,这是很厚的老坑种。老话说,宁买一条线,不买一大片,你看看这水口的一线绿,很可能是根色的顶部,说不定还会是苍色呢,阿爸呀,这石头爆青的机会很大呢。"

何顺不动声色地弄来些水浇在石上,用手电细细地照。果然,里面隐隐地出现绿色。

三梅又细看石上所有的凹坑,指着一处灰黑色:"不过,这里有皮包水,有些地方有猫尿和松花,不一定比得上我们那块石货呢。"

阿韵莞尔一笑:"这块石货,是朋友在敝国北方的老坑翡翠矿采掘到的,上个月是我们一年一度的翡翠拍卖会,我也把它拿去试了一下,没想到,美国人日本人俄罗斯人……九个国家里有八个都投标要买这块石货,我想起这笔债要还,就没有卖。当然啦,石货没有打开,眼再毒也有看走眼的时候，三梅姑娘若是信不过，我们当场把石头劈开好了。阿孟头人，你为什么不过过目，生意场上讲不得客气呀！"

这时我才注意到头人一直慢慢地摩挲石头，低着头在想什么，并没有验收石货的意思。这时听到阿韵的话，头人才抬起头来，我忽然发现他眼睛里竟有一点晶莹的东西在闪烁着。

"阿韵夫人，二十年前你和阿泽来到这里，那时候三梅的爷爷还活着，他玩了一辈子玉石，那块石货是他最心爱的，他一天到晚坐着那块石头，石头被磨得又光又亮，寨子里人说，这石头给磨成了精。你们把石头拿走之后，三梅的爷爷夜夜梦见那块石头，老人吃不下睡不着，后来就中风不语，死去了。那一年，是我们佤寨最穷的时候，连饭也吃不上了，就是用你们给的那一点点钱，救活了我们十几个孩子，可是阿韵夫人，你和阿泽都是做大买卖的人，知道什么是规矩！你们那么做，就是明着没拿我们阿佤人当人看哪！……事情过了二十年，没想到我们阿佤人还活着，而且越活越好！你也看到了，过去我们连过年也舍不得吃的鸡肉烂饭，现在平常就可以拿出来待客！我也明白，这些年我们阿佤人好了，是因为国家好了，国家好，我们阿佤人才不受欺负！……今天你阿韵夫人亲自来了，喝了我们的水酒，这是把我们当朋友看哩！是朋友，还讲什么还债！阿韵夫人，你还是把这石货，带回去吧！"

这一番话，有石破天惊的效果。我忍不住噼里啪啦地鼓起掌来。可惜因为是何顺翻译给我听的，所以晚了半拍。

17

阿韵淡淡地看了我一眼，慢条斯理地说："欠债还钱，是我们买卖人的规矩。何况三梅姑娘还为这个亲自去了一趟寒舍。我阿韵做了二十年的玉石生意，在生意场上，没人说过我半个不字，怎么能为这么一块小小的石货坏了名声！债虽是先夫欠下的，但是夫债妻还，也是应当的呀！……阿孟头人，你话说得不错，我看你是个蛮讲义气的人，收下这石货，我们交个朋友吧。"

一直在旁边吸水烟的何顺也开了口："阿孟，阿韵既然这么说了，我看你还是收下吧。不然阿韵心里也不安。你要是实在过意不去，搞些茶叶和木材送给阿韵嘛，也算是做朋友的见面礼！徐小姐，你说呢？"

我忙不迭地点头："这样最好。阿孟头人，你还是听何师傅的吧。"

头人深思良久，点了一下头。阿韵立即站起身来。

"阿韵，你先别忙着走。"何顺从内衣兜里掏出一块玉石——正是沙林那块受到褒贬的紫色玉石。"你帮我看看，这玉很难得辨呢。"

阿韵接过玉石，既没有拿到灯光下照映，也没有用手电，而是细细地用眼睛看，然后微微闭起双眸，把玉攥在手心里，慢慢地摩挲。大概几分钟工夫，阿韵睁开眼："这是地道的紫罗兰种，粉紫，水头又长，我看得有九、十分水的样子，水、色都好，价钱应当在两万上下，可是，这个玉石戒面雕工一般，这里还有块癣（她指向玉石的背面，那里果然有一明显的瑕疵，我们居然都没有看到），再有，这里有个明显的十字裂）她又指向玉石的侧面，那极细微的裂痕肉眼几乎看不见），这样价钱就下来了，也就六七千的样子。"

何顺笑："好，六千块钱卖给你了。"

阿韵连眼睛都不眨，便扔给何顺一叠港元："你点一点，零头不必找了。"阿韵看看身边的女佣："阿三服侍我多年，如今要出嫁了，我正愁没有礼物给她。这块癣和裂纹层面都很薄，稍稍一打磨加工，就是上等的 A 货。"

"可是阿韵，我是三千块到手的呀！"何顺悠闲地吸了口水烟。

阿韵莞尔一笑："那也没什么稀奇。卖主一定是把它当成B货了。紫罗兰种很容易被人当成B货。卖主害怕它是丫鬟充小姐，粉丝充鱼翅，结果恰恰相反，把上好的鱼翅当作粉丝卖了！就是你把价钱压到三百块，也是你自己的能耐，做买卖怎么能不允许别人获益呢？我恭喜你。"

何顺半晌才说出一句："阿韵，你比当年更厉害了！"

三梅用她那漆黑如夜的眼睛盯着阿韵："阿韵夫人，有件事我一直想请教你，为什么你辨别玉石的时候，从来不用工具呢？你就那么看，那么摸，能感觉到什么吗？"

阿韵的目光有点神秘莫测："天地万物都是有灵性的，玉石也一样。我做了几十年的玉石生意，摸到的玉石怎么也得有上万块，天长日久，我觉得它们在我手里成了活物，好像我一碰到它们，触觉就会详细告诉我，它是块什么样的玉，是什么种，是A货、B货还是C货。如果我偶然有判断失误的地方，就会有个声音来告诉我，告诉我错了，错在哪里。你们信也好，不信也好，这是多年练就的本事。当然啦，也是菩萨对我特别厚爱，很多人玩了一辈子玉石，也没有这种功夫呢。……"

我们面面相觑，一时说不出话来。最后还是三梅咕噜了一句："这也太神了！"

阿韵掸掸衣服站起身："好了，如果没什么旁的事，我走了。……茶叶里我只要翠玉毛尖，木材里我只认柚木，阿孟头人，你还记得吧。"

那天晚上我问三梅："什么叫A货、B货和C货？"

三梅边打哈欠边告诉我："A货，就是没经过高温高压的原装翡翠，造化天然，原汁原味。B货嘛，常常是用高温或强酸做过手脚的次货，C货跟B货差不多，是染过色的，我们把染色的翡翠叫作'电色'，这种次货以后一遇高温就会脱色，一点不保值……"

这个晚上没有听到头人和何顺的鼾声。后半夜，我听到有人打开竹楼的门，月光如水一般流淌进来。后来好像是头人打了个哈欠，喃喃地说了一句："好聪明的女人啊！"

18

从孟定回临沧的路上，我对于"难于下地狱"的滇道有了更深一步的体验。到处都在施工，飞沙走石，前方往往是一片茫然，且常常有比45度角更陡的角度需要不断攀登。那螺旋式的盘山道令人头晕眼花，真有一种永远绕下去、永难回归的感觉。何顺倒是一如既往的沉着，仿佛一切都已经历过多次，早已司空见惯。后来终于来到一个叫作"坝上"的地方，车走不动了。从车上望下去，一层层的盘山道堵满了密密麻麻的车，很像一只撒满葡萄干的方形螺旋酥。又令人想起一场即将爆发的战争，铁甲部队占领山头布兵排阵，金戈铁马，穿云破雾。这时何顺像个将军似的走下车去。我犹豫了一会儿也下了车，远远地跟在后面。

这时我看清那堵车的源头，原来是两个司机在吵架，问问旁边的人，答曰司机甲蹭了司机乙的车，把司机乙的帆布篷给蹭破了一块。司机甲提出赔偿十元钱，司机乙嫌少，一定要司机甲掏一百才作数。两人争执不休，调解者和围观者越聚越多，故而堵塞了交通。

何顺穿过人群进入内圈。何顺在人群中显得个子很矮，但依然威风凛凛。奇怪的是，密集的人群一见到他便很恭敬地让道。何顺很不客气地指着两个司机哇啦哇啦地叫了一通，两个司机向他解释着什么，表情竟很谦恭。临沧话我虽是听得不大真切，却也清清楚楚听到了"祖师爷"三字。这称呼吓了我一大跳。

这件事的结果是何顺很顺利地调解成功了：司机甲赔给司机乙五十元。于是铁甲部队开始缓缓前行。我却带着那三个字的疑惑频频向何顺望过去，终于没有看出什么破绽。

午饭是在一个小店里吃的。当地最寻常的炒腊肉干巴、炸臭豆腐干和苦菜汤。我给何顺买了一壶好茶（不敢给司机买酒，只好以茶充酒）。何顺呷了口茶，问我孟定之行的收获，我对他说收获超出原来的想象，主要是认识了三梅和阿韵，对这两个女人兴趣远远超过了对于玉石本身的兴趣。说不定，将来她们会成为我小说中的人物。何顺笑笑问："那么我呢？"

我怔了一下，终于说出自己的疑惑。

何顺哈哈大笑："我说了多少次，他们就是改不了口！……徐小姐觉得奇怪？祖师爷……那是过去的营生了！"

一路上，何顺断断续续讲了关于"祖师爷"的来历。

"我从七八岁上和父亲一起跑玉石买卖，多少年了，大大小小的事情总经过一些。最难忘的一件事是在'文革'后期，那一年我还不到三十岁，那时候哪像现在，改革开放，这么自由，那时候边境卡得很严哩！那时我们就住在孟定嘛。……那天晚上下了大雾，父亲看机会来了，就叫我泅水过河去找阿泽，哦，就是阿韵的丈夫……"

"那时候你就认识阿韵？"

"不，那一次没见到阿韵，见到阿韵是后来的事……这个一会儿再说。哦，那一天好大的雾！对面三米开外就看不见人！我是潜水过去的，很顺利就找到了阿泽。那是我头一回进阿泽的家。那时候中国人穷啊！阿泽的家让我觉得眼花缭乱，还有阿韵亲手做的水酒，我简直吃不够。那天我们两个都喝得很尽兴。后来阿泽就拿出一只名片那么大小的玉如意，说是花青种，是经我父亲看下来的。我看看也像，就买了下来，带的钱不够，还应了他们十盒临沧毛尖。深夜的时候我泅水返回，就在要上岸的那一刹那，不知是哪个大军眼尖看到了我，他大叫了一声：谁?！接着拉开了枪栓，我贴在岸边石壁上一动都不敢动，糟糕的是缅甸边防军也出动了，乱开枪，我受到了两头夹击，在捉拿走私犯方面，中缅的政府和军队历来配合很好。我就那么趴在石壁上，一动也不敢动，不知过了多久，我忽然感觉到，那一阵阵的枪声，实际上都是在浪费子弹，他们并没有看见我。这时我看见河的下游似乎有几只渔船，我又潜入水中，向渔船游去，我入水的时候弄出了声音，枪声更密集了。我看到船老大的时候把他吓了一大跳，我猜我当时的样子一定很吓人。我不由分说地塞给他一些钱，说是在河边摸鱼时不小心落水，想在他的后舱休息一会儿。船老大就给我灌了酒，擦了身……然后他问我，外面为啥响枪？我说我也不知道，我也害怕，他就那么看了我一眼。我觉得他好像什么都知道似的。直到天亮渔船返航。我才傻了眼，只见边境哨所的边防军全体出动，荷枪实弹，齐刷刷站成一排。每一条船，每一个人，都被仔仔细细地查过，检查进行了整整一个上午，结果什么也没查出来。"

"那么，那只玉如意被你藏到哪儿去了?！"

"嘿嘿，我把它藏到一条鱼的肚子里了。"

"什么？藏在鱼肚子里?！"

"是啊，没想到吧？那天船老大一口咬定我是他的亲戚，又没有什么赃物，也就放过了我，我网了几条鱼，当然啦，那条鱼也在里面，兴冲冲往回家的路上走，可没想到，半路上又杀出一队民兵，为首的是个女民兵队长，好厉害呀！她吼住我，一下子把我的一网袋鱼狠狠摔在地上，就在这个时候，那条鱼的嘴一下子张开，露出里面的黄穗穗。这下子糟了！她抓了我一个人赃俱在！……那一天一夜的审讯我真是这一辈子也忘不了！后来就把我给关起来了……"

"那您父亲一定很着急。"

"是啊，我父亲只有我这么一个儿子，他到处托人。那时候还不敢送礼，就是点头哈腰说好话而已。顶多，搞两筒好茶叶吃吃。可这个民兵队长，软硬不吃，硬是不放我。这还算不上什么，最让我伤心的是……"

第二天中午，何顺正坐在审讯室的木板床上打盹，民兵队长推门而入，冷冷地把一个手巾包扔给他。他打开一看，正是那块玉如意。民兵队长轻启朱唇，吐出两个字来："假的。"

当何顺张口结舌的时候，民兵队长已飘然离去。何顺捶胸顿足大呼小叫也无法发泄胸中愤懑。后来他把那块玉砸成了粉末。

被释的第二天夜晚，何顺又偷渡过河，一直找到阿泽的家。

我拿了一把刀，一把宰牛的长刀。我要杀死阿泽这个坏种！我先在门外砍断他几支凤尾竹，又削了他的楼梯，我舞着长刀乱砍，他家的花盆哐啷啷掉下来，摔得粉碎。就在这时候，他家的门开了。一个女人走出来，就么在门边站着，一动不动。先是背着光，只能看清个轮廓，她穿一身白衣裳，上面好像还绣了些花，那时缅甸女人我也见过不少了，可这样的女人还真是头一回见。她往那里一站，真不像个血肉的人，就像一团月光似的在那儿飘飘忽忽，忽明忽暗。后来她转过脸，她的脸在月光下特别白，一双眼睛特别黑，就那么淡淡地看着我，看着我手里的刀，一点点害怕的样子也没有，就那么样，一直看到我拿刀的手发软发抖……她这才轻轻向里面叫了一声："阿泽，有客人。"

"这女人当然是阿韵了？"

"是。"

"您当时一定是爱上她了。"

"那倒没有。……爱是谈不到。不过，多少有点迷上她，倒是真的。因为我从来没见过这样的女人。……关于这个女人，黑道上曾经有很多传说,有的说她有皇族血统,有的说当年她的祖母曾经在饭菜里下毒,毒死了两届英国总督。总之这个女人是有来历的,她可不简单。因为她的缘故,阿泽捡了条命。阿泽赔了我一笔钱,按现在的说法就是一笔损失费,但是我紧接着就用这笔钱买了一块好玉石,正经的老坑玻璃种,后来我把它打成一对镯子,这对镯子现在还在呢,价钱比那时候翻了十倍,所以我劝你要买就买好的,正经的上等A货能保值啊。……"

"后来你们成了朋友?"

"对。"

"原来真正的祖师爷在这儿,我可真是舍近求远。"

何顺笑笑:"说也奇怪,现在边境开放了,搞玉石买卖比先前容易多了,我那份玩玉石的心倒淡了。后生可畏,年轻人厉害得很,现在三梅都要做我师傅了!"

"也可能您觉得太平淡太安全反而少刺激吧?不过刚才您讲的那些太像故事了。"

"你将来可以去问阿韵。还有那个女民兵队长,你也可以去问问她。"

"女民兵队长?"

"对。不过她现在早就不是什么民兵队长了。"

19

我是在何顺家的地下室见到这位当年的民兵队长的。她现在是何顺的妻子,搞玉石研究的专家,叫朱茵。

如果说阿韵的家让人想起玉石博物馆,那么何顺的家就是道地的玉石研究所了。阿韵家是各种精美玉雕,何顺家则是各种石货和半成品居多。且每一分货都由玻璃罩罩着,下面有文字说明,像是一份份矿石标本。各种仪器在玻璃罩的夹缝里林立着。朱茵从仪器和玻璃里站起身来。

朱茵高而瘦,脸上骨骼凹凸很明显,大鼻大眼大嘴,有点西方现代影星的味儿,只是额前已有宽宽的一绺白发。当年女民兵队长的痕迹已荡然无存。朱茵的年龄对于我来说,介于阿姨和大姐之间,所以我逃避了称呼,握手的时候只说"你好"。

"其实,你已经到阿韵家见过世面,到不到这里真无所谓了。"朱茵笑着说。她笑的时候露出两排整齐的牙齿,又明朗又光鲜,我想"朗然一笑"一定指的这种笑。

"可是不一样,不一样……怎么说呢?同样是玉石,阿韵家给我的感觉是神秘,这里呢,给我的感觉是科学。"

朱茵大笑起来。朱茵笑起来的时候奔放洒脱,旁若无人:"说得好!徐小姐你说得太好了!科学与神秘,这正好是玉石最重要的两个特质!我研究了多年玉石,得出的就是这样的结论。阿顺你同意吗?"

何顺笑笑,一边给我倒茶,未置可否。

我转来转去地看那些仪器。我看到有一种长方形的仪器,很像是一面镜子,外面丝绒套子上写着英文:"EMERALD FILTER CGL"。摘掉套子,里面果然是一面镜子,只是镜子的玻璃是一种特制的灰绿色玻璃,我拿起来看了又看,什么名堂也看不出来。朱茵把一块玉石递过来,示意我用这镜子看玉石。我细细看去,茫茫然只觉依然是一片灰绿。朱茵又换了一块石头,看上去是很美丽的翠绿,但在镜子后面,却成了一片粉红色。

朱茵看到我茫然不解的样子,又笑了:"这是切尔西滤色镜,我叫它照妖镜,你看看,先前这块玉石是原色,本身是钠和铝的矽酸盐,含铁元素,没有渗进铬元素,所以照出来仍然是绿的,可是你看后来这块玉石，看着很漂亮，在照妖镜下就露了原形了，因为它这颜色是后染的，加了铬，所以一照就发出红光，你知道，铬本身是会发红光的，这种特殊的镜片可以吸收黄绿色光，只允许红光透过。"

朱茵谈起这些如数家珍，使我完全忘了何顺塑造的那位女民兵队长的形象。朱茵把我领到她那些宝贝仪器边一件件地介绍：光谱分析仪。比重水。……最后才看那台折射仪。朱茵把刚才那块在照妖镜下透出绿色的玉石放在折射仪的玻璃上，上面略涂了一点油，朱茵告诉我这叫接触液。她打开仪器后的小窗口，让光线投射在目镜上，目镜分画尺上的明暗交界处，就是折射率的数据。

你看，折射率证明这确实是真翡翠，而且是上等的 A 货。很多染色冒充的玉折射率很杂。像绿萤石的折射率只有 1.53，铬玉髓 1.54，钙铝石、石榴石 1.72……

世界上有没有一种玉石，可以逃过这些仪器的检验呢？朱茵想了一想："据我所知，没有。"

大概也就是在这个时候，何顺不知从什么地方拿来一块石头，我觉得那石头似曾相识。

你看看这块石货怎么样，阿茵？何顺把石头摆在朱茵面前的桌子上。

朱茵在石上喷了水，用小手电细细照着。这时我终于断定这石货便是阿韵还给佤寨的那一块。我忍不住感叹阿孟头人的心机——他并没有完全相信阿韵。他希望这石货经过科学的检验。何顺看看我，解释似的一笑："徐小姐，你和这石货为伴一路远行，也可以写成一段小说了。"

朱茵照过之后，又推来一架仪器，把石货夹在机器中间，像做 B 超似的把机器上的镜头一次次推压下去。末了儿，朱茵终于从仪器上抬起头来："是皮壳很厚的老坑或璃种，很不错的石货。怎么，这是阿韵赔给三梅的?阿韵如今好大的气派嘛。"

何顺点了支水烟,吸起来。

朱茵的目光却继续在何顺脸上打转:"阿韵还是老样子?"何顺点点头:"老样子。""我就奇怪她这十多年一点儿没变。"朱茵转到镜子前,端详着自己,"我可是老多了。"

朱茵的语调里有一点忧伤,这忧伤使我产生了一种联想,似乎这关系到了另一个故事。是的,我猜想他们三人之间或许是有故事的,只不过并不像现在北京人所说的"闹故事"。这故事不是闹出来的,而是与命运有关的生命叙事。

接下来的事我至今也无法解释:那石头忽然从仪器上掉落,这石头的掉落与何顺有关,但我闹不明白究竟是他有意的还是仅仅是失手。总之那石头落了下来,掉成了两半。从裂开处看,既没有根色也没有苍色。朱茵慌慌地把它拾起来,看了又看,何顺的眉头拧成了疙瘩。

朱茵抬起眼睛:"或许是白底青。"

何顺的嘴角又绽出一丝熟悉的冷笑:"你用你的仪器直一直吧,好好查一查!"

朱茵把灯关掉。我和何顺走出那间房。

朱茵走出房间的时候,很像一个精疲力竭的妇产科医生。她向我们高高举起一块石头的碎片,就像举起一只新鲜的胎盘。

"这是独山玉。根本不是翡翠。"她说。

这结局是我太不愿接受的。我冲上去,拿过那块石片细细地看:透明度很高,上面有一层层翠绿的斑纹,很像高质量的翡翠白底青。

"刚才差点儿也把我骗了。"朱茵说。她疲惫地看着何顺,何顺却避开她的眼光,专心地吸着水烟。朱茵于是转头看看我,像在专家论证会上发言似的:"这种玉色彩分布很像翡翠,俄国专家一直把它错定为翡翠硬玉。直到七十年代末才重新鉴定,是咱们的矿物学家鉴定的，发现这种玉石不过是斜长石、黝帘石的集合体，因为产在河南独山，所以叫独山玉，根本没有翠性，价值比程翠要低得多了。"

阿顺蹲下去，仍然一口口吸着水烟，看不到他的表情。那块石头的碎片在窗口的夕照下十分美丽。

临走时，朱茵和何顺送了我戒面和玉扣各一个，我只要了一个玉扣。这玉扣虽然小，却是真正的白底青。只是因为走得急，忘了配红丝线。何顺在机场上还没忘了说："只要是卖玉石的柜台就会有红丝线，价钱也不贵，你自己配一条好了。"我问何顺有什么事要办，他说希望我帮他打听一下北京的玉石市场行情，他年底要来。

我跑遍全市，在琉璃厂找到一家云南翠玉的专购店，急忙写信告诉何顺，不知为什么他却一直没有回信。倒是三梅来了长信，寄来了她的男友、佤族青年王志军的长诗《萨姆茹翁的神鸟》，希望我帮助推荐，我现在正积极地办理此事，拟办完后再与三梅小姐联系。

至于阿韵，后来我再没听到关于她的消息。时过境迁，我现在常想阿韵似乎并没有什么错：以石易一石，不过是以一种偶然换取另一种偶然。无一不存在着风险，这应当符合商界的游戏规则。不过，有时偶然也潜藏着必然，这里面的奥妙也许极其复杂，也许极其简单——像生活本身一样复杂而又简单。

红丝线竟到处没卖的，每每问起，售货员小姐便冷淡地说："要买连玉一块儿买，我们这儿不单卖！"

所以那玉扣至今仍放在我的抽屉里。

无执

——佛说：婆娑无执

1

那时候太年轻了。她想。

现在老了，总想年轻时样样好，但那时并没觉得好啊。

你在黑龙江五年，是怎么过来的？孙女问。

孙女七岁，正是美好可爱的时候，穿得花团锦簇一般。生于锦绣繁华地、温柔富贵乡的孩子，会不会弱智？

可是什么叫弱智啊？那时候的她，那时候的她们，按照现在的标准，不都是弱智吗？

那时候太年轻，太年轻了。单纯到心无杂念，即便如此，还要"狠斗私字一闪念"。连一闪念都不放过，那是个什么样的时代啊？

2

十六岁的女孩在烈日下锄地。谁说东北永远是寒冷？她在的这个叫作大山屯的地方，冬天虽然冷到零下四十七八度，可夏天的太阳一点儿不含糊。当地人管夏锄叫"铲地"。那根大锄头,有她两个身高。绰号大爬犁的连长在夏锄动员会上说:"我们的口号是大雨小干,小雨大干,不下雨拼命干!"她身旁的阿眉小声嘀咕了一句:"哼,大晴天累死了算!"她忍不住咯咯一笑。

"谁?!刚才谁笑?!给我出列!"大爬犁被太阳晒黑的脸十分狰狞。

她正在犹豫,被什么人在身后轻推一掌,顿时暴露在全连二百个知青的目光中。

她其实还没满十六岁,皮肤薄得就像包羊羹的那种薄纸,白,半透明,一双占面部比例太大的眼睛,好像一整块深不见底的黑水晶,小鼻子小嘴分明还停留在儿童期。如以往一样,在最难堪的时刻,她的脑子里又出现幻觉——大爬犁变成了一个红皮肤长着满身狮毛的亚力安人,站在那里口沫横飞兀自咆哮,下面全是举着盾牌的兵士,似乎那些吐沫一喷出来便可化作无数铁钉。

大爬犁没有再搭理她,接着训话。大爬犁说八号地的每根垄长十四里,"一人儿一天包一根垄,包到头儿!谁也不许接谁!过去俺们连有这种情况,这给某些同志造成了一种依赖性!都吃一样儿的大茬子饭,咋不能干一样的活哩!……到不了北河套,哭也得给我哭出来!"——北河套是那十四里的终点。

如果说那五年记忆中还有什么亮点,无疑便是北河套了。

北河套美,美得奇幻。最美的是那些水泡子,碧蓝碧蓝,深不可测。听说外连有女知青晚归,迷糊了,看见那么美的水泡子就跳下去,本意是想洗个澡,但跳下去就没影儿了,只看见咕嘟嘟冒了一串儿水泡就消失得无影无踪。听了这个故事她就暗想:这水泡子下边一定住着水妖。水妖,滴滴答答披着薄纱水母般的披风,生着灰色的脸,鲜艳红唇,碧绿眼睛。她心里关于水妖的形象不知如何来的,肯定不是从小时候看过的童话书里来的,那时的童话书,没有那么鲜艳的颜色。

在一个暗夜里，或许可以遇见水妖，她想。

3

毒太阳正当头，她全身的衣裳都湿得贴到身上，可以拧得出水。

每一锄下去都要使尽全身的力气，渐渐地觉得自己的身体不再是身体，肉体变成了机器。让一具柔软的肉体变成机器，是一件很困难的事。

少女的肉体是上帝最宠溺的造物。细细想想吧！那样优美得无可名状的曲线，恰似造型最美的长颈花瓶，让一个花瓶颈子一般的细腰，不断地起起落落劳碌繁忙，最后重得像石头，硬得像铁，腰就不再是花瓶颈子，而要变成水桶，变成"柳罐儿"（东北打水的器皿），才能经得起那样的重。

可她那时，腰围才一尺六寸，堪称杨柳细腰。冬天漫长，穿着棉大衣也就罢了，现在只穿了一件衬衫，又被汗水渍住了，那种美丽的少女曲线毕现，就特别打眼了。

第一个注意到她身材的是排长陈段喜。段喜是天津老知青，瘦，干瘪，永远是一种暴露前额的发型。前额宽大，有一根横纹贯穿。一双眼睛略有点对，常常透出一种冷峻，仿佛"阶级敌人"无处不在似的。如今这双略有点"对"的冷峻的眼睛，长久地盯在她身上了，然而她却浑然不觉。

只能怪她太愚钝。——陈段喜不是没有预警过。前些时陈排长段喜专门找她谈了一次心，指出她有"骄娇二气"。"骄娇二气"这个词在当时算是"人民内部矛盾"中很重的词了，并且陈排长说"知道你郑小米是资本家出身"这样的话。当时她一怔，申辩说："我爸是教书的。"但是这句话很快淹没在陈排长压抑着怒气的指责之中。很明显,陈段喜同志并不想与这个看起来娇弱可人的女孩交流。她长成这样,本身就已经得罪铁姑娘式的陈排长了。

一眼望不到边的黑土地啊!她终于扬起酸痛的颈子,望着遥远的十几里外的远方——一个人影儿都看不见了,她知道,她被全连的人甩到了最后,中饭,又吃不上了——夏锄时节是连里派老牛车送饭,饭送到人群集中的地方。由于头几年遇到十年未遇的特大涝灾,收上来的麦子都被水泡过的,发了芽。发芽的麦子碾成的面粉蒸成馒头是黑而黏的。不是像年糕那样的黏,而是一种让人恶心的黏,一句话,不是饿极了的人,是一口也吃不下去的。

她早饭吃了一个馒头一点咸菜。咸菜是阿眉给她的。阿眉睡她旁边,算是最近的人了。全排两张大通铺,每张铺睡十九个人,一共是三十八个姑娘。睡起来比肩继踵,头碰头,脚对脚,翻个身不容易。她要了最靠里边的位置,原以为相对有安全感,谁知最可怕的便是这个地方——因有个大凹槽权且冒充壁橱,全排人的箱包都堆在那里,久了,便能听见里面咯吱吱的声音。常常,一清早会有人发出尖叫,昨儿忘倒的洗脚水里,泡着一两只硕大如犬一般的肥耗子!

她便每天都睡不着。冬天,会有天花板的冰凌砸在她的脸上,生疼生疼。细小的呼噜声此起彼伏,外面是极其恐怖的大风雪的呼啸,可这一切的声响,盖不住她最细脆的神经末梢能听到的、来自"壁橱"里"咯吱吱"的声音,她觉得全身的毛孔不断张大又缩小,鸡皮疙瘩起了一身又一身。幻觉中似乎一只老耗子精从"壁橱"里蓦然蹿出,飞也似的踏着每一个女孩娇嫩的脸昂然走过,尖利的小脚尖儿细过现在最细的高跟儿,仿佛还露出白生生的鼠牙回眸一笑,十分狰狞。

白天不吃饭,夜里睡不着,她瘦得像一支大扫帚苗儿,虽说风吹就倒,可到底还是活下来了。多年之后她依然诧异自己的生命力。其实所谓生命力,不过是一些神秘的液体在体内悄悄流动,虽说是悄悄的，可也是相当勇敢的、莽撞的、不顾一切的。

可在那时，她觉得身体里那些莽撞的，似乎时时要冲出来的液体充满了罪恶感。来了半年多了，她没跟男生排的人说过一句话，连每月三百二十大毛的工资，也都由别人代领。漫长的冬天，她总是戴着一顶巨大的驼绒帽子，那顶帽子大到盖住了她半张脸。持枪排的男生因为离她们最近，早就注意到了这个女孩，从没听见她说话，打饭的时候只能看见她的下巴颏儿，那个下巴颏儿比别人要白，是没有血色的苍白。现在终于看见她的脸了，看见她那儿童比例的五官，还有占了一半脸的大眼睛，活像当时的洋娃娃，特别是，无论她的目光如何躲闪，那黑扇子般美丽的长睫毛是藏也藏不住的。于是持枪排的男生给她起了个外号叫"少先队"。他们叫她少先队的时候，俨然觉得自己已经是"共青团"了。

那时候，别看是个禁锢的年代，其实男生们常常议论女生。特别是，在那个黑灰蓝绿的时代里，有一点点特殊的女生。

4

只有一个男生例外，他绝不议论女生，而且永远会出面制止议论。他叫任宇，持枪排排长。

持枪排也就是一排，自然是全连最拔尖儿的。出身好，表现好，根红苗正。

而任宇，还远不仅仅如此。他能负重跑三千米，穿越三十米铁丝网来回十次，越野行军。野外生存。率领全排突围反突围。最厉害的是，他是全师顶尖的神枪手，可以说是弹无虚发。这一切让他在男生里享有崇高威信。而女生们，更是远远地把倾慕的目光锁定在他身上。

当然，按照连领导的说法，他也有毛病。最大的毛病就是"护犊子"。凡他排里的人，都是他的兄弟，有毛病没毛病的，他一律护着，天大的事，他私下找谈心，绝不允许连里批评他的弟兄们。连长指导员私下交换意见："这不是江湖气是什么？"可当着他面儿竟不敢说。这当然是因为，他们在好多方面要仰仗他为连里办事儿挣面子呢。

一九六九年的冬天，黑龙江大雪封山，冰天雪地。到处都是一片战备的狂热。"深挖洞，广积粮，不称霸""备战备荒为人民""准备打仗"这些让人惊心的大标语，写在了连队的土墙上。动员会开了几次。几乎每个人都相信战争就在今冬明春打响，何况，这里距离"苏修"的领地，只隔着一条乌苏里江。

"同志们，我们刚刚获悉苏修空投特务已在附近着陆。"大爬犁的声音在朔风里飘响，"我们要发扬一不怕苦、二不怕死的革命精神，抓住外国特务，保卫祖国边疆！……现在，目标，九号地，跑步前进！"

她全身的弦儿都绷紧了。苏修特务？这可不是闹着玩的！蒙眬的睡意一下子消散了！从小就受到的革命英雄主义教育在起作用了！一股热血在心头萌动。她拼命地跑，不断用笨拙的大棉手套揩去挡住视线的白色冰霜。狂风奋力地掀起厚厚的积雪，然后把它们扬向整个世界。塞满乌拉草的棉胶鞋踏出一个个黑洞洞的大脚印，然后，又迅速被大雪淹没了。

突然，脚下一滑，她忽悠一下落下去。是个松软的大雪坑。还没来得及出声，暴风雪就没过了她的胸口。她拼命抓住一根老树的枯枝。

"卧倒！"狂风刮来断断续续的口令。

她仰起头，看到夜空中并排驰过三发照明弹。

"喂，已经喊继续前进了，你怎么还不起来？要冻僵了！"

一个高高的黑影，一步蹿到眼前。压低的栽绒帽子下面，是一双英气逼人的黑眼睛。

一股热流一下子蹿到胸口,竟然没碰上他伸过来的手,她就从雪堆里钻出来了。她知道这是一排长,这还是她第一次这么近地看到他的眼睛。是的,只有眼睛,因为大家都戴着帽子和口罩。四目对视,只有刹那,可能连刹那也没有,因为她像被烫了一下似的瞬间就移开了眼睛。

东北的大烟儿泡真叫冷啊!那是一种刻骨铭心的严寒。仿佛五脏六腑都冻得凝结在一起,连语言动作也冻僵了似的变得缓慢。前几天,气温竟低达零下五十二摄氏度!就连最不把老天爷放在眼里的大爬犁也下令停工一天。这天凡是外出的人脸上都冻起了大泡。戴口罩的就更惨了。一揭口罩,竟生生能揭下一层皮!几天后,化脓流水,奇痒难熬,不少人脸上都留下了暗褐色的瘢痕。

"喂,是一排长吗?"她看到一个黑影挡住去路,听声音正是大爬犁。

"是我。什么事?"

"你马上集合男知青,到连部开批判会!"

"啊?!"

"快!刚才你们一排的向辉把我给打了!这件事性质严重,要马上处理!"

"向辉?不可能!到底为什么?"

"今晚是连里布置的军事演习,事先没通知各排,目的是考验大家。我化装成苏修特务蹲在9号地桥墩子底下,没想到你们一排那帮愣小子,妈了巴子的!杨华上来就把我给扭住了!向辉左右开弓,打了我好几个大嘴巴子!……依我看,这是向辉搞阶级报复!是报我上回抓他偷听敌台的仇呢!……谁不知他爹是驻外大使?哼,里通外国……"

"连长,你这么讲毫无根据!我敢保证,向辉肯定不是故意的,大家都是出于对苏修特务的义愤,这可以理解……"

"任宇同志,你不要总是袒护你们北京知青,你……"

"这根本不是什么袒护!……连长,我认为你应当有点涵养,为这件事开批判会,只能降低连干部的威信!……"

"那……他就白打我了?"大爬犁像刚遛完场的马似的呼呼直喘粗气。

"你就当他是打苏修特务呗!"他竟爽然笑起来,"反正开批判会我们排不参加!"

任宇的声音在风雪里飘飘摇摇传进她的耳朵,她竟然差点笑出声来,竟然有了一种久违的周身通泰的喜悦。

前面,有人在漫天风雪中唱起《兵团战士之歌》:"沿着田野,沿着群山,铸起那钢铁的战线,英雄的队伍阔步向前,去建设边疆,保卫边疆,啊,光荣的生产兵团,英雄的生产兵团,当年开发过南泥湾,革命传统代代传。一手持枪去战斗,一手握镐来生产,永远战斗在反修的最前线,战斗在反修的最前线!"

5

旷野无人,孑然一身——大部队已经把她落下很远很远了。

她瞭望四周,确保无人,才敢把自己汗湿的外衣脱下来,拧了一把,又一把,拧出来的汗水足有小半盆,谁信?拧干了穿在身上,风一吹,她竟打了个寒噤,这时才突然察觉——原来晌午已经过去了,云彩慢慢变灰了。远处,似乎有着一种若有若无的呼哨声。时光回溯四十余年,我们可以看到当时的画面:广阔无垠的黑土地上空是一股浓灰的云,巨大无垠的空间中有一个小小的人儿荷锄站立,湿透的衣裳铠甲般包裹着她,一双迷茫的儿童式的大眼睛眺望着远处——那是她需要达到却永远也达不到的终点。

女孩是水做的，她的汁液随着汗水快流光了，流光了就会变成一个干枯的小人儿。连队是仁慈的，每隔一里地就放了一个大水缸。她看到前面的水缸就扑了过去。水缸是躺倒着的，先行者们已经喝光了里面的水，她趴下去，像条小狗似的钻进水缸里，水缸里还剩了一点点水，主要是泥沙。她一口气把剩水喝完，和着泥沙。

生命真是顽强，怎么样都能活下去。冬天，零下四十多摄氏度的天气，寒风呼啸，天花板上全是一米多长的冰凌，可是没有煤烧。团部下文件说因为北安那边只运送战备物资，没有闲车送煤。总不能眼睁睁地冻死，就有聪明人想了个办法——去雪地里刨豆秸！——那些秋收之后剩在田里的豆秸救了他们的命。他们的年纪最大的二十二岁，最小的只有十五岁，就是她，她刚刚在去冬来了初潮，可是陈排长决不因了这个而对她有一点点姑息纵容。陈排长永远用疑惑的斗鸡眼盯着她，随时准备监督她、揭发她、批判她！当时是十一月，十一月的天气，大山屯儿已经冰封雪飘了。陈排长说，今天的任务是下冰河捞麻。全体女生都要下，大家要发扬一不怕苦、二不怕死的革命精神！她因为害怕，扯了陈排长在一旁吞吞吐吐地说了自己的特殊情况。陈排长的嘴角立即浮起不屑的冷笑："全排十来个人都来例假，就你金贵?!"她说这话的时候声音那么大，简直可以说是大喊大叫，她羞得无地自容，仿佛内心最见不得人的秘密被人窥破，半晌无法抬头。那次下冰河的结果便是，她的初潮被憋回去了，从那时起再也没来。她心里害怕，但又因害羞不敢对任何人启齿，包括离她最近的朋友阿眉。她只是觉得，每月有那么几天，小腹胀痛得几乎无法忍受，疼得实在受不了。她便冒着风雪跑到离宿舍最远的八号地，放声嘶喊。

不过她从来不哭。在所有人的记忆中，在许多年后的聚会上，当年的女生排——现在的老太太们都异口同声地说，从没见她哭过。她们现在说这话，满怀对她的钦佩。但在当时，她从不掉泪也是罪状——在忆苦思甜会上，老贫下中农的回忆让所有女孩落泪，除了她。

因此众人断定她内心冷硬，即使不去理会，她也仿佛能听见众人的纷纷议论。

她的幻觉会及时跳出来帮她——她把自己想象成俄罗斯童话里的雪姑娘，雪姑娘可以变成冰姑娘，对现实的一切视而不见，从里到外，冷硬如铁，坚不可摧。——可这完全是她的想象！即使是雪姑娘，她也是个溏心儿雪姑娘！心里的热气永远是不听话地往外涌，好多时候，她很想大声唱歌，就像小时候洗澡时那样，趁着放水时哗哗的声音，放声歌唱。

可是眼前，这一望无垠的黑土地，后面紧跟着的质量检查团，却让她插翅难飞了。

她明白必须克服困难，继续用柔弱的双臂握紧锄把，一锄一锄地锄掉那些杂草，留下中间那些碧绿碧绿的小禾苗，就在眼睛被汗水杀得生疼，双臂痛得要断掉似的时候，她突然想起当时常说的话："宁要社会主义的草，也不要资本主义的苗。"想到这句话，她突然笑起来——一朵鲜花般的笑刚刚绽放在女孩的嘴角上，奇迹就出现了。

——前面的垄上，全部都锄好了，土翻得很深，锄得很细，全部都是苗，没有一根草。

啊，神灵终于降临了！她瘫倒在地，向着北河套的方向，双手合十，一定是水妖在黄昏出现了，水妖大大的屏风般的裙子一扫，所有的草就都没了。

6

春天时曾去兴安岭伐木。

她当时异常兴奋，小学时课本里学过《富饶美丽的大兴安岭》：

……大兴安岭是我国最长的山脉之一，长约一千七百公里，最高海拔约两千米。林区面积达二十二万平方公里，年产木材三百多万立方米，是我国四大木材生产基地之首。

……大兴安岭地处我国高纬度地区，气候较寒冷。许多树木不宜在这里生存，所以树种比较单纯。但这里夏季多雨，日照时间长。在大兴安岭的峰峦沟壑中，到处是由高大的落叶松构成的林海。在茫茫林海中还生长着针叶樟子松、阔叶树、白桦、栎、杨、水曲柳、红柳等树木。

大兴安岭的落叶松是一种高大的落叶乔木。它的木质坚硬，耐腐，可以用于建筑、桥梁、矿山、铁路等建设上。它的树皮还可以提取烤胶。

在林区众多的植物中，杜香、蔷薇、榛子、山丁都是人造板的好原料。黄芪、柴胡、沙参都是极好的药材。各种野花遍布山岭。

大兴安岭的动物种类也是繁多的：大型的珍贵动物有黑熊、棕熊、驼鹿、梅花鹿……珍贵的毛皮动物有水獭、紫貂、雪兔……鸟类有一百多种，其中飞龙是珍禽中的佼佼者。

大兴安岭地下的矿藏也相当丰富。已探明的有黄金、铅、锌、铍等。

茫茫大兴安岭，满山遍野都是宝。美丽富饶的大兴安岭多么令人向往和自豪啊！

这篇课文，她能一字不落地背下来。可以说，她当初积极报名去黑龙江，瞒着父母自行消了北京户口，一大半是受了这篇课文的诱惑。至今记得去销户口的情形.北京的警察，一口京片子，一老一新，一搭一挡，说相声似的拦着她："我说小孩儿！"新的说："这北京的户口可就是金子，金子都买不来，你可得想好了，你这一销，可就没了！"老的吸一口烟："跟你父母商量了吗？""商……商量了！"她说谎话向来结巴。"你父母能同意？别蒙人了小孩儿，你蒙人还差着火候儿呢！"老的把烟头一掐："要不把你父亲办公室电话给我，我给他打个电话？"

——她一听就急了："求求您了叔叔，您就给我销了吧！我们学校军代表都同意了——"

"那你为什么不等着学校集体销户啊？"新警察转得也快。

那天一直到他们下班，总算把这事磕下来了。父母知道后陡然色变，长吁短叹，彻夜未眠。可这个从小听童话长大的女孩，青春的血比同龄的孩子更热，热到沸腾——直到见识了真正的大兴安岭的时候，才感到了刺骨的严寒。

——在凛冽的春风里她听见男知青在喊着"顺——山——倒——"，"逆——山——倒——"这是伐木时喊的号子。可这些青春期的孩子们谁又能想到，正是一个号子的错误，竟夺走了一个年轻人的命！

一排的向辉，曾经被大爬犁冠以偷听敌台全团游斗、后来生生被任宇保下来的那位，听见顺山倒号子的时候正站在大树的对面。万没想到应当喊的是"逆山倒"。

正正砸在后脑勺上。她第一次看到白花花的脑浆。一切来得太快，还没等她反应过来，天雷擦地火般地，一排长冲过来就背起了向辉，向八里路外的医务所狂奔。大家只是怔了几秒钟，就疯了似的跟着跑起来。八里路啊，还是凹凸不平的路。她趔趄地跟在后面，能够清晰地看到一排长的衣服已经被汗水湿透，旁的男生要换他，他却死也不撒手。

他们远远地就开始挽袖子："大夫，抽我的血，抽我的！"

"我是O型！万能输血者！"

她也挤到前面去，挽起一只雪白的胳膊："大夫，我和他是同一血型！还是抽我的吧……"

——她至今记得那位中年大夫冷漠的脸："人已经死了半个钟头了！输什么血啊？没听说脑浆子出来还能活的！你们有没有点常识啊?！"

怔了片刻，哭声才爆发。

透过蒙眬的泪眼，她看见所有人都痛哭失声，连闻讯赶来的大爬犁也张着大嘴嚎啕。只有一排长一滴泪也没掉，他一动不动地站着，脸色苍白，连嘴唇都是白的，满脸汗水滴答着。但是眼睛里有一种痛，一种被封住的冰冻一般的痛，让人害怕的痛。两只眼睛就是两坨冰，背后藏着漆黑的夜。

他站着，站成了一座雕像。

7

黄昏的北河套，美得迷幻，美到让人无法相信。

丛林，灌木，碧绿的长满苔藓的塔头。蓝色透明的水泡子。深色和淡色的野花。成熟和没有成熟的浆果……在夕阳最后的余晖里，有着一种非人间的气息。

以前，她会在一个个塔头上蹦来蹦去，跳过那些奇幻而危险的水泡子，柔软的身体会像风中的乌拉草一样扭出各种曲线和弧线，那是美丽的少女之舞，浑然天成，不可复制。

可是今天，上帝没有给她慢慢欣赏这美景的机会，因为全排的女生围成了一个大圆圈，陈排长前额上的那道横纹毫不留情地暴露着，斗鸡眼里闪着琢磨不透的光。陈排长对她说，到中间去吧。于是她就坐到了中间，盘着腿。那个整齐的圆圈围绕着她，像个曼陀罗坛场。

接下来发生的事令她猝不及防。陈排长大声说:"今天,我们开这个会,是本着惩前毖后、治病救人的态度,批评和帮助郑小米同志。连长在动员会上反复强调了,一人一根垅,爬也得爬到头!谁也不许帮谁!郑小米出身于剥削阶级家庭,满脑子资产阶级思想,又不注意思想改造。在劳动中怕苦怕累,依赖性强,对连里的规定阳奉阴违……在接受再教育方面,一贯非常差劲!前几天大家已经看到,全连是谁落在最后!可是今天,她居然跟大家伙儿前后脚儿到了!奇怪吗?不奇怪!!是有人帮她!郑小米,你说说,到底是谁在帮你!大伙儿也帮着挖挖她这种资产阶级好逸恶劳的思想根源……"

她觉得像是坐在一个闷罐车里,周围是一片嘈杂的喧闹声。她记起很久以前的一个中午,梦见自己走进一个奇异的世界,周围奇形怪状的留声机发出不谐和音,醒来之后,她发现自己被冷汗湿透了。

一个接一个地发言,人们的嘴一张一合,好长时间她不明白她们在说什么。看着陈排长那慷慨激昂的样子,她蓦然想起麦收时壁报上曾登过两封家信:一封是阿眉的"反动"家书,另一封是陈段喜的革命信件。

"大家普遍想家,到处一片哭声。"阿眉写道,"这里的医疗条件很差,听老同志讲,前些时有几个青年因为拉痢疾,无药治疗而死。这儿的水缺钙缺碘,容易得大骨节病,特别是体弱的。妈妈,请您给我寄来一点钙片和维生素吧!来这儿以后,连里没放过一天假,庄稼多,(占地七千多亩)人手少,所以每天的活都很重很累,这里的伙食简直无法下咽,馊菜、冷馒头,还蒸得半生不熟,黏黏糊糊,上星期,竟然让我们吃了一次豆猪肉……"

其实这封信是阿眉写完了又撕碎扔在地上的,可不知怎的被洞察一切的陈段喜截获了,竟花了一晚上时间拼贴好,交到了连部。

陈段喜的革命家信被抄成漂亮的长仿宋,作为鲜明对比放在这封信旁边。

"……今天是伟大祖国成立二十周年的光辉节日,在这举国欢腾的大喜日子里,我们边疆儿女挥动红彤彤的红宝书,千言万语涌心头,心潮激荡喜泪流,千言万语汇成一句话,敬祝我们伟大领袖毛主席万寿无疆!万寿无疆!

"……每天早上,太阳还没起身,起床号就吹响了。我们披着朝霞,踩着露水,迎着东方冉冉升起的红日,……看我们的广阔天地,黄的是麦子,红的是高粱,新翻的土地黑油油……

"战争也许就要在今冬明春爆发,前方的战士需要粮食,我们要做好充分思想准备。……爸爸来信嘱咐我的话我一定注意,越是在政治空气不浓的地方越是要注意改造自己……我想我们一定能用自己的双手,打出一个红彤彤的新世界!……"

两封信公布出来之后,阿眉一个人深夜跑到井台去跳井,还是她睡觉警醒,跟踪而去,死拉活扯地把阿眉拽了回来。

接着是一个接一个的发言,调子越来越高,发言变成了"声讨"。奇怪的是,她并没有怎么痛彻心扉的感觉,只是有些晕眩,越来越晕眩……

后来轮到了阿眉,她呆呆地想,无论如何,阿眉是不会说的,无论如何……

可阿眉开口了。阿眉不但说了,说得比别人更狠!"其实,我早就想揭发郑小米了!大家都吃的一样的饭,为什么她就该特殊,就说大家轮流给排里挑水这事儿吧,我注意好久了!好几次都是男生帮她挑到门口儿!……还有,连小豆子都能扛一百六十斤的麦包上跳板,凭什么她就不行?背个一百斤一袋的尿素还闪了腰,显她腰细是怎么着?……"

突然,阿眉拿出了一本书,扬了扬——那是一本破了皮儿、卷了页儿的书，她一看就傻了！

那是《一千零一夜》——她从北京带来的，唯一的精神食粮。全排传着看，所以破了皮儿、卷了页儿。但是现在作为罪证，阿眉翻开的是那关键一页的插图："脚夫和第二个巴格达女人的故事"——那个女人是裸体，而且是全裸！

那个巴格达女人的雪白肉体，在黄昏微弱的光中格外刺眼。

全排轰地一下炸开了！她的脑子也随之炸开了！那些奇形怪状的留声机发出的不谐和音如同恶魔的低啸，在她身体里的最深处翻江倒海。所有鄙弃的眼神和唾液带着铺天盖地的毒素，淹没了她。

她依然在发呆，不大相信眼前的事实。她自救的方法是脱离现实而飞到一个莫名其妙的地方。她突然莫名其妙在想起了一首歌，一首童年时的歌。"六月六，狗洗澡，河堤柳梢知了叫……"这大概是因了她的眼睛一直盯着北河套那蓝色的水泡子。很想跳进去洗个澡，于是想起了"狗洗澡"。

那一天，天已经完全黑了，六排的女孩们才荷锄返程。她想，大家一定都很恨她，由于她的缘故收工晚了。她双腿发软，几乎无法走路，但是必须要离开这儿——北河套夜间有狼。她不怕死，但她害怕死无全尸。

重复率太高的话还在余音绕梁："到底是谁在帮你?!"

"一定要揪出这个帮她的人！"

"真没想到，小小年纪，思想意识这么肮脏！"

"万没想到她会看这种黄色下流的东西！"

"咱们要挽救郑小米！"

"这样的人没法儿挽救了！战备这么紧张，她倒在那偷看黄书，已经完全丧失了一个青年人最起码的觉悟！"

"帮她的人，一定是她的相好！恶心！"

"到底是谁在帮你!"

"说啊!到底是谁在帮你?!"

……

是啊,到底是谁帮了我?她在黑暗中默默地想:"真的是水妖吗?"她展眼望去,月亮升起来了,水泡子在星月的辉映下绿光莹莹,很像她想象中的水妖的眼睛。

但是无论她怎样想靠幻觉救命,似乎这回已经救不了她了。她觉得自己吞下了一根刺,一根在心里不断膨胀起来的刺,越刺越深,那种剧痛让她无法吞咽,她知道她的心已经被那根巨刺刺出了血,血在流淌,越流越急,无垠的黑土地已经空无一人,她知道她必须大声唱歌,不然心里的血就会从嗓子里涌出来了!

"六月六,狗洗澡,河堤柳梢知了叫……知了知了要知道……"

前面遥远的黑影子频频回头看她,大概以为她疯了。

8

第二年春天她收到了一封信。此前她只收到过家里人的信,信封都是一律的白信封,邮票都是规规矩矩地贴在右上角,一看就是爸贴的,爸集邮,当时已经有三个大集邮册。她每次接到信,都把邮票剪下来,然后泡在水里,待邮票与信封在水中分离之后,把邮票贴在墙上,干了揭下来,就是一张平平整整的好邮票。每攒上四五张,她就往家寄一次。可是这一回,是厚厚的牛皮纸信封,落款上写着"内详"。上面地址倒是写得对:黑龙江省大山屯县建字 106 信箱一营二连,郑小米收。字写得很有力气。

所谓"建"字,就是指黑龙江生产建设兵团的一师,"建设钢铁长城",是这六个师分别的代号。106,就是一师六团。

邮票，贴的是后来变成天价的"祖国山河一片红"。她小心翼翼地拆了信，把邮票剪下来，按老规矩泡在水里，不知为什么，她有点怕，不敢马上看那封信，好像预感着有什么要来临似的。她悄悄把那封信放在内衣兜里，——那是临来时妈妈给她缝的兜。妈妈说，钱和粮票一定要放在内衣兜里，免得被人偷走。当时的钱和粮票就像命一样贵重，没了这两样东西，就是个死。

直到深夜，三十几个女孩的大通铺发出集体的轻微呼噜声的时候，她才慢慢打开电筒，在被窝里展开那封信，她看见那薄薄的信纸在激烈地晃悠，但是那些字还是看得清清楚楚：

郑小米：

你好！

接到这封信你一定很意外吧？我是原持枪排的，现已当兵。现在部队的营地给你写信。

咱们连二百多个知青，一直觉得你挺特别的。听过你唱歌，当时我在排里擦枪，看见你在井台打水，辘轳冻住了，你打不上来，我以为你会哭，可你唱起歌来了，好像是外国民歌二百首里的，好听。我出去帮你摇辘轳，可你连头也没抬，连看也没看我一眼，也没说谢谢。你真挺怪的。后来几次，我还是出来帮你，你还是没抬头。可能，你到现在还都没认识我。

印象最深的那次是铲地。我看连着几天你都落在后面吃不上饭，就帮了你，靠着北河套给你留了五十米。那天晚上我在八号地头等了你很久，想跟你聊聊。一直到很深的深夜，忽然听见有人唱歌。看不见人影，但是听声音，断定是你。

你别生气，歌虽然好听，但是在那个夜晚，有点瘆得慌。

吹熄灯号了。写到这吧，如果你愿意，我想和你保持联系。

通信地址：…………

祝 好！

任宇

一九七一年五月二十九日

那封信纸晃悠得更厉害了，好像听见自己"咚！咚！咚！"的心跳声，像定音鼓，像是风暴前的潮汐。

原来是他在帮我?!

原来是他在帮我!

我怎么会不认识他？全师最帅的男孩，按现在的说法，是全师女孩的偶像，他怎么可能留意到我?!

她在黑暗中醉倒了，脸色酡红，少女肉体最深处的那股神秘潜流一下子窜到了全身的经络细胞，乳头发胀，小腹隐痛，私处濡湿，四肢都在不可抑制地颤抖，她突然睁大眼睛看天花板。这才注意到天花板上的冰凌早已融化，现在是春天。但即使把眼睛睁得再大，也无法抑制汹涌喷出的泪。泪水把眼前的一切都模糊了。从小无论看书还是看电影的时候就是这样，当主人公受苦受难的时候她会硬扛着，可是当主人公在困厄中突然有了爱，有了救助，有了希望，她就会如释重负，泪如泉涌。

她想高声嘶喊，失声痛哭，可现在是半夜三更，姑娘们都在熟睡，她只好轻轻起床，穿着衬衣裤就冲了出去，一口气跑到了八号地，大声呼吸，和着无法抑制的泪水。可这时她不想哭了，她看见东方的黑暗处渐渐变灰，渐渐有了第一丝暖色，渐渐有了明亮的霞。她欢跳着走进霞光里，觉得身子轻得随时可以起飞。

活着多么好！

头年那次批判会，直到凌晨她才走到地头。远处，打夜班的康拜因还在隆隆地响。她有了主意。

她把自己藏在一堆高高的麦垛后面,那是康拜因的必经之路。有这一垛麦子挡着,驾驶员再高明也看不见她。

可是,是上天不愿意收她么?!

——完全没有想到,就在康拜因距麦垛只有一米远的地方,驾驶员突然停车跳了下来,点了一支烟,慢慢抽着。好吧,他确实需要休息。可是她盼啊盼啊,好不容易吸完了,随手把烟蒂扔出去,却正巧扔在了麦垛上!

她看见了那些暗红色的光芒,听见了劈啪作响的声音,她知道麦垛们是连着的,当时是盛夏。干燥,火爆,一烧就要火烧连营!可怕的事就要在眼前发生了!

后面的事大家猜也猜得到了,她和康拜因驾驶员一起救火,他们用以前在场院打火的办法,把外衣脱下来,用衣服狠狠地抽那些蹿起来的火苗儿,在它们还没有烧成熊熊大火之前,只有这一招儿了!

嫩得掐得出水的小手,被无情的火苗儿撩过,那种疼痛竟然让她觉得自己化身成为水妖。是的,她就是那些美丽的水泡子里盘踞的水妖,她觉得自己正披着水妖的灰色披风,披风一卷,那火就熄灭了。

肉体的疼痛似乎缓解了她心里的疼痛。

真的熄灭了呢。驾驶员千恩万谢,但是驾驶员也在心里纳闷儿,深更半夜的,这小女孩难道是天上掉下来的?!

——那真是个神话的时代啊。

9

那你后来回信了吗?孙女问。

她摇摇头。没有,当然没有。在那个年月,怎么可能回信。

在那个年月,他的举动已经相当于一位勇士了!

可她不是,有时她勇敢——面对批判的时候;而另一些时候她胆怯——面对情感——因为她太在乎。

但是很久之后她知道了一些相关情况:原来,陈段喜一直在暗恋着任宇。为了他,她做了许多。也正因如此,当她发现是任宇在帮郑小米的时候,一股血冲到头脑上,几近崩溃。至于阿眉,是陈排长用休假一天来做交易,换取了阿眉的爆炸性揭发。

陈段喜一直对她有着莫名的憎恨,直到两年之后,她转插回京的前夕——那一天,陈段喜因为经期腹痛满床打滚,所有女孩都表面敷衍暗中称快,只有她,看不下去那种撕心的痛苦,拿出仅有的一点点红糖,给她冲了杯红糖水。

她虽然没抬头,但似乎能看见陈排长和所有女孩们诧异的目光。

那些目光如突然涨起的潮水很快淹没了她。

那潮水竟然有着浅浅的温度。

那你为什么不给他回信呢?孙女又问。

我给他回了信,就没有你爷爷了,没有你爷爷,就没有你爸妈了,也就没有你了啊。她笑着对孙女说。但是她还有一句话藏在心里没说,那就是:"这回,你应当知道你为什么叫念宇了吧?"

孙女眨眨大眼睛,没有说话。

孙女的大眼睛,简直就像是她童年眼睛的复制品。但那里面要冲出来的青春的汁液,那些水流,已经与四十多年前那些蓝色透明的水泡子,毫无关系了。

写作：坚持初心的代价

转眼间,我的写作已经将近四十年。

关于我的小说,几乎所有的评论家在研讨会上都会说一句"她的才华远远高于她的知名度"。在这个知名度就意味着一切的年代,这可不是什么好消息。很多人对我的小说赞叹不已,却忘记了小说的作者,可能是因为我这个中性的毫无辨识力的名字,也可能是我一直选择"面向文学、背向文坛"的必然结果吧。

二十世纪八十年代,我的经历充满了戏剧性,其中之一便是与《收获》的相遇。一九八三年我写了生平第一个中篇《河两岸是生命之树》,那时,对外开放的大门刚刚开了一道缝,正因如此,门外的景色看起来如此新鲜。我被一种写作的激情啮咬住,它使我整天处于一种癫狂状态,我每天都和小说人物生活在一起,忘了我属于他们还是他们属于我,写到动情处,趴在桌上大哭一场,此小说应当是我情感最投入的一部,三十多年后的今天,依然有读者在问:"这本书在哪里有卖?"

《河两岸是生命之树》来源于《圣经》中的一句话,全句为"河两岸均有生命之树,所产果实十有二种,月月结果,其叶可治万邦之疾"。——在一个伤痕、寻根的年代引用《圣经》的话,也算是比较特别了。

在宗璞的鼓励下,我把此小说作为自然来稿寄给了《收获》,竟然在一周之内就得到了请我去上海改稿的电报。最有趣的是,当时的《收获》编辑郭卓老师手持《收获》作为接头暗号在车站接我，上了编辑部的木楼梯，她就边走边喊："接来了，是女的！"——后来她告诉我，因为我的名字，编辑部产生了分歧。后来就是李小林老师把我约到武康路她家里谈小说。当时小林老师对小说人物关系的分析深深打动了我——一个无名作者竟得到如此认真的对待，固执如我，也不能不彻底折服。那一天的大事是见到了巴金。当时巴老从一个房间慢慢走向另一个房间，我看着他和蔼的笑容，尽管内心充满崇仰，却说不出一句话来，甚至连一句通常的问候也说不出来——不知为什么，那时我觉得凡心里的话表达出来就会变味儿——我的心理年龄始终缺乏一个成长期，人情世故方面基本是白纸一张。

此中篇发在了一九八三年第五期《收获》的头条，并选入了"《收获》丛书"，那是我出版的第一本书。

收到了很多读者来信。许多人为它掬一把感动之泪，许多人把自己的经历细细地告诉我，甚至是秘密和隐私。我相信巴尔扎克的那句话了："只有出自内心的，才能真正进入内心。"

二十世纪九十年代是属于我的，《双鱼星座》《迷幻花园》《敦煌遗梦》《羽蛇》爆发式的出现……《羽蛇》成了长销书，在没有任何宣传的前提下，仅在国内便再版了16次；而《敦煌遗梦》在再版多次的情况下，至今再次脱销。

读者们并没有记住我的名字，那又怎么样呢？有些作家，注定是要躲在作品背后的，而最正常的状态，作家们也应当是躲在自己的作品背后吧。

这个集子收入了我的最新中篇《入戏》。

——这是我的很鲜见的一篇现实主义小说，简直现实是快成非虚构了。

这个小说写的是怎样才能不变成我们小时候讨厌的那个人？

我们大概早已忘了我们的第一句谎言，第一次违心的认同，第一句言不由衷的赞美……大约当时还着实为此气恼过，后来终于明白，在适者生存的前提下，任何物种都要学会保护自己，或曰：学会伪装和欺骗。在某种意义上，人类为自己涂上的保护色有如安康鱼的花纹或者杜鹃的腹语术。

人要做一个不被自己小时候讨厌的人谈何容易?!

——有多少人小时候不喜欢闻到烟味，而现在手指甲都变黄了？

——有多少人小时候觉得素颜最美，而现在不化妆不出门儿？

——有多少人小时候渴望的爱情是纯洁真挚、始终不渝，而现在变成了约炮，能聊几个小时就谢天谢地了？

——有多少人小时候讨厌拜金，现在却为了挣钱不要命？

——有多少人小时候立志"言必信，行必果"，"立谈中。死生同。一诺千金重"，而现在背信弃义毫无诚信可言？

——有多少人小时候立志要真实真诚地面对这个世界，而现在却满嘴谎言而且撒谎撒得特有快感?!

岁月，常常把我们变成我们小时候讨厌的那个世俗的、虚荣的、矫情的人，而保持初心的人反而成了异数。

《入戏》中的主人公梅清风就是这样的一个异数。因为她是异数，便无法融入"大多数"的人群之中，被认为"孩子气""情商低""长不大"……一句话：幼稚。因为"幼稚"而导致事业、生活的双重失败。是的，从世俗意义来讲，她是个彻头彻尾的失败者。但更要命的是，她没有反省自己失败的原因，而是要顽强地继续坚守内心世界，甚至勇敢地抗拒世俗的规定，顶着一路逆风，让心起舞飞翔。依我看，这是勇敢者的选择，也是保持初心、不变成我们小时候讨厌的那个人所付出的巨大代价。

爱因斯坦说："一切发生在你身上的都不是碰巧。你获得什么，在于你付出了什么。做你想做的梦,去你想去的地方,成为你想成为的人。因为你只有一次生命,只有一个机会去做你想做的事。别让那些不重要的事来影响你,从而让你失去那些真正重要的东西。"

是的,生命只有一次,要成为你真正想成为的那种人,避免成为我们小时候讨厌的那种人,是要付出巨大代价的,就看你觉得值不值了。

反正我觉得,值。

这,也是我近四十年写作中,一直在坚持的。

徐小斌

女,生于北京。著名作家、画家、国家一级编剧。
1981年始发表文学作品,中国女性文学的代表作家。
曾获全国首届"鲁迅文学奖"、全国首届"女性文学奖"、
第八届"全国图书奖"、第二届加拿大华语文学奖首奖、
2015年度英国笔会文学奖等。
作品被译成英、法、德、西班牙、葡萄牙等十余国文字。

代表作品

长篇小说
《羽蛇》
《敦煌遗梦》
《德龄公主》
《炼狱之花》
中短篇小说
《双鱼星座》
《河两岸是生命之树》
《对一个精神病患者的调查》

入戏

出 品 人	续小强	选题策划	刘文飞	责任编辑	刘文飞
复 审	贾晋仁	终 审	席香妮	书籍设计	张永文
印装监制	巩 璠	项目运营	有度文化·刘文飞工作室		

投稿邮箱｜liuwenfei0223@163.com　　微信公众号｜bywycbs1984

微　　博｜http://weibo.com/liuwenfei0223